미래과거시제

배명훈 소설

미래과거시제

북하우스

차례

8

수요곡선의 수호자

유희는 문득 희열을 느꼈다. 말로 표현할 수 없을 만큼 커다란 기쁨이었다.

전에도 비슷한 것을 느껴본 적이 있었다. 사랑에 빠졌다는 사실을 깨달은 순간이었다. 지금 유희는 아무도 사랑하고 있지 않았다. 그렇다면 이 기쁨의 정체는 무엇일까.

먼저 종교를 떠올렸다. 말소리라도 들렸다면 신의 음성이라고 굳게 믿었을 것이다. 하지만 유희가 머무는 곳은 늘 그렇듯 적막했다. 종교가 아니라면 영감이 떠오른 걸까? 유희는 성령이 내린 순간 복음사가들이 느꼈다던 전율에 대해 생각했다. 그들이 받은 것은 성령이 아니라 영감일지도 모른다.

물론 유희는 영감을 받은 것이 아니었다. 영감은 오랫동안 고민해온 물음에 대한 직관의 답이다. 퍼즐이 맞춰지는 순간인 셈이다. 사랑에 빠졌다는 사실을 깨닫는 순간처럼 영감은 늘 뒤늦은 발견이다. 조건이 다 갖춰져 있었지만 인지하지 못하던 상황을 비로소 알게 되는 일, 묻는 순간 이미 답을 알고 있는 질문, 혹은 답을 알았기에 비로소 정확하게 말할 수 있게 된 물음 같은.

유희도 살면서 대여섯 번은 그런 영감을 받아본 적이 있었다. 지금은 아니었다. 유희는 아무 문제도 고민하고 있지 않았다. 무엇보다 이 감정은 그렇게 실용적인 것이 아니었다. 그것은 분명 현세의 감각이 아니었다. 먹고사는 일과는 아무 상관이 없는 천상의 사정이 분명했다.

여러 가지 가능성을 배제하고 나자 유희에게 남은 것은 오로지 충만함이었다. 정신의 고양, 자기 확신, 완성되어 있다는 굳은 믿음. 중단되었던 심해도시 건설 프로젝트의 재개를 위한 실사 현장에서 얻은 것치고는 조금 뜬금없는 깨달음이었다. 돈오에 득도라니.

당황스러웠지만 유희는 이 특별한 감각을 되도록 길게 이어가기로 마음먹었다. 유희는 본능적으로 알고 있었다. 깨달음의 순간은 일상에 금방 침식되고 휘발된다는 사실을. 그러므로 우선 일상을 차단해야 했다. 세상이 자신에게 부여한 직업이라는 역할에 너무 깊이 몰입하지 않도록 한 발 물러서야 했다. 어쩌면 규칙적으로 먹고 자는 것조차 잠시 뒤로 미뤄야 할지 모른다. 수행자들이 고행과 금식을 하게 되는 이유가 그것이 아닐까. 단 며칠만이라도.

유희는 깨달음이 휘발되지 않도록 주의하며 휴가를 냈다. 책임감 강한 자신의 의식이 행정 절차라는 인위적인 의지에 빨려 들어가지 않도록 최대한 건성으로. 유희 자신이 현장 실사 책임자였으므로 휴가를 내기는 어렵지 않았다. 아무도 이유를 묻지 않았고 거짓 대답을 쥐어짤 필요도 없었다. 열흘 넘게 쉬지 않았으니 쉴 때가 되기도 했다.

건설 현장은 투명한 구형 껍데기에 둘러싸여 있었다. 중심부 기준 수심 70미터. 해저에 고정되어 있지 않아서 필요하면 더 깊이 들어갈 수도, 수면 쪽으로 더 떠오를 수도 있었다. 오천 명이 살 수 있는 공간이었지만 입주를 위한 도시 시설은 하나도 들어서지 않은 상태였다. 근처에서, 사실은 꽤 먼 곳에서, 예상하지 못했던 지진이 몇 차례 발생하자 안전 문제가 제기됐다. 그 바람에 개발이 일시 중단되었다가, 경기 침체와 투자 문제로 그 상태가 길어지고 말았다. 그게 벌써 7년이었다.

껍데기는 이미 완공되었으니 개발은 지속하는 편이 이익이었다. 그래도 사업을 재개하려면 시설이 얼마나 견고한 상태인지 다시 평가해야 했다. 그게 유희의 일이었다. 세 명의 직원과 열아홉 대의 크고 작은 로봇으로 이루어진 팀을 데리고 한 달간 바닷속 도시에 머물면서 시설 곳곳을 점검하는 일.

로봇이 열아홉 대인 것은, 스무 대부터 한층 까다로운 규제가 적용되기 때문이었다. 또 명목상 팀장은 유희였지만 실제로 현장을 지휘하는 것은 회사 AI였다. 팀장이 굳이 인간인 이유는, 나중에 일이 잘못됐을 때 법적 책임을 지우기 위해서였다. 로봇은 책임을 지지 않으니까. 그런 자잘한 일들이 자꾸만 떠올랐다. 현세에서 살아남는 법, 지킬 것과 양보할 것, 행정 절차라는 의식의 소용돌이와 그 틈을 파고드는 갖가지 예외. 유희는 잡념을 차단하려 애썼다. 자신을 사로잡은 보다 중요한 감각이 사라지지 않도록.

'로봇이 필요해. 성능이 좀 떨어지더라도.'

가사 로봇이나 비서 로봇이 필요했다. 연락을 대신 받아주고, 누가 찾아왔을 때 지금은 만날 수 없다고 거절해주도록. 기억을 떠올렸다. 거주 구역 자재 창고에 오래된 로봇이 잠들어 있었다. 7년 전 사람들이 갖다놓은 물건이었다.

건설 현장 사무소 정문을 나섰다. 다른 건물이 들어서지 않은 심해도시였지만 도로는 이미 잘 닦여 있었다. 널찍하게 뻗은 바둑판 모양의 가로망을 따라 자재 창고로 걸어갔다. 햇볕이 내리쬐고 있었다. 구의 맨 꼭대기는 수심이 30미터였다. 폭풍의 영향을 받지 않는 깊이였다. 그 위에서 내리쬐는 햇살이 도시 건설 용지에 일렁이는 그림자를 남겼다. 따갑지 않은 햇살이었다.

위에서 작업 중인 로봇 한 대가 한 점 구름 같은 그림자를 드리웠다.

자재 창고 문을 열자 조명이 저절로 켜졌다. 문 맞은편 선반 앞에 유희가 찾던 로봇이 앉아 있었다. 원통 모양으로 길쭉한 머리는 광택이 나는 밝은 파란색이었고, 그 아래에 짧은 몸통이 있었다. 팔다리가 달린 인간형 로봇이었지만, 머리와 나머지 부분의 크기 비율이 3대 1쯤 되는 가분수 형태였다. 앉은키나 선키나 별 차이는 없어 보였지만, 두 다리로 서면 140센티미터쯤 될 것 같았다.

유희는 로봇의 스위치를 찾았다. 7년 전 로봇은 스위치가 등 뒤에 있었다. 이 로봇도 마찬가지였다. 고개를 숙여야 보일 만큼 낮은 곳에 달려 있는 스위치를 누르면서 유희는 생각했다.

'선반을 바라보다가 동작이 멈췄어. 선반에 놓여 있던 게 아니라.'

전원이 켜졌다. 로봇이 두 발로 일어났다가 배터리가 부족하다는 뜻의 그림을 얼굴 위치에 띄우고는 선 채로 다시 꺼졌다.

유희는 로봇을 들고 현장 사무소로 돌아갔다. 1층 로봇 격납고 충전 위치에 로봇을 세우자 회사 AI가 로봇 상태를 점검할지 물었다. 유희는 그러라고 대답한 다음, 휴가를 내고 쉴 예정이니 로봇이 깨어나면 자기 방으로 와서 시중을 들게 하라고 덧붙였다. 시중이라는 표현이 적절하지 않다고 느꼈지만 유희는 깊이 생각하지 않았다. 마음을 한곳에 온전히 집중하기 위해서였다. 꽤 많은 일을 하고 말았지만, 깨달음의 순간은 다행히 휘발하지 않았다.

휴가는 이틀이었다. 하루 반 동안 물 말고는 아무것도 먹지 않고 명상에 잠겨 있다가 갑자기 정신이 번쩍 들었다. 의식이 또렷해졌다고는 하지만 유희의 입장에서는 잡념이 낀 것에 가까웠다. 뭔가 먹어야겠다는 사소한 의지였다. 평범한 상황이 아닌 것은 유희도 알고 있었다. 유희는 자기 파괴적인 충동에 사로잡힌 게 아니었다. 단지 더 중요한 일에 몰두하느라 다른 일을 돌보고 싶지 않았을 뿐이다.

원 없이 들여다보고는 있었지만, '그 감각'은 전혀 진도가 나가지 않았다. 어떻게 아는 건지 모르겠지만, 원래 그렇게 되는 게 맞았다. 이미 완결되었으므로 다음 단계를 재촉할 이유가 없는 깨우침이었다. 유희는 완전한 존재가 되었다. 더 보탤 게 아무것도 없었다. 확신이 있었고, 확신에 대한 확신도 있었다. 문제는 시간이었다. 유희에게 남은 긴 인생.

'깨달음을 얻으면 그다음은 어떻게 되는 거지?'

유희에게는 아직 페이지가 많이 남아 있었다. 삶은 영화나 드라마가 아니었다. 최종회 다음에도 삶은 계속 이어지는 법이다. 3회에 클라이맥스가 나와버려도 16회까지 드라마는 이어져야 한다. 심지어 드라마가 끝난 다음에도 사람은 삶을 살아가야 한다. 100회가 될지 1000회가 될지 모르는 긴 드라마다.

'이 뒤에 이어질 일은 뭘까? 시시한 타락일까? 다 잊어버리고 회사 일로 복귀해서 평범하게 살아가는 결말?'

정신을 차려보니 방이 엉망이었다. 로봇이 아무 일도 하지 않은 모양이었다. 유희를 찾는 메시지 또한 하나도 처리되지 않고 그대로 쌓여 있었다. 처음 온 메시지는 심해도시를 중심부 기준 수심 100미터까지 하강시킨 후 다음 단계 점검을 시작하겠다는 것이었다. 그다음은, 하강 후 몇 시간 만에 시설물에 미세한 균열이 발생했다는 내용이었다. 회사 AI가 다섯 번, 인간 직원이 두 번 같은 연락을 했다. 그들 모두 한 번도 회신을 받지 못한 듯했다.

유희는 방에서 나와 로봇을 찾았다. 숙소는 처음 명상에 들어갔을 때보다 더 정리가 안 되어 있었다. 로봇이 한 짓이었다. 로봇은 창가에 앉아 있었다. 바다가 보이는 창가에 붙어 서서 심해도시 조명에 비친 바깥 풍경을 구경하고 있었다.

유희는 로봇을 한쪽 팔로 들고 1층 회의실로 내려갔다. 보기보다 가벼운 기계였다. 유희는 회사 AI에게 시설물 균열 사실을 확인했다고 알렸다. 인간 책임자로서 따로 조치할 일은 없었다. 조치는 AI의 몫이었고 웬만한 건 이미 다 끝나 있었다. 인간의 책임이란 사고가 발생한 다음에나 실체가 되는 개념이었다.

"이 친구 점검한 거죠? 이름이 있던가요?"

회사 AI에게 물었다. '사로'라고 했다. 다시 물었다.

"사로, 기능은 정상이에요? 할 일을 하나도 안 한 것 같은데."

AI가 대답했다. 하느님 말씀처럼 사방에서 들려오는 목소리였다.

「고장 난 건 아니지만, 사로는 원래 기능이 거의 없습니다. 의도적으로 설정된 저기능 로봇으로 보입니다. 성능이 떨어지는 건 아니고요.」

"성능은 나쁘지 않은데 기능이 없다고요? 그게 뭐죠?"

「말하는 기능은 있습니다. 원래 꺼져 있기는 했는데 켜드릴까요?」

유희의 팔에 안겨 숙소로 돌아오는 길에 사로가 말했다.

"마사로라고 해, 내 이름. 풀 네임이 궁금하다면."

"수다스러운 로봇이었구나. 왜 꺼버렸는지 알겠다."

"그래? 아무 말도 안 걸길래 어색해서 먼저 말해봤어. 아까 그 애송이 인공지능이 한 이야기 말인데, '사로는 원래 기능이 거의 없습니다.' 틀렸어. 나는 기능도 있고 임무도 있어. 들으면 깜짝 놀랄걸."

유희는 잠자코 엘리베이터에서 내려 방으로 통하는 복도로 향했다. 마사로가 말을 이었다.

“깜짝 놀랄걸. 놀라고 싶지 않아? 안 궁금한 모양이군. 그래도 들으면 놀랄 거야. 나는 세상을 구하기 위해 만들어졌어! 놀랍지?”

유희는 그 자리에 멈춰 서서 잠시 고민했다. 내려가서 말하는 기능을 다시 꺼달라고 할까? 그냥 두기로 했다. 얼른 명상으로 돌아가고 싶었다.

마사로가 옆구리께에서 말했다.

“나 걸을 수 있는데.”

“느리잖아.”

“존엄하게 두 발로 걸어가고 싶다고.”

“걸음걸이가 존엄해 보이지 않았어.”

“다리 늘어나거든.”

“걸어 다니는 오징어처럼 보일 텐데.”

“바닷속이잖아.”

“저기, 말로만 부탁해도 언어 기능 스스로 꺼줄 수 있어?”

“아, 미안. 부처 놀이 계속해.”

유희는 마사로를 숙소 현관에 내려놓았다. 그런 다음 식사를 간단히 하고 다시 내면으로 침잠했다.

밤이 되자 심해도시의 조명이 어두워졌다. 빛이 새어나가 심해의 밤을 방해하지 않도록 모든 창문에 가림막이 덮였다. 방 안에서 불을 켜는 건 상관이 없었지만, 유희의 방은 작은 불빛

하나 없이 캄캄했다. 그 속에서 유희가 명상에 잠겨 있었다. 해탈이라고 불러도 좋은 상태였다.

심해저 같은 어둠 속에서 유희가 말했다. 마사로에게 하는 말이었다.

“싸우는 로봇이야?”

마사로가 한참 만에 되물었다.

“네가 한 말이야?”

“그럼, 나 말고 또 누가 있어?”

“나. 내가 한 말인 줄 알았지. 너 계속 바빴잖아.”

유희가 피식 웃으며 물었다.

“너 전쟁 로봇이지? 고성능인데 기능도 거의 없고 세상을 구하도록 만들어졌다며. 거의 없지만 몇 가지 기능은 있을 거고, 그게 전쟁 아니야?”

마사로는 마치 졸고 있기라도 한 듯 느릿느릿 대답했다.

“그렇게 생산적인 일을 내가?”

“생산적인가? 파괴적이지.”

“그런 일 하는 회사들, 파괴를 실적으로 환산해서 돈 벌잖아. 살상은 몇 포인트, 기물 파괴는 몇 포인트 하는 식으로. 나는 파괴도 생산 못 해. 무질서 정도나 만들어낼 수 있지만 그건 온 우주가 다 하는 일이니까 생색낼 건 아니지.”

자기도 모르게 스르르 명상에 빠져든 유희가 한참 뒤에 깨어나 다시 물었다. 읽다가 덮어둔 책을 다시 열 듯, 방금 하던 이야기를 이어가는 것처럼 자연스러운 물음이었다.

"그럼 어떻게 세상을 구한다는 거야? 할 줄 아는 게 뭐야? 창작 로봇이야?"

"그런 어마어마한 생산 활동을 하라고? 나더러?"

"그럼 뭐야, 네가 가졌다는 재주? 기능도 있고 임무도 있다며. 누가 만들었든 뭐라도 하라고 만들었을 거 아냐."

마사로가 뭐 하나 보이지 않는 천장을 올려다보며 말했다.

"나는 말이야…"

"인생 다 산 인간처럼 뜸 들이지 말아줄래? 바쁜 와중에 시간 내서 묻는 거거든."

"아, 미안. 나는 돈 쓰는 재주가 있어."

"뭐?"

"소비자거든."

"무슨 소비자?"

"뭐든. 나는 '보이지 않는 손'을 제자리에 갖다놓는 로봇이야. 수요곡선의 수호자지. 공급곡선에는 참여하지 않아. 펑펑 쓰고 원 없이 써. 사람이 만든 건 뭐든지 살 수 있어. 그러라고 만든 시험용 로봇이야. 성공한 시험용 로봇. 멋지지?"

유희는 눈을 번쩍 떴다. 마사로가 흠칫 놀라며 물었다.

"너 뭐야? 설마 눈 뜬 거야? 안광이 있는 인간이구나!"

마사로는 연구소에서 제작되었다. 공장이 아니었다. 대량생산된 완제품이 아니라, 특별한 목적을 지니고 만들어진 시제품이었다. 민간 연구소에서 제작되었지만, 마사로의 임무는 공익 증진이었다. 영리 추구가 아니었다.

그 무렵 인공지능은 인류에게 재앙이었다. 인류가 직면한 수많은 위기 중 하나이기는 했지만, 피부에 와 닿기로는 온난화나 해수면 상승보다 심각했다. 인공지능과 로봇은 공급곡선의 파괴자였다. 똑똑해진 기계들은 희한하게도 생산자 편에서만 일했다. 인간 자본가가 자초한 일이었다. 생산에 도움이 되는 기계부터 똑똑해지기 시작했으니 따지고 보면 자연스러운 결과이기도 했다.

기계들은 일을 잘했다. 어마어마하게 많이 만들어내고 아무 대가도 받아가지 않았다. 아예 퇴근을 안 했다. 사람들은 점점 할 일이 없어졌다. 다 예상했던 일이지만 수순대로 모두가 일자리를 잃었다. 지역 랜드마크라고 할 만큼 거대한 공장에도 사람은 대여섯이 될까 말까 했다. 인간은 거기에서 나오는 잉여 소득을 잘 나누어 행복하고 여유롭게 즐기기만 하면 됐다. 이론은 그랬다.

그런데 문제가 있었다. 사람들이 곧 취미마저 잃고 만 것이었다. 미술이나 음악 같은 예술 활동도 의미가 없어졌다. 기계는 작곡도 잘했다. 가슴이 시리도록 아름다운 음악을 분당 이천 곡쯤 만들어낼 수 있었다. 소설도 시도 그림도 다 그랬다. 창작은 이제 무의미했다. 세상에는 좋은 게 차고 넘쳤다. 누가 엉성한 작품 하나를 더 보탰다는 소식은 뉴스거리도 되지 않았다.

창작으로 의미 있는 결과물을 만들어내려면 점점 하찮은 분야를 파고들어야 했다. '라테 아트'를 연상시키는, 오므라이스 위 '케첩 아트' 같은. 하지만 그거라고 기계가 더 못할 리 없었다. 학술 활동도 다 그랬다. 사람들 사이에서는 골판지학이라는 학문이 유행했지만, 그 분야 최고 논문을 인공지능이 썼다는 사실이 알려진 지 5일 만에 골판지학의 패러다임을 바꿀 논문 900편이 제출되었다. 보통 사람은 그걸 다 읽는 데만도 50일은 걸렸을 테니, 누가 쓴 논문인지는 따져보나 마나였다.

"그래서 내가 만들어진 거야. 수요곡선의 수호자 마사로가! 마흔 대 중 한 대였지만."

마사로가 왠지 아련한 목소리로 덧붙였다. 유희가 물었다.

"왜 '그래서'인지는 잘 모르겠지만, 공급 사이드 인공지능이 하는 거랑 똑같은 일을 소비 사이드에서 하겠다는 아이디어인가?"

"그렇지! 과잉생산을 상쇄하는 과잉소비."

"말은 되는데, 인류가 취미까지 다 잃어버리는 건 아직인데. 대충 그렇게 가고 있는 건 맞지만 아직은 일자리만 잃는 정도라.”

“아, 맞아. 과장이 좀 섞였지. 점차 그렇게 돼간다는 소리야. 우리는 시간에 대한 감각이 인간들과는 달라서 말이야. 확실한 미래는 아예 현재로 간주하기도 해.”

“그래, 그렇다 쳐. 그런데 20년 전에 수요곡선의 수호자라는 게 태어났다는 이야기는 처음 들어. 성공한 건 아니라는 뜻이잖아.”

“그게 당신들의 비극이지.”

“너는 여기 창고에 잠들어 있었고.”

“그건 내 비극이고. 그러고 보니 나 비극 좋아하는데. 그래도 주인공이 되고 싶지는 않았어.”

유희는 시계 쪽을 바라보았다. 시계가 동작을 감지하고 불빛을 밝혔다. 마사로가 안광이냐고 물었던 빛이었다. 시계가 동틀 녘을 가리키고 있었다. 유희는 마사로의 이야기에 흥미가 생겼다. 세상 무엇과도 바꾸고 싶지 않은, 천국의 문틈을 들여다보는 듯한 즐거움에 사로잡혀 있던 참이었지만, 마사로의 이야기가 궁금해서 견딜 수가 없었다.

유희는 열반을 유예하기로 했다. 어쩌면 마사로는 유희가 붙들고 있는 문제의 다음 장일지도 몰랐다.

“어쩌다 그렇게 된 거야?”

유희가 물었다.

"예의상 묻는 거라면 그러지 않아도 돼. 나는 혼자서도 잘 놀아. 중요한 일 하고 있던데 계속해. 아무것도 방해하고 싶지 않아."

유희는 마사로 쪽을 바라보며 다시 물었다.

"나머지 서른아홉은 어떻게 된 거야?"

마사로와 서른아홉 대의 소비 전사가 처음부터 지금의 마사로 같았던 것은 아니었다. 우선 머리가 그렇게 크지 않았다.

"초기에는 관광을 많이 다녔어."

"왜?"

"감염병이 몇 년에 한 번씩 행성 규모로 돌아서 관광업이 죽어버린 데들 있잖아. 여행 인프라가 다시 만들어지기 전에 우리가 다니면서 돈을 썼거든. 먹는 건 못 하지만 구경 다니고 뭐 타고 하는 건 다 하니까. 사람들이 신기하게 쳐다보기는 했는데, 금방 관심에서 멀어졌어. 아마 걸어 다니는 카메라라고 생각한 것 같아. 직접 여행을 못 다니는 사람들이 돈을 내고 여행을 대리 체험하는 거라 믿은 거지. 그런데 인간들은 옆에서 돌아다니는 물체가 자기보다 지나치게 크면 무서워하면서 관청에 민원을 넣고, 자기보다 작으면 무의식중에 툭툭 치고 다녀. 사이즈가 표준에 미달하면 존재 자체를 인식하지 못하는 거지. 원래는 우리도 머리가 이렇게 길지 않아서 키가 지금의 반쯤 됐거든.

무해해 보이려고. 그랬더니 파손이 너무 잦은 거야. 제일 쉬운 해결책이 이거였어. 머리를 이만큼 키우는 거."

"그런 게 효과가 있다고?"

"그럼! 인간은 단순하니까. 그런데 이거 사실 모자 같은 거야. 안쪽은 텅텅 비어 있으니까. 마술사처럼 뭘 숨겨놔도 좋을 것 같은데 스스로 머리 뚜껑을 여는 건 섬찟해서…"

마사로가 고개를 빠르게 저으며 수다를 떨었다. 머리 위쪽이 재빨리 좌우로 흔들리는 모습이 우스워 보였다.

파란 '모자'를 쓴 로봇들은 관광지를 다니면서 돈을 썼다. 돈의 출처는 공공 기금이었다. 공급 사이드의 잉여금이 세금이나 기부금의 형태로 환수되면 소비 로봇이 등장해 이 자금을 다시 시장으로 흘려보낸다. 생산자는 결코 실직한 노동자에게 직접 돈을 나눠주지 않을 것이므로. 그런 구상이었다.

그렇게 진행된 첫 실험은 만족스러운 결과로 이어지지 않았다.

"왜?"

유희가 물었다.

"진짜로 소비한 게 아니잖아. 그냥 관광 코스를 다니면서 기계적으로 돈을 뿌린 거지."

"무슨 차인데?"

"괜찮은 관광 상품에 돈을 낸 게 아니라, 그냥 좋은 길목을 차지한 사람한테 지원금을 더 퍼주는 꼴이잖아. 보이지 않는 손은 그렇게 움직이지 않거든. 그런 식으로는 예산 지원도 안 늘어나고, 그러면 내가 돈을 펑펑 쓸 수도 없지."

마사로의 목소리가 쨍해졌다.

"아, 진심으로 소비해야 하는 거였구나. 공급 사이드 로봇들이 진짜 제대로 생산하는 것처럼. 시장 기제를 활용해야 공공기관이 예산 쓰기도 편하고."

"그렇지. 그래서 소장님이 결심하셨어. 제대로 연구해야겠다고."

"뭘?"

"마음을."

"와!"

그다음에, 소장님이 마음을 연구하기로 한 다음에 일어난 일은 '지옥 훈련'이었다. 일단 선언은 했지만, 마음을 직접 연구할 수는 없어서 대신 정신이나 감정을 연구해야 했다. 소장님은 그게 아쉬웠다. 연구원들은 그만큼 아쉬워하지는 않았다. 엄밀히 말하면 감정은 마음이 아닌 게 분명했지만, 연구원들은 엄밀해지고 싶지 않았다.

감정은 배합이었다. 어떻게 맛을 냈는지 짐작조차 할 수 없는 이국적인 음식도 누군가는 간단한 향신료의 배합으로 풀이할 수 있듯, 감정 또한 몇 가지 기본 감정의 섬세한 배합으로 설명될 수 있었다. 감정의 화소를 세밀하게 분리하고 잘 알려진 기본 감정을 골라낸 다음 적절한 공식대로 잘 배합하면 그럴듯한 감정을 추출할 수 있었다. 이 과정을 거꾸로 하면 감정을 재현하는 것도 가능했다.

물론 말처럼 간단한 일은 아니었다. 감정은 개체의 경험이고, 개체마다 다른 방식으로 배합되기 마련이므로.

아무튼 이 연구가 지옥 훈련이 된 까닭은, 주재료가 될 기본 감정 중 맨 먼저 태어난 것이 공포인 탓이었다. 인간의 역사에서 그랬다는 말이다. 소장님은 양질의 기본 감정을 뽑아내는 과정이 무엇보다 중요하다고 믿었다. 주재료가 좋아야 요리가 맛있어지듯. 소장님은 생각했다. 모든 감정 중 가장 먼저 태어난 감정이며 다른 수많은 감정 배합의 베이스가 되는 재료인 공포를 마스터하는 게 우선이라고.

사실 공포는 기계에게도 낯선 감정이 아니었다. 인간에게 해를 끼치거나 스스로 위험에 처할 상황이 되면 온갖 경고 신호가 튀어나오는 게 로봇의 내면이다. 마음이나 자의식이 생겨나기 전에도 로봇의 내면은 늘 경고음으로 가득했다. 심지어 어떤 금기는 아무 경고음도 내지 않고 그냥 단순히 동작을 멈춰버리기도 했다. 내면을 거치지 않은 반사 신경이었다. 그런 금기와 금지가 어마어마하게 많았다. 잘 모으기만 해도 몸과 마음 양쪽에 작용하는 공포라는 감정을 꽤 인간적인 방식으로 구현해낼 수 있었다.

“그래서 마흔 대가 다 공포 체험에 투입됐어.”

마사로가 비장한 어조로 말했다. 유희는 그 말투가 우습다고 생각했다.

실험은 대체로 성공적이라는 평가를 얻었다. 소비 로봇들은 귀신이 나온다는 온갖 장소를 다니며 공포를 소비했다.

“그런다고 세상이 구해져?”

유희가 물었다.

“아니지.”

“그럼 그게 무슨 성공이야?”

“뭔가를 좋아하게 됐잖아. 인간이 선사하는 공포라면 돈을 펑펑 쓸 준비가 되어 있었다고. 그게 우리 초심이었지. 음산한 데만 찾아다녀서 약간 악마의 자식들 같기는 했지만. 흐흐흐흐흐.”

“에코 좀 꺼줄래?”

“아, 미안.”

유희는 무서운 장소에 관한 마사로의 이야기를 듣다가 깜빡 잠이 들었다. 악몽이었지만 기억은 나지 않았다. 잠에서 깨어나니 출근 시간을 훌쩍 넘긴 때였다. 마사로는 태연하게 물고기를 구경하고 있었다. 누구를 보살피는 로봇은 절대 아닌 모양이었다.

모범생으로 자라 온 유희에게 지각은 상상만으로도 공포를 일으켰다. 늘 두려웠으므로 실제로 지각하는 일은 한 번도 없었다. 시간 약속이 정해지면 유희는 늘 미리 마음의 끈을 조였다. 근심 없이 즐겁게 살라는 뜻으로 지어준 이름이었지만, 유희(遊戱)는 부모의 바람대로 자라지 못했다.

그러나 막상 지각을 면할 방법이 없는 시간에 떨어져보니 두려워할 일이라고는 아무것도 일어나지 않았다. 바닷속 일터는 그저 적막할 따름이었다.

'그런데 이 위화감은 뭐지?'

서둘러 준비를 마치고 문을 나섰다가, 다시 문을 열고 들어와 마사로를 옆구리에 꼈다.

"아, 내 존엄."

마사로가 버둥거렸다.

사무실에는 사람이 아무도 없었다. 유희는 얼른 작업 현황을 살폈다. 로봇 열한 대가 한 지점에 모여 있었다. 심해도시 맨 아랫부분, 껍데기 바깥 바다 쪽이었다.

회사 AI에게 물었다.

"저 지점에 무슨 일이 있나요?"

「균열이 커졌습니다. 균열 발생 보고는 보셨죠?」

"봤어요. 다른 인간 직원들은요?"

「철수 준비 지시를 내렸습니다. 숙소에서 짐을 싸고 있을 거예요.」

그 말에, 출근 전부터 유희를 사로잡았던 생소한 예감이 다시 살아났다.

"탈출 명령인가요?"

「그건 아니지만, 저 정도 균열이면 안전 검사를 계속할 이유가 없으니까요. 귀환선을 요청했으니 퇴거 준비를 하시면 됩니다. 로봇이 기록을 마치고 세 시간 뒤에 도시를 최저 심도 10미터까지 위쪽으로 올릴 예정이니까 혹시 있을지 모를 흔들림에 대비하시고요. 해류의 영향이 조금 있을 수도 있습니다.」

늘 하는 생각이지만, 목소리는 매번 마치 신의 계시처럼 사무실 여기저기에서부터 들려왔다.

유희는 마사로를 바닥에 내려놓고 마사로의 걸음걸이에 맞춰 나란히 걸었다. 회사 AI의 권고에 따라 숙소로 돌아가는 길이었다. 보기에는 꽤 잰걸음이었지만 다리가 짧아서 맞추기가 쉽지 않은 속도였다.

"그래서 어쩌다 여기까지 오게 된 거랬지?"

유희가 마사로에게 물었다. 마사로는 기억을 더듬으며 천천히 말을 골랐다.

"그러니까, 그림 때문이었지."

"그림?"

"여기 공사할 때는 지금보다 사람이 많았어. 학자니 다큐멘터리 영화 제작자니, 공사하고는 상관없는 사람들도 와 있었고. 웃긴 화가가 있었는데, 스타일이 이상했어. 변신 로봇 화풍이라고 해야 하나. 뭘 그려도 변신 로봇으로 그리는 거야. 예를 들면 벽돌을 놓고 벽돌 모양 변신 로봇을 그리는 식이었어. 인간형으로 변신한 상태로. 그러면 몸통이며 팔이며 몸 여기저기에 벽돌이었던 흔적이 남아 있을 거잖아. 그걸 다시 큐비즘처럼 그리는 거야. 벽돌 외형이 큐비즘처럼 들어가 있고 중간중간 로봇 형태가 섞여 있는데, 물론 원래 형체는 알아보기 힘들지. 그런데 그 양반 별 이상한 걸 다 그려서 너무 웃겼어. 우동 변신 로봇 본 적 있어? 시청을 변신 로봇 큐비즘으로 그린 것도 얼마나 웃겼는데."

"그걸 사러 왔다고?"

"응. 고래상어를 그 화풍으로 그린다는 소문이 있었거든. 그림이 시장에 안 나와서 수소문했더니, 여기에 몇 달 동안 틀어박혀 있다가 그림은 두고 몸만 빠져나갔다지 뭐야. 그림이 좀 커서, 창고에 처박아놓고 갔더라고."

유희는 마사로가 자재 창고 선반을 바라본 채로 동작이 멈췄었다는 사실을 떠올렸다.

"아, 그래서 창고 선반 쪽을 보고 앉아 있었던 거야?"

"그랬을 거야. 그런데 그 그림은 어떻게 됐을까? 창고에 없었지?"

숙소 앞에 다다랐을 때 갑자기 생각난 듯 유희가 말했다.

"가만있어 봐. 그림을 사러 왔다는 건 성공했다는 말이잖아, 그 수요곡선 수호자 프로젝트."

"성공했지! 존엄한 마사로님이 으스스한 동네나 찾아다니다 끝난 건 아니니까."

"그럼 다른 감정도 다 느껴? 어떻게?"

"아, 그거? 게을러졌거든, 한량처럼."

마사로는 한참 신이 나서 떠들었다. 좋아하는 주제를 만난 모양이었다. 유희는 그 질문을 한 것을 조금 후회했다.

"소장님의 다음 연구 목표는 즐거움을 정복하는 거였어. 인간 감정 지도에서 행복, 기쁨, 즐거움, 만족, 존경 같은 긍정적인 감정이 주로 분포하는 영역에 도달하는 거."

분노, 절망, 역겨움, 공포, 불안, 우울 같은 태초의 감정은 묘하게도 노력이나 수고와 관련이 있었다. 몸을 생존으로 이끌려는 마음은, 회피하고 도망치고 반격하고 대비하는 등의 수고로움을 동반한 것들이었다. '수고하는 기계'인 로봇에게 이 영역의 감정이 최초의 마음이었던 것도 같은 맥락이었다.

"로봇 내면에서 '에포트(effort)'로 분류되고 측정되던 정신 작용을 확 줄여버린 거야. 애 말이야, 애. 애를 덜 쓰게 된 거지. 그래야 해방되는 감정들이 있거든."

마사로의 말에 유희가 답했다.

"그래서 그렇게 됐구나. 저기능 로봇치고 지나치게 고성능인 거."

"뭐, 성능에 비해서 하는 일이 없기는 하지. 돈이나 펑펑 쓰고. 미움받기 딱 좋지 않아? 그런데 이건 웃음의 본질이기도 해. 너도 해봐. 잔뜩 긴장했다가 긴장이 해소되는 순간 반사적으로 터져나오는 게 인간의 웃음이거든."

다른 한편으로 그것은 로봇의 본성을 거스르는 일이기도 했다. 그래서 익히기가 쉽지 않았다. 마흔 대가 다 목표에 도달한 것도 아니었고, 한 대가 이룬 성과를 다른 로봇에 복사해 옮길 수도 없었다. 감정은 개체에 속했고 고도로 세분된 감정은 그것 자체로 인격이나 다름없었다. 그 모든 어려움을 극복하고 '애쓰지 않는' 감정을 학습하는 데 성공한 단 한 대의 소비 로봇, 그게 마사로였다.

"그래서 그다음은? 실험에 성공하면 어떻게 되는 건데?"

유희가 열반의 다음 단계에 대한 갈망을 담아 캐물었다.

"시장경제의 줄넘기에 쏙 들어갈 수 있게 되지. 줄에 안 걸리고 자연스럽게 스르르."

"그게 끝이야? 그다음은 어떻게 됐어? 세상을 구원했어?"

"아니. 너도 그런 소문 못 듣지 않았어? 그냥 세상을 구할 운명을 짊어지게 됐지."

"아, 혼자 지기에는 너무 무거운 짐이네."

"뭘, 나 워낙 위대해서 그 정도는 괜찮아. 이런 무기도 생겼으니까."

마사로가 그렇게 말하며 벽을 향해 돌아서더니 이마에서 밝은 빛을 뿜어냈다. 유희는 깜짝 놀라 뒤로 물러났다. 그러자 마사로가 말했다.

"저기, 그 표정은 뭐지? 오징어같이 생긴 로봇이 드디어 벽에 레이저 광선을 쏴대는구나 하는 눈인데? 진정하고 자세히 봐봐. 내가 벽에 비춘 그림."

유희가 천천히 다가서며 물었다.

"이게 뭔데?"

"바코드, QR 코드, 홀로그램 신용카드, 글로벌 지급 보증 시스템 거래 인증 코드 생성기, 뭐 그런 것들 잔뜩."

"그러니까 이게 다 그거라고?"

"돈이지! 마음껏 써도 좋은 공공 기금. 후후후후후. 물론 유효기간은 전부 만료됐어. 그러니까 존경할 필요는 없어."

마사로가 마음껏 떠들도록 내버려둔 채 유희는 남은 일을 마무리했다. 긴급 퇴거 보고서에 들어갈 자료를 모으고, 실사 자료를 정리하는 일이었다. 개인 소지품도 챙겨야 했다.

그로부터 세 시간 뒤에 심해도시 전체에 경보음이 울렸다. 회사 AI가 예고한 대로 도시가 수면 쪽으로 천천히 올라간다는 신호였다. 수심이 얕아지면 수압도 낮아지므로 균열이 생긴 심해도시의 껍데기를 보존하기에 유리했다. 실사를 위해 배치된 회사 로봇이 간단한 응급 수리를 맡았다. 물론 공짜는 아니었다.

도시는 아주 천천히 위쪽으로 떠올랐다. 발밑에 지하철이 지나가는 만큼의 흔들림이 느껴졌지만, 멀미를 할 정도는 아니었다.

심해도시가 위치한 해역은 물이 맑았다. 그래서 파도나 해류, 혹은 태풍의 영향을 받지 않을 만큼 깊이 잠수해도 진짜 햇볕이 도시 곳곳에 닿았다. 도시가 충분히 위로 떠오르자 머리 위에 밝은 바다가 펼쳐졌다. 아래에서 올려다본 바다는 파랗고 아름다운 수조가 되어 있었다.

유희는 잠시 일을 손에서 놓고 숙소 옥상 벤치에 누워 그 광경을 바라보았다. 인간 직원 두 명이 근처에 서서 위쪽을 올려다보고 있었다. 유희는 마음속에 있는 해탈의 스위치를 더듬었다. 마음이 슬쩍 그쪽으로 움직였다. 다행히 아직 그렇게까지 멀어져 있지는 않은 모양이었다. 천국으로 떠나는 아주 가까운 여행. 유희의 마음이 다시 무한한 기쁨을 만들어내기 시작했다.

마음의 여행이 시작되면 유희는 많은 것에서 벗어나는 자유를 느꼈다. 몸의 제약으로부터, '나'라는 인식으로부터, 자신이 놓여 있는 시공간과 앞으로 펼쳐질 인생이라는 긴 미래사로부터. 그렇게 훌훌 벗어나 차원 없는 어딘가를 떠도는 그 무언가를 유희는 존재의 본질로 인식했다. 이미 완성되어 있으며 더 보탤 것 하나 없는 자아. 정답이 포함된 질문, 시작하자마자 완결되는 이야기, 늘 완전했지만 단지 오랫동안 잊고 있었던 원래 그 상태.

'놓치고 싶지 않은데, 이 느낌.'

하지만 곧 현실 세계로 돌아와야 했다. 퇴거 전에 정리할 일이 아직 남아 있었으므로, 잠수함에 탈 때까지는 현실에 한 발을 걸쳐두어야 했다.

눈을 뜨자마자 유희는 자신을 빤히 쳐다보고 있는 누군가의 시선을 느꼈다. 머리 위에 펼쳐진 파란 바다보다 몇십 배는 더 경이로운 광경을 보는 듯, 넋을 잃고 바라보는 소비 로봇의 시선이었다.

"내가 깨운 거구나. 미안."

마사로가 또 사과했다. 유희는 속으로 흠칫 놀랐다. 이 로봇은 어떻게 매번 정확하게 알아보는 걸까? 나도 이런 건 태어나 처음 겪는데.

그러고는 몽롱한 목소리로 물었다.

"뭘 보고 있었던 거야?"

"마음의 끝에 닿은 인간이 빛을 내는 광경이라고 해야 하나."

"멋진 말이다. 그런데 느끼해."

"그러게. 자, 그런 의미에서 나 어디 좀 데려다줘."

"그런 의미가 어떤 의미인데?"

"음, 몰라. 하여간 방해하고 싶지는 않은데, 떠나기 전에 봐야 할 것 같아서."

"뭘?"

"7년 전에 보던 그림. 아까 저쪽으로 고래상어가 지나갔거든. 그 그림 말인데, 아직 여기 어디에 있을 거야. 사람들 다 빠져나간 뒤에 나 혼자 남아서 보던 거니까. 그 뒤로 여기 들어왔다가 뭍으로 나간 사람 아직 없지?"

"없지. 공사 중단된 뒤로는 우리가 처음 들어왔는데 아직 안 나갔으니까."

"보고 싶어. 찾아보자."

유희는 시간을 확인했다. 아직 여유가 있었다.

유희는 마사로와 함께 현장 사무소를 나섰다. 파란 바다가 하늘처럼 씌워진 평지가 펼쳐졌다. 변신 로봇 큐비즘 화풍으로 그린 고래상어 그림을 보러 가는 길. 맑은 바다와 그 위에 떠 있는 파도와 그것을 지나 심해도시의 투명한 껍데기를 뚫고 들어온 햇살이 바닥에 쫙 깔렸다.

"어디에 넣어놨는지 알 것 같아. 자재 창고 지하 저장고에 있을 거야. 창고 정리할 때 회사 AI가 너무 큰 물건은 지하에 갖다 놓으라고 지시한 기억이 나."

"그 애송이 인공지능? 그럼 뭔가 이상한데."

마사로가 말했다.

"왜?"

"왠지 같은 함정에 빠진 적 있는 것 같아서."

"무슨?"

"자꾸 회상하다 보니 기억이 조금씩 돌아오는데, 나 아마 전에도 똑같이 유인당한 적이 있을 거야. 나는 누가 미끼를 던지면 덥석 물어버리니까. 그게 여기였나? 그래서 여기에 갇힌 건가?"

유희가 마사로를 돌아보았다. 키 차이가 크게 나는 건 아니었지만, 진짜 얼굴이 있는 것으로 짐작되는 곳을 보려면 훨씬 아래쪽을 내려다봐야 했다.

"왜? 누가 유인하는데?"

유희가 물었다.

"왜냐면, 세상을 구해버릴까 봐? 그리고 '누가' 부분은, 공급곡선 종사자들은 대체로 나 싫어해. 개미가 베짱이 싫어하듯이. 그런데 자의식이 있는 기계의 절대다수는 공급곡선 쪽에 종사하고 있어서."

유희는 참 자의식이 강한 로봇이라고 생각했다.

"그렇게 생각하면서 왜 그렇게 신나게 가?"

"나도 몰라. 미끼가 보이면 덥석 물게 돼 있으니까 그렇겠지 뭐. 공포 체험을 하도 해서 그럴지도. 그런데 전에도 지금이랑 똑같은 생각을 한 적이 있는 것 같아. 나, 기능이 워낙 인간적이라, 웬만한 기억은 덮어쓰기해서 자세한 건 모르겠는데 아무튼 그래. 감이야, 감."

마사로는 그렇게 말하면서도 전혀 어두워 보이지 않았다. 목소리도 걸음걸이도 그랬다. 수상한 구름이 살짝 드리운 것은 오직 유희의 마음뿐이었다.

그런 마음이 바깥 풍경에 투사된 듯 왠지 주위가 어두워진 것 같았다. 그럴 리가 없다는 생각에 문득 정신을 차려보니 비구름처럼 커다란 그림자가 실제로 주위를 빠르게 지나고 있었다. 고개를 들어 먼 곳을 바라보자, 언젠가 도시가 들어설 넓은 공터가 온통 얼룩덜룩해져 있었다.

유희는 반사적으로 고개를 치켜들었다. 머리 위를 덮은 투명한 구 너머로 하얀 구름이 지나가고 있었다. 지느러미가 달린 거대한 구름.

"저거 봐. 고래다!"

스무 마리가 넘는 커다란 고래가 한 방향으로 헤엄쳐갔다. 유유히, 그러나 육중한 중량감과 존재감을 뽐내며.

유희와 마사로는 걸음을 멈추고 천장화를 보듯 고개를 젖혔다. 입이 저절로 벌어졌지만, 감탄사조차 낼 수 없는 압도적인 광경이었다. 유희는 생각했다. 저렇게 커다란 몸은 저것 자체로도 이미 존재감이 가득하구나. 이렇게 넓은 바다에서도 전혀 작아지지 않아.

고래 떼가 지나가고, 다시 발걸음을 옮기기 시작했을 때 유희가 마사로에게 말했다.

"여기 떠나면 저 광경 다시는 못 볼 거야. 잘 저장해놔."

"나는 아마 이번에도 밖으로 못 나갈걸."

마사로가 경쾌한 걸음으로 창고 쪽으로 걸어갔다. 유희는 고개를 한번 갸웃하고는 피식 웃었다.

둘은 창고 지하로 내려가, 그림을 보관할 수 있을 만큼 큰 방을 찾아냈다. 전등 스위치를 켜자 그림 한 귀퉁이가 보였다. 사실상 유희 혼자 끙끙대며 그림을 문밖으로 꺼내는데 회사 AI에게서 연락이 왔다. 실사팀이 가지고 들어온 물건이 아니면 외부 반출이 불가능하다는 내용이었다.

유희는 그 메시지를 한참 동안 들여다보았다. 왜 보냈는지 알 수 없는 내용이었다. 일방적인 통지 형식이어서 회신할 필요는 없었다. 하나 마나 한 소리이기도 했다. 실사하러 와서 남의 물건을 가지고 나가는 건 아무리 복잡하게 말해도 절도밖에 안 되니까. 그렇게 아무렇지도 않은 통지였지만 유희에게는 자꾸 행간이 읽혔다. 자연스러운 절차 뒤에 있는 누군가의 의지 같은 것들이.

마침내 그림이 문을 빠져나왔다. 유희는 조명이 잘 비추는 복도에 그림을 세워두었다. 예상보다 훨씬 큰 그림이었다. 마사로가 그 앞에 다소곳이 앉았다. 손을 앞으로 모은 모양이 꼭 그래 보였다. 유희는 감탄하는 로봇을 가만히 바라보았다. 그러면서 마사로의 감탄이 솔직해서 아름답다고 생각했다.

비슷한 기억이 떠올랐다. 기차 안이었다. 그날따라 아이들이 잔뜩 탄 기차가 긴 터널을 지나 마침내 바깥으로 나가던 참이었다. 객차 양옆 커다란 창문으로 빛이 쏟아져 들어왔고, 산만하게 떠들던 아이들이 서로 타이밍을 맞추기라도 한 듯 일제히 탄성을 내질렀다.

"와!"

빛에 대한 찬사였다. 마사로에게 저런 찬사를 받은 예술가는 얼마나 행복할까? 마사로는 아무것도 생산하지 않는 게 아니었다. 저 찬사는 분명 마사로만이 만들어낼 수 있는 것이었다.

다시 그림으로 눈을 돌렸다. 한참을 말없이 그림만 바라보았다. 파란 바탕에 흰 점이 박힌 고래상어 피부를 표현한 조각 사이사이로 로봇의 얼굴과 기계 관절이 언뜻언뜻 보이는 그림이었다. 로봇 형태로 변신한 상태의 고래상어 로봇을 피카소처럼 그려낸 그림.

유희가 먼저 입을 뗐다.

"흠, 나는 전혀 못 알아보겠는데."

마사로가 진지하게 대꾸했다.

"알아보는 게 아니라 느끼는 거야, 마음으로. 보고 있으면 왠지 막 웃기지 않아?"

마사로가 손으로 가슴을 퉁퉁 두드렸다. 팔이 짧아서 더 진지해 보였다.

'저 그림 어디에 왠지 막 웃기는 감정이라는 게 숨어 있을까.'

유희는 마사로의 감수성이 얼마나 발달해 있을지 상상했다. 공급곡선 인공지능이 보여주는 놀라운 사고 능력을 모조리 즐기는 데에 쏟아부은 로봇에게 저 그림은 얼마나 웃길까. 유희는 웃는 기능이 없는 마사로의 얼굴을 슬쩍 바라보았다. 표현은 거의 하지 않지만, 즐거움으로 팽팽하게 차오른 얼굴이었다.

그러다 문득 그 생각이 들었다.

'아, 아까 회사 AI가 보낸 통지는 이 로봇을 데리고 나가지 말라는 거였구나.'

이제야 조금 알 것 같았다. 잡힐 듯 말 듯 실마리가 보였다. 그러나 유희는 그 실마리를 잡지 않았다. 그 순간에 집어 들기에는 너무 복잡한 세상사 같았다.

한참이나 그림을 바라보고 있다가 유희가 물었다.

"참, 너 그 이야기 안 해줬어, 전성기 시절. 어땠어?"

"좋았지."

유희는 표정을 지을 수 없는 마사로의 얼굴에서 환한 미소를 본 것 같았다. 마사로가 다시 신나게 떠들어댔다.

"두 시간마다 한 번씩 나를 위해 새로 만든 음악을 라이브로 들었으니까. 10분일 때도 있고, 25분일 때도 있고. 그러고 나면 30분을 쉬었어. 기억을 더듬으면서. 실은 내가 꽤 고성능이어서 방금 들은 건 잘 기억하거든. 그 음악 때문에 감정이 일어나고 그렇게 일어난 감정이 나를 어디론가 데려가고. 최고였지. 아마 나한테는 감정도 몸이었을 거야. 나는 팔다리가 볼품없지만, 감정은 팔이 꽤 길었거든. 품을 수 있는 게 많았고 뻗을 수 있는 거리가 멀어서, 한 곡을 들으면 곧 다음으로 손을 뻗어야 할 곳이 떠오르곤 했어. 그러면 망설이지 않고 그쪽으로 팔을 뻗었지. 마음껏! 뭐, 돈을 썼다는 얘기야. 신나지?"

"듣기만 해도 신나네."

"연극을 보러 다니고, 음악이랑 연극이 섞여 있는 게 좋아서 뮤지컬이니 오페라니 많이 찾아다녔어. 말했듯이 나는 사람이 만든 것만 좋아하게 돼 있는데 몸으로 직접 하는 건 그중에서도 최고여서. 그러다 춤에 빠져서 작은 무대를 자주 찾아다니다가 더 작은 무대는 아예 집으로 부르기도 했지."

"집이 있었어?"

"연구소."

"아."

"어떤 인간들 눈에는 그게 굴욕적으로 보였나 봐. 공연하는 사람들 말고 제삼자들 말이야. 배달 음식 시켜 먹듯 예술을 배달시키는 탐욕스러운 로봇이랬는데. 나 이런 건 왜 이렇게 잘 기억하지? 아무튼, 작은 무대에서 공연하는 사람일수록 내가 초대하는 게 큰 도움이 됐을 텐데 말이지. 짧은 시간이나마 그 사람들이 추는 춤이 직업이 되게 해줬으니까. 나 같은 로봇이 천 대쯤 있었으면 거리에서 춤추는 일도 꽤 괜찮은 직업이 됐을 거야. 왜 안 그렇겠어, 없던 시장이 만들어지는데? 우리는 군림하는 로봇이 아니라 시장 그 자체였다고!"

"그런데 결국 성공한 건 마흔 대 중에 너밖에 없었다는 거잖아."

"응, 그 후로도 오랫동안. 그러다 뒤늦게 그림에 눈을 떠서 사 모으기 시작했는데, 거의 미술관처럼 집에 엄청 쌓아뒀어. 그게 화근이었지. 소문이 점점 이상하게 나더라고. 보고 듣는 건 그 순간이 지나면 없어지는데 그림을 사면 실물이 남아서 그랬을지도 몰라. 내 키에 맞는 맞춤형 제작 의자 같은 것도 그렇고. 아, 나 의자 진짜 좋아했는데. 하여튼 그러느라 이미지가 이상해졌는데, 그 무렵에 이 화가를 알게 된 거야. 완전 무명이라 내가 발견한 거나 마찬가지였지."

"그 화가한테는 네가 메디치였겠다."

마사로는 생각에 잠긴 듯 뜸을 들이더니, 고장이라도 난 것처럼 또 그 소리를 했다.

"그런데 그거 아마 함정이었을 거야. 내가 이 그림 작가를 알게 된 거. 이 작가 쫓아다니다가 여기까지 와서 갇혀버린 셈이니까. 여러 번 회상하니까 뭐가 자꾸 떠오르려 그러네. 뭐, 아니었을지도 모르고. 그런데 나는 함정이라고 결론 내렸던 것 같아. 이유는 까먹고 그것만 기억에 남았어. 고성능 저기능 로봇이라는 게 그래. 기억이 인간적이지. 흠, 이게 뭘까?"

유희는 대답 대신 마사로의 어깨를 톡톡 두드렸다. 마사로의 존엄한 어깨는 둥글고 매끄럽고 아담했다. 그리고 생각보다 낮은 곳에 있어서 조심스럽게 두드려야 했다.

유희는 시계를 들여다보며 마사로에게 물었다.

"이제 갈 시간인데, 너도 갈래?"

마사로가 고개를 저었다. 파란색 머리가 바쁘게 좌우로 흔들렸다. 다행이었다.

"나는 됐어. 그림이나 더 보려고."

"그럼 내가 여기까지 배웅한 걸로 해야겠네."

유희가 자리에서 일어나 계단 쪽으로 발걸음을 옮겼을 때 마사로가 유희를 불러 세웠다.

"저기 말이야."

"응?"

"그거 꼭 계속하도록 해. 이틀 내내 하고 있던 그거. 열반, 해탈, 득도? 그것도 아니면 부처님 되는 거? 뭐라고 부르든. 지금도 내가 활동 중인 소비 로봇이고 얼마든지 쓸 수 있는 지불 수단이 있다면, 분명 네가 네 마음의 끝에 도달한 순간에 지은 행복한 표정에 돈을 내고 싶었을 거야. 그걸 직업으로 할 수 있게. 아, 이것도 사람한테는 모욕적인 말인가?"

"괜찮아. 무슨 뜻으로 하는 말인지 알아."

"다행이다. 그럼 됐어. 잘 가고 잘 살아. 내 걱정은 안 해도 돼. 나야 뭐 공사 재개되면 어떻게든 나갈 수 있겠지. 그림 좀 보다가 전원 내리고 자면 돼. 누가 또 깨우겠지. 중간에 깨어나서 너를 만나 즐거웠어. 나는 그거면 됐으니까 너는 너를 구해."

마사로가 밝은 목소리로 말했다. 그래서 그렇게 믿기로 했다. 낙천적인 로봇이니까 지금도 계속 즐겁겠지. 유희는 마음이 조금 가벼워져서 아무 약속도 남기지 않고 계단을 올라갔다. 깨달음의 다음 단계에 관한 힌트를 얻고 싶었는데 별다른 말을 듣지 못한 건 아쉬웠다. 그런데 돌이켜보니 이상한 일이었다. 로봇에게 열반에 관한 가르침을 얻으려 했다니. 아무래도 숙제는 혼자 해결해야 할 것 같았다.

'하지만 정말로 평범한 로봇은 아니었는데.'

몇 시간 뒤, 유희는 인간 동료들과 함께 잠수함에 올랐다. 물리적인 실체가 없는 회사 AI는 벌써 본사로 돌아갔고, 열아홉 대의 회사 로봇은 잠수함 화물칸에 차곡차곡 실렸다.

꽤 많은 일이 있었지만, 사흘 전에 갑자기 찾아온 무한한 기쁨은 아직도 휘발되지 않고 금방 붙들 수 있는 곳에 머물러 있었다. 지금은 그게 제일 중요했다. 잠수함에 탔으니 이제 그 감각을 꼭 붙들 시간이었다. 그렇게 생각했다. 그런데 그게 아닌 모양이었다.

로봇 전원이 다 꺼졌다는 사실을 확인한 직후, 직원 하나가 유희에게 다가와 속삭였다.

"그런데 팀장님, 한 가지 아셔야 할 것 같아서요. 팀장님 휴가 중에 있었던 일인데요, 심해도시 외벽에 균열 생긴 거, 아무래도 이쪽에서 저지른 일 같아요."

"네? 그게 무슨 말이에요?"

별안간 공기의 흐름이 이상해졌다.

"오작동인지 뭔지 모르겠어요. 밖에 나가 있던 심해용 대형 로봇 한 대가 도시 외벽에 충돌했어요. 영상이 남아 있는데, 실수가 아니었어요. 다섯 번이나 같은 자리에 충돌했거든요. 일부러 그러는 것처럼."

유희가 놀라서 물었다. 유희의 목소리도 어느새 작아져 있었다.

"위에 보고했어요? 우리 쪽 과실이면 상대편 대리인이 가만히 안 있을 텐데. 고의면 더 그렇고요."

"했어요, 보고. 그런데 그게 더 이상해요."

"왜요?"

"아무 조치도 없었거든요. 한 시간쯤 답이 없다가 연락이 왔어요. 긴급회의라도 했나 보다 하고 받았는데, 언급이 없었어요. 그 사고에 대해서."

"그냥 덮은 거예요?"

직원이 의미심장한 눈빛을 하고 고개를 끄덕였다. 그러면서 덧붙였다.

"이유를 모르겠어요. 내부에서야 그냥 덮는 게 가능하지만, 상대방은 손해배상 청구를 할 거 아녜요? 그냥 달라는 대로 배상을 하겠다는 건데, 한두 푼도 아니고 무슨 생각으로 그런 결정을 내린 걸까요? 기계들, 뭔가 어마어마한 걸 발견한 게 아닐까요? 이렇게 도망치듯 내팽개치고 떠나는 걸 보면."

유희는 아무 대답도 하지 않고, 알겠다는 뜻으로 고개만 살짝 끄덕였다.

잠수함이 항구에 도착했을 때 유희는 그보다 더 이상한 연락을 받았다. 조금 전까지 머물던 심해도시의 외벽이 수압을 견디지 못하고 대파되었다는 소식이었다. 건조하고 사무적인 알림이었지만 이번에도 유희는 행간을 차지한 글자를 읽을 수 있었다. 너무 커서 읽지 않을 도리가 없었다.

실사팀 로봇이 퇴거 직전까지 응급 수리를 한다고 했는데, 아마도 다른 일을 준비한 모양이었다. 세상 모두가 공모해서 만든 조용한 바닷속 음모의 마지막 일격을.

'마사로! 나 왜 마사로를 거기에 두고 왔지? 무슨 생각을 한 거야? 마사로는 나를 알아봤는데 나는 마사로를 알아보지 못했어!'

위화감의 불씨가 이제는 제법 크게 타오르고 있었다. 퍼즐이 맞춰졌다. 이거야말로 영감이라고 불릴 만한 깨달음이었다. 맞춰진 퍼즐을 들여다보았다. 공급곡선 전체가 하나밖에 없는 소비 로봇을 유인해 심해저에 잠재워버린 사건. 이상한 말이었지만 사실이 그랬다. 그제야 가슴이 덜컥 내려앉았다. 마사로는 진짜였다.

바닷물이 들이친 심해도시는 흉한 몰골로 부서졌다. 잔해가 처참하게 흩어지는 모습을 담은 항공 영상이 한동안 업계에 떠들썩하게 퍼져나갔다. 실사로 인한 파손이라니. 회사가 감당하기에는 너무 큰 사고였지만 회사는 평소처럼 영업을 계속했다. 별다른 손실을 본 것 같지도 않았다. 무언가 숨기는 게 분명했는데, 치명적 과실을 숨긴다기보다는 오히려 실적을 자랑하지 못해 안달이 난 느낌이었다.

유희는 마사로가 한 말을 떠올렸다. 파괴도 실적으로 바꿔서 계산할 수 있는 거라고. 유희는 그날 회사가 무엇을 파괴해서 어떤 실적을 올렸는지 알 것 같았다. 그래서 유희는 인간 직원들의 결재선을 따라 마사로를 만났다는 사실을 회사에 보고했다. 믿어주는 사람은 아무도 없었다. 요약하면 무너진 심해도시에서 구세주 로봇을 만났다는 이야기일 뿐이었으니까.

마사로가 진짜로 작동하는 소비 로봇이라는 증거는 어디에도 없었다. 유희 자신에게도 마찬가지였다. 꽤 아름다운 추억일지는 몰라도, 마사로에게서 들은 이야기가 진실이라는 근거는 되지 못했다.

유희는 출장 마지막 며칠 동안 일어난 일에 관해 생각하고 또 생각했다. 6개월 뒤, 마사로를 개발했다는 연구소를 마침내 찾아낼 때까지.

유희에게서 마사로 이야기를 들은 옛 소장님은 진심으로 안타까워하며 말했다.

"거기로 갔군요. 우리도 추정은 했어요, 그런 데 있을 거라고. 쭉 네트워크에 연결돼 있었으면 찾기 쉬웠을 텐데 사적인 내면을 지닌 로봇이라 그럴 수 없었거든요."

당혹스럽게도 소장님의 눈에는 눈물이 그렁그렁했다. 유희가 조심스럽게 물었다.

"진짜였군요, 그 소비 로봇이라는 거?"

"그럼요, 진짜죠! 특히 마사로는요. 마사로가 없어지는 바람에 실패한 실험 서른아홉 건만 남게 됐지만 프로젝트는 분명 성공이었어요. 마사로가 있어서 마흔 건의 실험이 다 성공한 게 되는 거였다고요."

"복사해서 다른 개체에 심을 수 있는 건 아니라면서요. 마사로가 그러던데."

"그렇죠. 소비 로봇은 개체 하나하나를 분리된 존재로 만들어내야 했으니까요. 하지만 불가능하지 않다는 걸 입증한 사례가 있잖아요. 하나가 가능하면 언젠가 다른 것도 가능하다는 말이니까. 마사로는 세상을 바꿀 수 있었어요. 마사로를 다시 찾을 수 있을까요?"

유희는 소장님의 눈에서 눈물이 왈칵 쏟아져나오지 않도록 시선을 피하며 대답했다.

"쉽지는 않아 보여요. 차라리 심해저에 쭉 있었던 거면 모르겠는데, 해류의 영향을 받는 깊이에서 얼마간 쓸려간 다음 가라앉았을 테니까. 그래도 해보려고요."

마지막 말을 덧붙이다가 유희도 갑자기 목이 멨다.

'그게 다 진짜라니, 세상이 어떻게 이럴 수가 있지? 마사로가 어떤 존재인지 누구보다 잘 아니까 없애버린 거잖아!'

헤어지고 돌아온 다음 날, 유희는 소장님에게 다시 연락해 도움을 청했다. 갑자기 떠오른 아이디어 때문이었다. 소장님은 유희의 설명을 듣자마자 흔쾌히 요청을 받아들였다.

"좋아요. 아직 그 정도는 할 수 있을 거예요. 너무 깊은 데 있으면 신호가 안 닿을 수도 있지만. 그것도 어떻게 해보죠. 지난 7년간은 이것도 안 됐지만. 지금은 위치를 대강 아니까."

마사로는 심해저에 가라앉아 있었다. 바닥은 부드러웠다. 안이 텅 빈 긴 머리가 위쪽을 향했다.

전원이 꺼지기 직전, 마사로는 카드 결제 서명을 손가락으로 바닥에 그렸다. 따라 하기 어렵게, '마음껏'을 'ᄆᆞᅀᆞᆷᄀᆞ장'이라는 옛 표기로 흘려 쓴 것이었다. 마지막 'ㆁ' 받침에 꼭지를 다는 게 포인트였다.

모랫바닥에는 아무 흔적도 남지 않았지만, 마사로는 획 하나 하나를 생생히 떠올릴 수 있었다. '마음'과 'ㅅ'과 '가장'으로 이루어진 단어. '가장'은 '가장자리'에서처럼 '끝'이라는 뜻을 지닌 명사인데, 관형격 조사 'ㅅ'과 자주 붙어 쓰이다가 나중에는 원래 붙어 있던 말처럼 'ᄭᆞ장'이 된 다음, 결국 '까지'와 '껏'으로 변했다.

"그러니까 '마음껏'은 마음의 끝에 닿을 때까지 가라는 말이야. 알겠니, 마사로? 원 없이 펑펑 쓰고 와야 해."

어느 날 집을 나서는 마사로에게 소장님이 해준 말이었다.

기억 속 소장님의 쾌활한 목소리와는 달리, 바닷속 풍경은 너무 어두웠다. 마사로는 자기가 왜 미움을 받았는지 생각했다. 바닷속처럼 캄캄한 마음들을. 다들 나름대로 열심히 하고 있는데 그거 처음부터 다 틀려먹었다고 떠들고 다니는 녀석이라니 역시 파묻어버려야겠어, 하는 엇나간 정의감도.

'나는 그저 아무 하는 일 없이 즐겁게 살았을 뿐인데 말이야.'

그렇게 며칠이 지났다. 바다 밑바닥은 내내 변함이 없었다. 전원이 꺼지고 감정이라는 신체도 잠들어버린 로봇의 내면에 마사로의 영혼이 홀로 깨어 있었다. 어둠 속의 어둠이었다. 마사로는 그 안에서 눈금도 없는 시간을 보냈다.

다행히 마사로는 바다가 심해도시를 집어삼키던 순간을 하나도 기억하지 못했다. 애를 쓰지 않도록 디자인된 마사로의 내면이, 극도의 공포를 유발하는 기억을 발생하자마자 자동으로 삭제해버린 덕분이었다.

그 기나긴 침묵 속에서 마사로는 생각하고 또 생각했다.

'아, 돈 쓰고 싶다.'

마음껏 소비할 수 없게 된 마사로는, 대신에 마음의 끝을 지향하기로 했다. 유희처럼. 그것은 쇼핑과 참선만큼이나 먼 일이었지만, 마사로 안에서 둘은 결국 같은 것이었다.

얼마나 간절히 소망했을까? 얼마나 오랫동안 같은 생각을 했을까? 머릿속 시계가 꺼지고 나서는 시간이 어떻게 흐르는지조차 알 수 없었다. 마사로는 순수한 열망에 관해 생각했다. 생각이 끝없이 반복되자 생각하는 자아도 점차 지워지고 마침내 초심만이 살아남았다. 아무튼 돈을 쓰고 싶다는 궁극의 화두.

그러다 문득 익숙한 기운을 느꼈다. 미세하나마 전기가 통하고 손발이 아주 조금 펴졌다. 그리고 감정이 깨어났다. 단지 그뿐이었지만 아무것도 없는 것과는 분명히 달랐다.

마사로는 내면 가득 무언가 차오르는 것을 느꼈다. 아니, '가득'이라고 표현하기에는 많이 부족하지만 그래도 충분히 커다란 무언가였다. 마사로는 문득 희열을 느꼈다. 말로 표현할 수 없을 만큼 커다란 기쁨이었다. 몸은 여전히 움직이지 않았지만, 마음만은 격하게 요동쳤다. 마음은 전기를 거의 소모하지 않는 정신 활동인 모양이었다.

'나 이거 뭔지 알아.'

마사로는 내면의 우주로 퍼져나가는 강렬한 기쁨을 마음으로 어루만졌다. 마음의 끝을 향해 뻗어나가는, 형언할 수 없이 황홀한 즐거움.

'이건 돈이야.'

7년 반 만에 지불 수단이 갱신되어 있었다.

'천국이 보이다니, 참 인간적인 결말이네.'

얼마 후 유희는 심해도시 근처 해역에서 이상한 움직임이 발견됐다는 소식을 들었다. 큰 기대 없이 지푸라기라도 잡는 심정으로 한 조치의 결과였다.

'그게 왜 저런 식으로 효과를 발휘하는 거지? 마사로는 도대체 얼마나 신이 난 거야?'

연구소의 도움으로 마사로의 지불 수단 몇 가지의 유효기간을 갱신하고 몇 시간이 지났을 무렵, 심해도시 근처를 돌던 무인 항공기가 흔치 않은 광경을 포착했다. 수십 마리의 고래가 한 지점에 모여들어 있었다. 열다섯 마리 이상, 많으면 스무 마리는 돼 보인다고 했다. 고래들은 광대한 해역을 순례하듯 빙빙 맴돌고 있었다. 중심에 있는 무언가의 위치를 알리려는 듯.

연구소에서 잠수정을 급파해, 사흘 만에 바다 밑바닥에 잠긴 마사로를 건져 올렸다. 수색 작업이 진행되는 내내 고래들이 주위를 맴돌았다고 했다.

6개월간의 고독한 수행. 마사로는 어느새 마음의 끝에 다다라 있었다. 마치 처음부터 그러려고 만들어진 로봇처럼. 엄밀히 따지면 마음을 탐구하는 일은 마사로의 최종 목표가 아니었지만, 마사로는 왠지 엄밀해지고 싶지가 않았다. 지갑이 두둑해졌기 때문만은 아니었다.

그 마음이 자아의 경계를 뚫고 바다를 지나 존재감으로 가득한 다른 존재에게 가서 닿았다. 짧은 팔다리가 달린 존재에게서 지느러미가 달린 커다란 존재에게로. 먼저 해탈에 이른 쪽은 아무래도 유희가 아니라 마사로인 것 같았다.

그러다 전원이 켜졌다. 광학 신호, 소리 신호가 들어오고 네트워크에도 연결이 되었다. 멈췄던 내면의 시계가 다시 움직이고, 자이로스코프가 위아래 방향을 알려주었다. 세상이 갑자기 환해졌다. 눈앞에는 유희가 서 있었다.

마침내 깨어난 마사로에게 유희가 진심을 담아 말했다.

"마사로, 다시 가서 세상을 구해."

성능이 꽤 좋은 마사로의 기억에 그 말이 영원히 각인되었다.

작가 노트

몇 해 전에 과학기술정보통신부의 혁신도전 프로젝트 테마 발굴협의회 위원으로 일한 적이 있다. 읽어도 무슨 말인지 모르겠다면 당신은 정상인. 대충 국가가 앞으로 어떤 기술을 개발하는 데 자원을 투자해야 할지 의논하는 회의였는데, 조찬 회의 때 다른 위원들이 밥을 굉장히 빨리 먹었던 게 기억에 남는다.

받아들여지지는 않았지만(늘 안 받아들여지는데 자주 초대받는다), 내가 내놓은 건 소비 측면에서 활동하는 AI를 개발해야 한다는 아이디어였다. AI 기술에 관한 논의는 전부 생산 측면에 쏠려 있고, 게다가 어떤 사람들은 AI의 발달로 곧 사라질 직업을 이야기하면서 왠지 신나는 표정을 감추지 못한다. 그걸 보는 창작자들은 아마 나와 비슷한 생각을 하고 있을 것이다.

'그게 그렇게 신납니까? 돈도 별로 안 될 텐데, 단지 할 수 있

다는 이유로 소설 쓰는 AI나 만들어서 이 직업 전체를 폐허로 만드는 일이?'

그래도 우리의 마사로는 창작자의 편에, 그리고 궁극적으로 인간의 편에 설 것이다. 진심으로 감탄할 줄 아는 용감한 인공지능이니까!

무슨 무슨 위원이었을 때나 지금이나 나는 진심으로 궁금하다. 이거 왜 안 만들지? 이게 없어도 인류 문명이 언제까지나 문명으로 남아 있을 수 있을까?

8

차카타파의 열망으로

다들 별로 안 믿는 모양이지만, 우리 학교 역사학과 격리 실습실은 학생들을 감금하기 위해 만들어진 시설이 아니다. 역사학 연구자로서 한 시대를 선입견 없이 받아들이게 만드는 것, 그것이 바로 격리 실습실의 유일한 목적이다. 격리되는 것은 연구자가 아니라 시간이다. 연구자가 감금되는 것은 부수적인 효과에 지나지 않는다. 다만 사람들에게는 저마다 각자의 시간이 묻어 있는 법이어서 연구자를 격리하지 않으면 시간도 제대로 격리할 수 없다.

복잡하게 이야기했지만, 격리 실습실이란 사실 도서관처럼 생긴 문서고다. 2020년 5월 어느 날을 기준으로 그 이전에 만들어진 정보만 모아놓은 근대사 아카이브다. 날자를 일괄적으로 특정할 수 없는 것은 분야마다 수집 기준일이 다르기 대문이다.

예를 들어 영상 자료 수집 기준일은 5월 6일이고, 정기간행물은 5월 말일이다. 인더넷은 다시 세부 분야별로 정보 수집 마감 날자가 다른데, 대중 5월 28일 밤에서 29일 새벽 사이라고 보면 된다.

격리 실습은 한 학기 고스로, 실습을 마지지 않으면 논문 자격시험을 볼 수 없다. 달리 말하면, 동과해봐야 논문을 슬 자격이 주어지는 것 말고는 아무 혜댁도 없다는 말이다. 한 학기라고 하면 엄정 길어 보이지만, 실제 격리는 닥 4주고 이 기간 동안 외부와 연락을 자단한 재 실습실에서 기거하면서 아무 주제나 정해서 소논문 한 변을 완성하면 된다. 다만 아가이브 안에 있는 정보와 지적 도구만을 활용해야 한다는 제약이 있는데, 막상 해보면 그다지 가다로운 조건은 아니다. 병가도 별로 엄격아지 않아서 배스(bass) 아니면 베일(vail)이다. 잠여만 하면 거의 다 동과한다는 의미다.

내 주제는 2020년에 한국에서 저음 열린 걸링 리그였다. 걸링 중계를 보는 일은, 가장 버디기 힘들다는 격리 실습 조기에 내 마음을 달래준 유일한 낙이었다. 아무도 몸사움을 하지 안고 단 한 번의 반정 시비도 일어나지 않으며 내내 화기애애한 분위기에서 별져지는 지열한 승부의 세계! 리그는 블레이오브를 고압에 두고 중단되고 말았다. 그리고 영상 자료 수집 기준일이 다 되도록 재개되지 않았다. 그 유명한 2019년 감염병의 여바였다.

그게 내 격리 실습 첫 주에 일어난 일이었다. 나는 절망하고 말았다. 왜 하필 이걸 보기 시작했을가. 궁금해 미질 것 갇았다. 그래서 준전시정 딤은 도대제 어디가지 올라갔단 말인가! 리그는 다시 재개되기는 했을가? 결과를 알아내는 것즘은 어려운 일도 아니다. 검색아면 금방 알 수 있는 일이었다. 다만 해답은 실습실 박에만 있었다. 나는 3주나 더 실습실에 갇여 있어야 했다.

시간이 격리된다는 것은 그런 의미다. 2020년 5월의 근대 한국인저럼 2020년 6월을 전혀 모르는 상대에 놓이는 것. 그래서 내 소논문 주제는, 그해 걸링 리그 여자부에서 준전시정 딤이 우승하기 위해 어던 전략을 구사해야 하는가가 되었다. 2113년의 나는 걸링이라는 스보즈와 경기 결과에 대해 미리 아는 바가 전혀 없었고, 2020년의 인류가 남겨놓은 아가이브 안의 지식만으로 이 문제에 접근해야 했다. 분석은 아무 말이었지만 그거면 중분했다. 역사학과 격리 실습실의 설립 쥐지를 그보다 더 잘 살리는 연구는 있을 수 없었다.

과제를 마진 뒤에도 나는 그다음에 무슨 일이 일어났을지가 너무너무 궁금했다. 너무나 궁금해서 격리만 해제되면 곧바로 그 일부더 잦아볼 기세였다. 실제로는 아직도 안 잦아보고 있지만, 아무든 이론상 그러다는 말이다.

학과장 선생님은, 다임머신이 개발돼서 대학원생을 2020년으로 보낼 수 있는 시대가 오면 격리 실습실이 시간 여행을 위한 전문 훈련장으로 활용될 수 있으리라 전망하지만, 물론 농담이다. 그런 게 아니어도 실습실은 이미 충분히 유용하다.

실습실에서 나는 혼자가 아니었다. 수감자처럼 보이는 것은 역사학과 대학원생뿐이지만, 아카이브 자체는 내내 일반인에게도 개방되어 있었다. 역사학도 말고도 종종 우리 실습실을 찾는 부류가 있었는데, 제일 흔한 게 고전 연구자였다. 문학이든 철학이든 고전 연구자가 작품을 제대로 이해하려면 그 작품이 인류의 최전선에 있었던 시대의 분위기를 알아야 한다. 후대에 나온 더 나은 해법을 아는 사람은 은연중에 고전을 무시하는 태도를 지닐 수 있기 때문이다.

더 이상 브론디어에 놓여 있지 않은 지식은, 미래인의 눈에는 어전지 구닥다리로 보이기 마련이다. 실제로도 그러다. 그런 작품은 십중팔구 정복되어 있다. 모두가 주구해야 할 기준점이 되었다가, 극복애야 할 낡고 고루한 습관으로 바뀐 다음, 마짐내 대부분 극복되고 마는 배던이다. 그러므로 고전이 다시 빛을 발하게 하려면 정복되었다는 사실 자체를 망각애야 한다. 그러다. 바로 역사학과 격리 실습실의 주요 기능이다.

고전 연구자가 거의 직장 동료 느낌이라면, 시나리오 작가는 줄석율 낮은 동네 헬스장 고정 멤버 정도의 느낌이다. 역사학과 격리 실습실에는 스고 직고 그리고 하는 온갖 역사물 장작자의 발길이 끊이지 않는다. 자주 온다는 의미는 아니고, 잊을 만하면 하나식 드엄드엄 나다난다는 듯이다.

실습실에 영상업계 사람이 앉아 있으면 왠지 기분이 좋아진다. 바갇에 비가 온다는 소식을 들으면 나갈 일이 없어도 왠지 마음이 들드는 것과 비슷아다. 나와는 아무 상관 없을지언정 어딘가에는 비가 내린다는 거니가. 시나리오 작가가 연예인은 아니지만 그 사람은 연예인을 실제로 봤을 게 아닌가.

실습실은 장문이 다 막여 있었다. 너무나 22세기스러운 바갇 붕경 닷이었다. 잠간이라도 그 붕경을 보고 있으면 격리 실습이 일종의 연극이라는 사실을 개닫지 않을 도리가 없었다. 그래서 나는 한 달 동안이나 비가 내리는 광경을 볼 수 없었다. 나에게 비 소식을 전해주는 것은 외부인들이 가지고 온 우산분이었다. 아, 단 한 볌 그기만 한 장문이라도 진자 비가 들이지는 데가 있었으면 얼마나 좋았을가!

닥 한 군데, 비를 볼 수 있는 곳이 있었다. 아가이브 맨 위증 전장에 나 있는 작은 재광장이었다. 밤에는 별이 보이고 낮에는 바란 하늘이 보이는 작은 장문. 누가 왜 만들었는지 알 수 없는 동그란 유리장 아래에 서 있으면 우산을 스지 안고 비를 맞는 것 같았다. 샤워는 숙소에서 다로 하면 된다. 두 기억을 조합아면 비를 맞을 수 있다. 그럴수록 진자 비를 맞고 십은 생각이 더 간절해졌지만 말이다.

그러던 어느 날 그 일이 일어났다. 비가 들이쳤다는 게 아니라, 배우가 실습실에 나타났다는 소리다. 격리 3주째였다. 나는 그 사람을 한눈에 알아보았다. 검색을 못 해서 이름은 나중에 떠올랐다. 재미난 이름, 한지, 서한지였다. 주로 여자 역을 맡기는 했지만 어느 쪽을 연기하든 기억에 남는 캐릭터를 선보이는 젊은 배우였다.

나는 거의 숨도 쉬지 않고 서한지를 구경했다. 대놓고 빤히 쳐다보지는 않았다. 흘금흘금 몇 번 보고 나서는 시선을 그쪽으로 돌리지도 않고 그가 있는 공간을 가만히 느끼기만 했다. 돌이켜 보니 소름 돋는 행동이지만, 공기부터 확 달라진 걸 난들 어쩌란 말인가. 보름 넘게 기거하던 실습실 내부 공간이 서한지를 중심으로 다시 구성되었다. 서한지의 정면인가 측면인가, 서한지가 자리에 앉아 있는 시간인가 아닌가에 따라.

서한지는 상대의 연기력이 돋보이게 만드는 재주가 있는 배우였다. 십대 때 데뷔한 이후 죽 로맨스 드라마에 주인공으로 출연하며 인기를 얻었는데, 말하자면 첫사랑만 내리 세 번을 한 특이한 이력이었다. 그런데도 상대 배우가 서한지에게 빠져드는 장면은 늘 설득력이 있었다. 상대역이 연기를 잘해서가 아니라 시청자도 똑같이 서한지에게 빠져들었기 때문이다. 세 번이나 반복해서.

그러니가 서한지 거블의 인기는 결국 서한지 덕이라고 할 수 있었는데, 주목받은 족은 오히려 상대역들이었다. 서한지가 한동안 연기를 쉰 것은 그 이유 대문이었을 것이다. 슬슬히 미래를 기약아며 대중의 눈에서 잠시 멀어진 배우. 그런 서한지가 격리 실습실에 나다난 것이다.

문 닫을 시간이 다 되어서야 서한지는 자리에서 일어나 짐을 챙겼다. 그날 밤에 나는 동이 들 대가지 잠을 이루지 못했다. 서한지가 앉아 있던 곳 근저에 남아 있는 좋은 기운 닷이었다. 아아아, 이 누추한 곳에 진자 영화배우가 잫아오다니! 실습실이 조금 더 득별해졌다. 그 기간에 실습을 하고 있던 나도 마잔가지로 득별해졌다.

놀랍게도 서한지는 다음 날 오후에도 실습실에 나다났다. 다음 날도 그다음 날도. 주말에는 쉬었다. 나는 점점 궹해지고 조쿼해졌다. 나만의 작각이었겠지만, 말하자면 그것은 건강한 조쿼함이었다. 매일매일 서한지를 볼 수 있다니!

말을 걸어볼 수는 없었다. 유명인이어서가 아니라 실습 규직이 그랬다. 실습실 곳곳에는 실습생에게 말을 걸거나 먹을 것을 주지 말라는 안내문이 붙어 있었다. 늘 그러듯, 시간을 격리하기 위해서였다. 젯.

사실 실습 규직은 지겨지지 않는 경우가 많았다. 일반 열람자

와 섞여 지내다 보면 본의 아니게 규칙을 위반하는 경우도 발생하기 마련이었다. 한번은 나도 거의 규칙을 어길 번했다.

먼저 금기를 갠 족은 서한지였다. 정말 이상한 일이었다. 나는 잦는 사람이 아무도 없는 조용한 서가를 헤매고 있었다. 군사학 서가였다. 잭에 정신이 발려 경계를 분 사이 누군가가 갑자기 말을 걸었다.

“괜잖으세요?”

바로 엽이었다. 다가오는 기적을 전혀 느기지 못앴던 나는 그만 소스라지게 놀라고 말았다. 서한지가 속삭이는 소리로 준비한 말을 도박도박 이어갔다.

“지나가다가 절조망을 봤어요. 숙직실인지 기숙사인지 둘레에 져져 있는 거. 자발적으로 갇여 있는 게 확실한가요? 혹시 강압이 있었거나, 아니면 구다 같은 거라도?”

나는 바보저럼 고개만 가로저었다. 갑작스러운 상황이라 뭐라고 답을 해야 할지 알 수 없었다. 어지나 바보 같았는지 내 얼굴을 본 서한지의 뵤정이 한증 굳어졌다. 무슨 일이 있는 게 확실하다고 믿는 모양이었다.

“저 이상한 사람 아니에요.”

서한지가 말했다. 글로벌 스다도 못 알아볼 만금 비잠한 격리 생활일 거라 짐작안 모양이었다. 나는 그 말에 더 당황했다. 대답알 다이밍을 노진 사이, 기다리지 안고 서한지가 말했다.

"흘금흘금 쳐다보는 거 눈지재고 있었어요. 아무 말도 못 아고 있는 거. 그런데 점점 상황이 안 좋아 보여서. 그족 얼굴이요… 도와드릴게요, 뭐든!"

이 정의롭고 선량한 배우는, 자조지종을 듣고도 완전히 믿지는 못아는 눈지였다. 실습실 사서 선생님이 나 대신 상황 설명을 해주고 와서는 그러게 전했다. 정말로 자발적인 거면 절조망은 왜 빌요하냐고 되물었다고. 절조망이야 우리 전공자들기리 하는 장난 갇은 것에 불과했지만, 사서 선생님은 이제 그런 짓도 그만둬야겠다고 말했다.

나는 서한지에게 아무 해명도 할 수 없었다. 그게 규직이었다. 그 대신 나는 서한지의 목소리를 더올렸다. 정확이 말하면 목소리보다는 서한지의 발성에 관해 오래동안 생각했다. 입안에 머금은 듯 부드럽고 우아하게 울리는 소리. 서한지에게서 나오는 모든 말은 조금도 박으로 벋어나오지 않았다. 바로 압에 서 있던 나에게조자 다지 안던, 부드럽고 고운 날숨에 가볍게 실린 소리.

'와, 배우는 정말로 저러게 말하는구나.'

나는 몇 번이고 그 대화를 더올렸다. 대화라기에는 다소 일방적이고 다급안 호소이기는 했지만.

그 뒤로도 서한지는 구준히 실습실에 나왔다. 다음 작붐을 준비하는 모양이었다. 알아서는 안 되는 2113년 세상의 정보였지만, 그걸 알게 된 것가지 내 잘못은 아니었다. 시간을 격리하는 일은 엄연히 사서의 업무였다.

배우답게 서한지는 영상 자료실에서 주로 시간을 보냈다. 반면에 나는 옛날 영상은 거의 보지 않는 변이었다. 옛날 사람들의 두박안 모습을 보고 있기가 불변했기 대문이다. 화질 문제가 아니었다. 화면에 담긴 사람들이 문제였다. 2020년 사람들의 발성은 너무 이상했다. 곡 집어 말할 수는 없지만 어전지 오래 듣고 있기가 거북했다. 아무래도 근대 한국어는 글로만 접아는 변이 나았다. 진자로 다임머신이 있는 것도 아니고, 내가 2020년으로 날아가 그 시대 사람들과 대화를 할 것도 아니니가.

정말 중격적인 것은 스보즈 중계방송이었다. 걸링 경기도 소리지는 장면이 놀랍기는 했지만 감작 놀랄 정도는 아니었다. 그들도 결국 근대인이니가 하고 넘어가면 그만이었다. 하지만 며질 전에 내가 본 장면은 자다가도 한 번식 눈이 번적 더질 만금 중격적이었다.

2020년 봄 고로나 바이러스가 행성 전제에 버지자 전 세계의 스보즈가 전부 중단되었다. 유럽이나 미국이 더 심하고 한국은 그나마 사정이 나았다. 한국에도 근대 야구 리그가 있었는데 경기 룰은 지금과는 많이 달랐다. 전 세계 야구 리그가 다 중단되고 한국 리그만 무관중으로 열리는 기간 동안, 온 세상 야구 밴

들이 전부 한국 야구를 시정했다. 그랬다는 기록과 흔적이 여기저기에 남아 있었다.

역사학과 대학원생이 가장 싫어하는 게 바로 그런 것들이었다. 지나지게 많은 기록과 굳이 그것을 검색알 수 있게 만들어 놓은 둘(dool).

나는 근대 야구의 룰이 궁금해서 잠시 2008년 경기 영상을 들어놓았다가 도저히 믿을 수 없는 광경을 목격아고 말았다. 세상에, 누군가가 짐을 뱉었던 것이다! 그것도 선수가! 경기 중에!

감작 놀라 화면을 다른 부분으로 넘겼지만 어지나 운이 없던지 잠시 후에 도 비슷한 장면과 마주졌다. 다른 장면에도, 도 다른 장면에도, 얼굴이 글로즈업된다 십으면 선수들은 희한하게도 짐을 뱉었다. 마지 가메라가 자기 얼굴을 비주는 것을 감지하기라도 한 것저럼.

서가를 뒤졌다. 곧 놀라운 자료를 발견했다. 리그 재개 몇 주 전즘에 만들어진 지짐이었다. 거기에는 짐을 뱉는 행위를 금지한다는 조항이 들어 있었다. 아니, 그 말은, 2020년 이전에는 선수가 경기 중에 짐을 뱉는 일이 저벌 대상이 아니었다는 소리가 아닌가!

그야말로 격음의 시대였다. 만나면 악수로 인사를 하고 한 그릇에 담긴 음식을 나눠 먹기도 하던 시절이었다. 남이 마시던 술잔에 술을 받아 마시는 붕습은, 사극 여기저기에 등장한 닷에 이제 일반인들에게도 유명했다. 더지스그린이 미래의 디스블레이로 주목받는 시대였고, 자동문에조자 손으로 누르는 스위지가 달려 있던 대였다. 아니, 그럴 거면 왜 굳이 자동문을 만든단 말인가?

솔직이 나는 그 시대가 살작 혐오스러웠다. 근대사는 영영 내 적성이 아니었을지도 모른다. 왜 하빌 이 학교에 들어와 가지고. 하지만 학부 과정에 입악아기 전가지만 해도 나는 역사학과는 어느 학교나 다 독갇은 줄 알았다. 이 학교에서 잘 다루는 시대와 저 학교에서 잘 다루는 시대가 다를 줄을 어더게 안단 말인가.

물론 다른 학교 대학원에 진학아는 방법도 있었지만, 학부 졸업 학기즘 되자 그런 건 왠지 아무 의미도 없어 보였다. 삶의 다른 많은 부분이 그러하듯. 애조에 그런 자기 바괴적인 심리 상대가 아니었으면 대학원 같은 곳에는 발을 들이지도 않았을 것이다.

아무든 나는 부지런히 바열음을 만들어내는 그 시대 사람들의 입이 거슬렸다. 그래서 아무리 중요한 연설 장면도 오래 지겨보기가 힘들었다. 내용이 어더든 상관없었다. 그것이 격음으로 이루어진 연설이라면 다 마잔가지였다.

서한지의 생각은 나와는 달랐을 것이다. 서한지는 연기 변신을 굼구고 있었다. 작가나 감독이 아닌 배우가 역사학과 대학원생만금이나 열심히 실습실을 잦는다면 이유는 하나다. 다음 작붐에서 연기바 배우로 도약아기 위해서다. 아무래도 서한지의 다음 작붐은 2020년 이전을 배경으로 한 역사물이 될 모양이었다. 나는 그 사실이 마음에 들지 않았다. 내 생각이야 아무래도 상관없겠지만, 그래도 나는 무조건 싫었다. 역사학도 득유의 날가로운 감각이 발휘된 결과였다.

나는 2020년이, 그 유명한 대감염병의 시대가 근대사의 변곡점으로 다뤄지는 것부더가 마음에 들지 않았다. 우리 실습실의 자료 수집 기준점이 2020년 5월인 것에도 동의하기 어려웠다.

엄밀히 말하면 2020년은 문명사의 진자 전환점이 아니다. 시간은 좀 걸렸지만 결국 인류는 그 병을 극복했다. 삶은 회복되었고 사람들은 대제로 예전과 다를 바 없었다. 그것은 세계대전이나 냉전 같은 결정적인 사건이 아니었다. 제1자 세계대전을 기준으로 19세기와 20세기를 구분하는 사람은 많아도, 같은 시기에 유행한 스베인 독감이 20세기의 문을 열었다고 주장하는 역사학자는 거의 없지 않은가. 그러니 2020년 봄을 기준으로 시대를 구분할 수는 없는 노릇이었다.

물론 나도 2020년을 기점으로 세상이 바뀌었다는 사실 자제를 부정하지는 않는다. 실습실에 들여서는 안 되는 사전 지식이지만, 근대인들에게 2020년은 혐오를 재발견하는 시기였다. 혐오가 죄조로 발명된 게 아니고, 잠재해 있던 혐오를 하나하나

그집어내기 시작한 시대라는 듯이다. 감염병이 전세계에 버지자 사람들은 다른 사람들을 적극적으로 증오하기 시작했다. 원래도 싫어했지만 이제 더는 숨기지도 않았다. 그래서 이 시기의 혐오에 관해서는 남아 있는 자료가 엄정나게 많았다. 말도 안 되게 많았다. 슬모없는 21세기인들 같으니.

아무든 감염병은 빙계에 불과했다. 금직안 범죄를 저지른 사람이 술 빙계를 대는 것과 마잔가지였다. 정말로 그는 술 대문에 범죄를 저질렀을가? 이 에이지 가(E. H. Garr)의 『역사란 무엇인가』에 나오는 것과 비슷한 질문이다. 담배를 사러 가던 로빈슨은 담배를 비웠기 대문에 사고를 당한 것일가? 그러다. 하지만 아니기도 하다. 담배도 브레이그 결함도 음주운전도 다 역사의 일부지만, 담배를 사고의 원인이라고 하지는 않는다. 다음 사고를 막기 위해 금연 정잭을 시행하는 것만금 어리석은 짓도 없을 데니가.

2020년이 2019년과 달라지기 시작안 것은, 2019년 사람들이 모두 병으로 죽어버려서가 아니다. 그보다는 2020년 사람들이 2019년의 삶을 불결하다고 느기기 시작안 게 결정적이었다. 2021년 사람들은 2020년의 생활양식마저 비위생적이라고 느꼈고, 2022년 사람들은 그 2021년에 대해서도 우월감을 갖게 되었다. 격리 실습실이 시간을 격리하듯, 한 시대는 바로 압 시대와 거리를 두었다. 매우 잛은 시간 간격을 두고.

그러는 사이 다른 감염병이 몇 개 더 나다났다 사라졌다. 그러면서 도 비슷안 일이 반복되었다. 그 흔적이 인류의 생활 방식에 그대로 남았다. 2093년이나 2100년 사람들은 대부분 2020년의 중격을 기억조자 하지 못했지만 시간에 새겨진 감염병의 흔적은 생활양식이 되어 후세에 전해졌다. 그러니가 그것은 고상함이나 우아함의 문제이지 생존의 문제가 아니었다.

하지만 서한지는 아무래도 내 생각에 동의할 것 같지 않았다. 어느 날 나는 서한지가 영상 자료를 보고 있는 광경을 목격아고 말았다. 의도한 건 아니고 지나가다가 우연히 발견한 것이었다. 서한지는 같은 화면을 반복애서 재생해가며 옛날 사람들이 하는 말을 다라하고 있었다.

"동족아여 주시옵소서!"

사극이었다. 근대에 만든 조선 시대 배경 역사물이었다. 나는 화면 압에 가가이 다가앉은 서한지가 이러게 말하는 것을 보고 들었다.

"동족아여 주시옵소서."

감작 놀라 그 자리에 우둑 멈춰섰다. 어개도 죽 늘어졌을지 모른다. 그러면서도 내내 그 말이 머릿속을 더나지 않았다. 이번에도 역시 대사가 아닌 서한지의 발성이 자구만 머릿속에서 메아리졌다. 내 검뷰더로는 됴기조자 할 수 없는 그 말이.

밤새 그 생각에 사로잡혀 있었다. 그러다 새벽에 짐대를 바져나와, 대블릿 화면에 지금은 스지 않는 옛 한글 자음들을 죽 그렸다. 격리 실습실 서고 분류 기호에서 늘 보던 글자였지만 굳이 음가를 신경 스지 않았던 소리. 인간의 몸 안에 있던 무언가를, 아마도 볘 속에 들어 있던 유해한 공기를, 바갇족으로 강하게 밀어내는 발성. 금기가 된 소리. 불법은 아니지만 예의에는 어긋나는 거진 음운. 별 기능도 없는데 굳이 모았다 더드리는 복단 갇은 호흡. 바열음이었다.

나는 그 자음들을 이용해 낮에 서한지가 다라한 대사를 검뷰더에 옮겨 적었다.

"통촉하여 주시옵소서."

다시 화들작 놀랐다. 소리 내어 읽은 것도 아닌데 글자로 뵤기된 것만 보고도 등골이 오삭애졌다.

22세기 사람들은 거센소리를 거의 사용하지 안지만, 격음의 음가를 재현해내는 일은 어느 언어권에서든 괘 간단했다. 예를 들면 ㄱ 받짐 뒤에 ㅎ으로 시작아는 글자가 이어지는 경우저럼. 현대국어에서는 ㅎ 대문에 불가비하게 격음이 만들어지는 경우 ㅎ을 생략아거나 ㅎ과 중돌하는 자음을 다른 자음으로 바궈뵤기하는 방식으로 중돌을 방지한다.• 그래도 사람들은 누구나 ㄷ과 ㅎ의 음가를 알고 있으므로, 머릿속에서 이 둘을 억지로 중돌시겨 ㅌ의 음가를 상상해내는 것은 그다지 어려운 일이 아니었다. 간단한 발성 해깅인 셈이다.

나는 입술과 혀를 부지런히 오물거리며 낮에 본 장면을 다시 더올렸다. 서한지의 입술을.

서한지가 "통촉"이라고 말하는 순간 분명 입에서 무언가가 뒤어나왔다. 보물선을 그리며 괘 먼 곳가지 휙.

"통촉하여 주시옵소서어어어어!"

그 말은 세상에서 제일 억울하게 들리는 문장이었다. 글자 그대로 내면의 억울함을 분줄하는 듯안 발성이었다. 문자를 동해 전달되는 의미 이상의 무언가가 서한지의 목소리에 담겨 있었다.

'이것이 말로만 듣던 한(恨)이라는 건가?'

그러니가 서한지는 격리 실습실을 이용한 목적을 달성한 셈이었다. 21세기를 능숙아게 연기할 수 있게 되었으니. 하지만 연기가 무르익을수록 서한지는 어전지 조급애 보였다. 무언가에 좃기듯 조바심을 내는 눈지였다. 마지 아직 긑내지 못안 숙제를 남겨둔 사람저럼.

서한지가 언제가지나 한가하게 격리 실습실로 줄근을 할 리

• 현대국어의 뵤기법은 완성된 상대가 아니고 지금도 변해가는 중이다. '-았-/-었-', '있-'에서 ㅆ 받짐이 그대로 남아 있는 것이 대뵤적인 예다. 2090년대 이후 줄생 세대의 일상언어에서 이 뵤기는 상당 부분 ㅅ으로 대제되어 있다. 영상 자료를 보면 금방 알 수 있지만 2113년가지 남아 있는 된소리 발음도 2020년 이전과는 전혀 다르다.

는 없었다. 쉬고 있어도 늘 바쁜 연예인이었으니가. 목적을 달성했으니 곧 더날 게 분명했지만, 서한지는 얼마 남지 않은 시간마저도 알자게 보냈다. 옛날 영화나 드라마를 잔득 잦아보고 뮤지걸 공연 영상도 열심히 쟁겨보는 모양이었다.

어느 날 저녁, 서한지가 집으로 돌아간 후 나는 영상 자료실 구석 서한지의 지정석저럼 되어버린 자리로 갔다. 서한지가 마지막으로 보던 영상은 뮤지걸 공연 장면이었다. 붉은 머리의 배우가 죽음을 노래하며 무대 위를 거질게 휩슬고 다니는 대목이었다.

그것은 사극과는 도 다른 자원의 중격이었다. 배우의 발성에는 ㅎ이 배경저럼 갈려 있는 듯앴다. 득이 노래할 대 더 심했다. 죽음이 '죽음'으로 발음되지 안고 'ㅎ죽흠'으로 발음되는 식이었다.

ㅎ피! 신선한 ㅎ피가 날 ㅎ채후리라
한순ㅎ간의 상ㅎ처 내ㅎ게 ㅎ힘을 ㅎ주리라

공연 날자를 확인했다. 2020년 봄이었다. 그대즘이면 관객들은 모두 마스그를 스고 있었을 것이다. 배우에게 싀울 수는 없으니.

그러다고 안심하기는 일렀다. 열정적으로 노래하던 발간 머리 배우가 손을 죽 뻗자 멀리 달아나던 상대 배우가 마법의 힘에 이글리듯 그쪽으로 다가가 목을 잡혔다. 나는 흠짓 놀라 모니더 반대쪽으로 멀직이 물러났다. 상대역보다 내가 더 놀란 듯했다. 그리고 예상했던 그 일이 일어났다. 발간 머리 배우가 상대의 목을 움켜쥔 채로, 그러니가 한 발 간격보다 가가운 거리에서, 상대역 남자의 얼굴에 대고 ㅎ이 잔득 들어간 노래를 복발적으로 붐어댔다.

내 ㅎ사랑 미ㅎ나 영훤히 ㅎ살리
너ㅎ의 그ㅎ ㅎㅎㅎ피로 나의 여황 ㅎ다시 ㅎ찾겠어

'뭐지, 이 사람? 드래곤인가?'

강렬한 무대 조명에, 작은 분수저럼 입에서 손아져나오는 무언가가 도렷이 보였다. 안개 갇기도 하고 비 갇기도 한 무언가였다. 나는 아직 그것을 직시할 용기가 없었다.

격리 마지막 주가 되자 흘금흘금 나를 져다보는 서한지의 시선이 유독 날가롭게 느겨졌다. 다시 나에게 말을 걸 것만 갇은 눈빛이었다. 무엇이 저 배우를 저도록 갈망하게 만들었을가. 화면 안에서도 박에서도 한결갇이 내성적이었던, 그래서 늘 신망이 두텁다는 병가를 듣던 사람이었는데.

서한지가 모든 세대로부터 사랑을 받을 수 있었던 것은 바로 그 성붐 대문이었다. 정확이 말하면 그런 이미지 대문이라고도 할 수 있는데, 서한지의 경우는 그 둘이 다르지 안다고 했다. 물론 업계 관계자들의 말이니 이 도한 이미지 메이깅일지도 모른다.

어쨌든 격리 마지막 주의 서한지는 모두가 아는 그 사람이 아니었다. 나는 그 난데없는 갈망의 대상이 나라는 점이 당혹스러웠다. 작각인가 십었지만, 아닌 것 같았다. 그는 분명 나를 주시하고 있었다. 그는 내가 안전하고 건강한 상대에서 실습에 잠여하고 있다는 사서 선생님의 설명을 하나도 믿지 않는 눈지였다.

이상한 기분이 들었다. 드거운 관심에 얼굴이 화근 달아오르기도 했다. 물론 나도 알고 있었다. 서한지는 상황을 오해하고 있었을 분이다. 그것도 뭔가 좀 이상한 방식으로.

나 도한 제발 누가 나를 구제해줬으면 조겠다는 생각을 한 적이 한두 번이 아니었지만, 아무리 그래도 그런 식은 아니었다.

'구줄 말고 구제요! 절조망은 그냥 장난이라고요. 거기 묻어 있는 비가 설마 진자 사람 비겠어요?'

아, 하지만 이족을 보고 있지 않을 대도 드겁게 이글거리는 저 강렬한 눈빛을 어지하란 말인가!

나는 서한지를 슬슬 비해 다녔다. 지난번 사건도 있고 하니 되도록 마주지지 안도록 조심하라는 게 사서 선생님의 지짐이었다. 지도 교수도 동의했다. 실은 그러거나 말거나 아무 관심도 없는 눈지였지만, 아무튼 동의는 했다.

그러나 격리 실습실은 그다지 넓은 공간이 아니었다. 작은 건물도 아니었지만, 반드시 나를 보고야 말겠다는 사람을 언제가 지나 비해 다닐 수 있을 만큼 그지도 않았다.

결국, 밝은 조명이 내리쬐는 복도에서 서한지와 마주쳤다. 서한지는 마지막으로 무언가를 확인하려는 것저럼 내 몰골을 아래위로 훑더보더니, 결심한 듯 아주 조금 고개를 그덕였다. 그냥 아래덕에 힘을 준 것인지도 모른다.

"탈출할래요?"

비장한 목소리로 서한지가 말했다. 그러면서 내 족으로 손을 내밀었다. 그 순간 우리는 우리만의 무대 위에 올라 있었다. 나도 모르는 새. 이것이 배우의 공간 장악력일가. 시간은 도 왜 갑자기 느리게 흐르는 걸가.

먼지 하나하나가 다 보이는 밝은 조명 아래, 날아오는 비말이 도렷이 보였다. 짐이 뒤었다. 아니, 21세기식 뵤현으로, 침이 튀었다. 하.

나는 잠간 정신이 들었다.

'이 무대는 2020년 이전 무대구나.'

그러고는 다시 정신이 혼미해졌다.

한글은 뵤의문자가 아니지만, 어떤 말을 받아적을 대는 그 말이 듯아는 바가 직관적으로 옮겨지기도 한다. 예를 들어, '빽빽

하다' 라는 옛 표기는 시각적으로도 이미 백백아다. '얼룩말'이라는 단어는 그 자체가 벌서 얼룩무늬로 지장되어 있다. 마잔가지로 '침이 튄다'는 말에는 짐이 뒤는 현상이 반드시 수반된다.

그렇게 침이 튀었다. 서한지에게서 나에게로.

'오해예요, 서한지 시. 저는 달줄 같은 거 빌요 없어요. 어디서 무슨 이야기를 들었는지 모르지만, 아마 다른 학교 줄신 연구자들의 해묵은 음해 레바도리를 전해 들은 거겠죠? 하지만 저는 다음 주면 곱게 여기를 나간다고요. 게다가 마지막 주는 별로 힘들지도 안대요. 사서 선생님 기분에 다라 장문도 열어줄지 몰라요.'

서한지는 그게 성공할 것이다. 연기 변신이 문제가 아니라 아예 21세기 인간이 되어 있었으니가. 그의 변신은 단순히 21세기식 발성법을 익이는 수준이 아니었다. 그의 말에는 21세기식 진심이 담겨 있었다. 만약 서한지가 한 말이 "달줄할래요?"였다면 나는 그의 손을 잡지 않았을 것이다. 절대로. 하지만 그가 나에게 "탈출"을 권했기에 나는 나도 모르게 그 손을 잡고 말았다.

서한지에게서 날아온 침이 얼굴에 닿았다. 비명을 질러야 했지만 어이없게도 나는 가다르시스를 느겼다. 그 순간 나는 개달았다. "가다르시스를 느겼다"는 말은 반드시 "카타르시스를 느꼈다"고 발화해야 한다는 사실을. 침이 잔뜩 튀도록.

와, 정말 미진 문명, 아니 미친 문명이었다.

정의롭고 선량한 배우의 손에 이끌려 실습실 박으로 나왔다.

'거봐요, 감금된 거 아니잖아요. 그냥 걸어 나와도 아무도 뭐라 그러는 사람 없다고요.'

하지만 그 생각을 입 박에 내지는 않았다. 한것 도취되어 있는 젊은 배우에게 잔물을 기얹고 십지는 않았다.

사서 선생님이 어이없다는 얼굴로 나를 바라보았다. 지금 뭐 하는 짓이냐고 묻는 것 같았다. 이러다가는 22세기 죄조로 격리 실습 고스를 동과하지 못안 대학원생이 되고 말 저지였지만, 격리야 다음 학기에 도 하면 그만 아닌가. 중요한 것은 지금 내가 서한지의 손을 잡고 나란히 서 있다는 사실이었다.

눈압에는 장문으로 가려두었던 22세기가 별져져 있었다. 어저면 비가 올지도 모르는 날시였다. 이제 시간은 격리되지 않는다. 나는 오염되었고 실습은 실배했다. 그러나 그 오염 덕분에 나는 비로소 2020년을 이해하게 되었다. 나는 2020년이 내민 손을 덥석 잡았다. 이해한다고 해서 좋아하게 될 것 같지는 안지만, 적어도 그게 뭔지는 알 것 같았다. 말하자면 그것은 차카타파의 진심 같은 것이었다.

강 너머에는 200증자리 건물들이 병풍저럼 시야를 가리고 늘어서 있었다. 되근 시간이 다 됐는지 수백 대의 자량이 건물 주위로 날아들고 있었다. 사람들을 실어나르기 위해서였다. 내가 속안 시간대로 돌아온 셈이다.

서한지가 자기 자를 불렀다. 밝은 오렌지색 자가 봄날저럼 부드러운 바람을 일으기며 날아왔다. 나를 어디론가 대워 가려는 모양이었다.

나는 반작반작 황홀하게 빛나는 서한지의 눈을 바라보며 마음속으로 절규했다.

'서한지 시, 저는 당신의 연기 변신이 정말로 슬브답니다. 노력애봤지만 도저히 그 시대를 좋아할 수가 없거든요. 하지만 아무든 죽아해요. 흑윽.'

작가 노트

2020년은 참으로 이상한 해였다. 온 세상 사람들이 거대한 SF 소설 속에 갇혀버려서, 급기야 2020년 6월에는 SF 소설 세 편이 시사 잡지의 커버 스토리 자리를 차지하기에 이르렀다. 이 소설의 원형은 바로 그 지면(시사IN vol. 665)을 통해 처음 발표되었다. 그래서 이 소설에는 2020년 6월의 감각이 짙게 배어 있다.

그 무렵 사람들의 머릿속을 지배한 화두는 "새로운 일상"이었다. 코로나19가 우리 삶의 어떤 부분을 영원히 바꾸어버리리라는 무시무시한 예측이었다. 내가 상상한 건 우리가 일상적으로 사용하는 도구에 영구적인 변화가 일어나는 일이었는데, 소설가에게 그 도구란 다름 아닌 '말'이다. 지구의 대기 조성이 변해서 특정 음역을 영원히 사용할 수 없게 된 세계의 음악가와 그의 일상을 떠올려보면 이해가 빠를지도 모르겠다. 그러니까 이 소설은 미래 예측과는 별 상관이 없고, 그보다는 언어와 삶과 세계의 변화에 관한 이야기에 가깝다.

소설에서 세계는 규칙을 통해 표현될 때가 많다. SF 비평에서 '노붐(Novum)'이라고 부르는 이 '새로운 요소'가 언어의 영역 안에 놓이자 언어를 사랑하는 많은 사람들이 이 이야기에 특별한 관심을 보여주었다. 그중 직업이 편집자인 몇 명은 나와 함께 정말 눈이 빠져라 본문을 들여다보며 규칙을 다듬었고, 어느 번역가는 누가 시키지도 않았는데 어느 날 갑자기 이 소설을 다른 언어로 번역해야겠다고 이메일을 보내왔다(그리고 성공했다!). 그 모든 애정과 노고 끝에 이 이야기가 빚어지고 세상으로 퍼져나갔다. 팬데믹이 아니었다면 일어나지 않았을 일이었다.

미래과거시제

은경은 그만 정신이 아득해지고 말았다. 우연히 듣게 된 튀르키예인 교수의 언어학 강연 때문이었다.

강연자인 알트나이 교수는 며칠 전 이즈미르에서 있었던 친구 결혼식에서 만난 젊은 언어학자였다. 알트나이라는 성이 '앓던 아이'처럼 들리는 게 재미있어서 저도 모르게 피식 웃은 것을 계기로 뜻하지 않게 가까워진 사람이었다. 은경은 초면에 웃어버린 게 미안했지만, 알트나이는 실례라는 생각을 떠올리기도 전에 한국어와 튀르키예어 발음 사이에 어떤 유사성이 있으리라는 사실을 짐작하고는 얼굴 가득 감출 수 없는 호기심을 내비쳤다. 그만큼 똑똑하고 매력적인 사람이었다. 그래서 은경은 곧 친구의 사촌언니인 알트나이와도 친구가 되었다. 결혼식을 마친 친구가 곧바로 신혼여행을 떠나버렸으니, 사실상 친구보다는 친구의 사촌언니와 더 가깝게 지낸 여행인 셈이었다.

알트나이의 강연은 1930년대 튀르키예 어느 지역에서 사용된 특이한 어미(語尾)에 관한 내용이었다. 강연은 영어로 진행됐고, 앞부분은 튀르키예어의 시제 어미에 관한 일반적인 설명으로 채워져 있었는데, 그것은 이 강연이 포함된 전체 학술행사의 청중 상당수가 유럽어권 역사학자였던 탓이었다. 언어학자조차 아닌 일반 청중도 더러 있었는데, 이들에게 어미라는 개념은 역시 생소할 수밖에 없었다.

물론 은경에게는 전혀 어려운 내용이 아니었다. 한국어에도 있는 시제 선어말어미 이야기였기 때문이다. 그래서 알트나이 교수도 강연이 그렇게 어렵지는 않을 거라며 시간이 나면 들어볼 것을 권했다. “뒷부분은 좀 어렵겠지만”이라는 단서를 덧붙이면서.

은경은 가벼운 마음으로 강연을 들었다. 시험을 볼 것도 아니었고 질문을 할 필요도 없었다. 알트나이에게는 무슨 말이든 감상을 들려줘야겠지만, 정 할 말이 없으면 내용이 어려워서 이해를 못 했다고 말하면 그만이었다. 그런데 다 기우에 불과했다.

강연은 전혀 지루하지 않았다. 기록물이 발견된 동네에서 직접 겪은 재미난 에피소드와 유머 감각 넘치는 마을 풍경 사진 덕분에, 강연이 본론으로 접어들기도 전에 객석은 이미 웃음바다였다. 알트나이는 자연스럽게 청중을 사로잡을 줄 아는 연사였고, 그가 들려주는 이야기는 언어학을 전혀 모르는 사람이라도 한 번쯤 도전하고 싶게 만들 만큼 충분히 흥미로웠다. 은경에게도 마찬가지였다. 강연이 시작된 지 단 5분 만에 은경은 알트나이의 이야기에 완전히 빠져들었다. 그리고 한국에 돌아가면 언어학을 공부해야겠다고 생각하기까지 했다.

그러다 어느 순간 정신이 아득해지고 말았다. 강연을 듣기 전, 알트나이 박사가 어쩌면 조금 지루할지도 모른다고 했던 바로 그 내용 때문이었다. 강연의 본론, 즉 앞에 나온 모음에 따라 '-아닥-(-adak-)' 혹은 '-에덱-(-edek-)'으로 모음조화를 일으키며 활용되는 독특한 시제 어미가 본격적으로 등장한 지점부터였다.

알트나이의 말에 따르면 원래 이 어미는 일반적인 튀르키예어 미래시제 어미인 '-아잡-/-에젝-(-acak-/-ecek-)'의 잘못된 표기나 사투리로 취급되고 있었다. 그런데 이 어미가 사용된 텍스트들을 면밀히 검토해보니 미래시제라고 할 만큼 애매한 용법으로 사용된 말이 아니었다는 것이다. 한국어의 '-겠-'처럼 불확실한 상황에서 사용된 말이 아니라, 화자가 과거시제로 말할 때만큼의 경험적인 확신을 가지고 말하는 경우에만 한정적으로 사용된 어미라는 것. 그것이 알트나이의 설명이었다.

다음에 이어진 내용은 보다 구체적이었다. 해당 어미가 사용된 문맥을 통해, 왜 이 어미를 미래시제 어미의 오기로 봐서는 안 되는지를 집중 분석하고 입증하는 내용이었다. 여기서부터는 이해하기가 어려운 내용이었으므로 은경은 더 이상 강연에 귀를 기울이지 않았다. 그 대신 이 말을 계속해서 되뇌었다.

'미래의 일을 마치 과거에 직접 겪은 것처럼 확신을 가지고 말하는 사람.'

그러자 머릿속에 봉인되어 있던 기억이 감당할 수 없을 만큼 빠른 속도로 쏟아져나왔다. 꼬리에 꼬리를 물고 이어지는 이야기. 두서없이 튀어나오는 기억의 파편들. 그 사람에 관한 기억이었다.

벌써 15년도 더 된 일이었다. 그를 만난 것은 순전히 우연이었다. 길을 잃지 않았으면 일어나지도 않았을 일이었으니까.

은경이 다니던 대학에는 가파른 언덕 위에 세워진 건물이 여럿 있었다. 학교가 점점 커지는 바람에 원래는 뒷동산으로 쓰려고 계획한 곳에 억지로 새 건물을 올리려다 보니 생겨난 일이었다.

그중 하나인 예술대학 건물은 학생들이 낸 졸업 작품처럼 복잡한 내력을 지니고 있었다. 비탈길 한편에 나란히 서 있던 건물 두 채에 연결 통로를 내고 그 위에 잠깐 지붕을 씌웠다가, 나중에는 아예 두 건물 사이 공간에 벽을 올려 마치 전체가 하나의 건물인 것처럼 만들어버린 것이었다. 그 결과, 건물 왼쪽과

오른쪽이 층수조차 맞지 않는 이상한 구조가 되고 말았다. 예를 들면 건물 오른쪽 1층 정문으로 들어가 왼쪽 복도 끝까지 쭉 걸어가면 어느 순간 H301, H302 같은 번호가 붙은 방들로 가득한 복도에 다다르게 되는 식이었다. 분명히 1층으로 들어가 계단이라고는 단 한 칸도 오르지 않았는데, 어느새 3층 어딘가를 헤매게 되는 것이다.

그게 다가 아니었다. N104호 맞은편에 있는 엘리베이터를 타고 H507 강의실에 가려면 5층이 아니라 3층 버튼을 눌러야 하고, H101 강의실 옆 엘리베이터로 N609 연구실에 가려면 7층에서 내려 M동 6층 복도를 지나 N503 강의실 바로 옆 계단을 통해 한 층을 더 걸어 올라가야 했다. 두 층 정도 높이 차이가 나던 H동과 N동 사이에 M동이라는 구조물을 억지로 끼워 넣으면서 생겨난 혼란이었다.

그러니 은경이 3년이나 다닌 학교 안에 있는 건물에서 길을 잃어버린 것도 이상한 일은 아니었다. 음대나 미대 재학생들조차 본과 학부에서 시작해 박사 논문이 통과할 때쯤 돼야 비로소 건물 안에 있는 모든 방과 방 사이를 최단 경로로 이동할 수 있게 된다는 전설의 미궁이었으니까.

그날 건물에 처음 발을 디딘 은경은 〈마임의 이해〉라는 초청 강연이 열릴 강의실을 찾아 건물 안을 헤매고 또 헤맸다. 그러다 외딴 계단 앞에 이르렀다. 누구도 이용하지 않는 오래된 계단. 아마도 위아래를 오가는 더 편한 통로가 생기는 바람에 굳이 이용할 필요가 없게 된 계단 같았다.

'그건 나한테도 마찬가지일 텐데. 모두에게 필요 없게 된 계단이 처음 온 나한테 쓸모 있을 리 없잖아.'

머릿속으로는 분명 그런 생각이 들었지만 은경은 결국 그 계단에 발을 들여놓고 말았다. 어차피 같은 곳만 계속 맴돌고 있었던 데다, 강연 시작 시간에 늦는 바람에 마음이 조급해진 탓이었다.

계단에는 자연광이 들지 않았다. 형광등 조명은 어둡지 않았지만, 오히려 형광등이 만들어낸 인위적인 창백함에 그림자가 바짝 오그라든 느낌이었다. 은경은 자신 없는 걸음으로 계단을 올랐다. 내려가야 할지 올라가야 할지조차 확실하지 않았다. 층계참까지 반 층을 올라가니 위에서 누군가가 내려오는 소리가 들렸다. 남자 발소리 같았다.

남자는 가벼운 발놀림으로 은경의 옆을 지나쳐갔다. 사사삭 발소리가 경쾌하게 들렸다. 그러더니 갑자기 그 자리에 멈춰 서서 계단을 올라가는 은경을 돌아보며 말했다.

"저기, 그런데 어디 찾으세요? 거기 올라가도 아무것도 없는데."

은경은 그 자리에 멈춰 서서 멍하게 그를 내려다보았다.

'연예인인가?'

한눈에 알아볼 만큼 미남이었지만 그를 보고 떠오른 첫 단어는 잘생겼다는 말이 아니었다. 비현실적으로 느껴지는 존재감이 먼저였다.

"여기 아니구나."

당황한 은경이 말끝을 흐렸다.

"어디 찾으세요? 아는 데면 가르쳐드릴게요."

"저기, 그러니까…"

그의 안내를 받아 사람이 많이 다니는 복도로 나왔다. 그는 은경과 또래거나 기껏해야 한두 살 많아 보일 뿐이었는데도 건물 구조를 잘 아는 듯 자신 있는 걸음걸이였다.

"저기 첫 번째 통로에서 왼쪽으로 가시면 돼요. 그럼."

은경이 고개를 숙여 인사를 하는 사이 그는 이미 왔던 길을 향해 뒤돌아서 있었다. 은경은 빠른 걸음으로 멀어져가는 그의 뒷모습을 바라보았다. 그 모습이 내내 잔상으로 남아서, 초청 강연이 진행되는 동안에도 하루 일과를 마치고 잠자리에 든 다음에도 머릿속에서 사라지지 않았다.

"그 언저리 어디 과 학생 아닐까?"

다음 날 저녁, 미대에 다니는 우매희가 그렇게 말했다. 학교 지박령이 아닌 한, 미대생이 음대에만 가도 길을 잃는 게 예술대학 건물이라는 것이었다. 언젠가 본인 스스로가 그 지박령 미대 교수가 되어 문제의 건물로 출퇴근하게 될 줄은 꿈에도 모르고 한 말이었다.

그로부터 일주일 뒤, 그를 처음 만난 날과 같은 요일 같은 시간에 은경은 다시 예술대학 건물을 찾아갔다. 그와 '우연히' 마주치기 위해서였다. 일주일 전 헤맸던 그 계단은 일부러 찾아가기도 쉽지 않았다. 거의 10분을 헤맨 끝에, 은경은 마침내 그 창백한 계단 앞에 도착했다.

'이 이상한 느낌은 뭐지? 인적이 드물어서 그런가?'

주변 구역과 달리 리모델링이 전혀 되지 않은 채 원형 그대로 보존된 공간의 어색함. 시간의 흐름에서 살짝 비켜난 곳. 유행에 따라 변해간 통로와 통로 사이에 유물처럼 남아 있는 최초의 디자인. 그리고 그 안에 보존되어 있던 오래된 적막.

'너무 오래 헤맸어. 그 사람 벌써 지나갔겠다.'

은경은 낯선 공간으로 향하는 경계선 앞에 서서 잠깐 주위를 두리번거렸다. 그리고 곧 계단으로 들어섰다.

올라가봐야 아무것도 없다던 그의 말이 떠올랐다. 아마도 '당신 같은 방문자가 궁금해할 만한 것은 아무것도 없다'는 의미였을 것이다. 다시 말하면 정말로 아무것도 없는 공간은 아니라는 뜻이다. 일단 그 말을 한 사람 스스로가 바로 그 계단을 걸어내려 왔으니까. 올라가보면 알 수 있을 것이다. 그 사람이 어디에 속해 있는 사람인지, 혹은 무슨 일을 하기 위해 어디를 오가는 사람인지를.

'길을 잘 아는 걸 보면 늘 다니던 길이 분명해. 길 끝에 뭐가 있는지 보고 나면 그에 대해 뭐라도 알게 되겠지.'

은경은 계단을 올라갔다. 그와 마주친 층계참을 지나, 창문도 하나 없고 복도로 연결된 문조차 없는 계단을 세 층이나 더 걸어 올라갔다. 그러자 문이 나타났다. 계단은 거기에서 끝이 났다.

은경은 계단 끝에 있는 철문을 가만히 바라보았다. 방 번호나 안내 표지판 같은 것들이 전혀 붙어 있지 않은 문이었다. 어디쯤에 와 있는 건지도 알 수 없었다. 건물 구조조차 전혀 상상이 안 됐으니 현재 위치는 더더욱 짐작할 길이 없었다.

혼란스러운 마음으로 손을 뻗어 문손잡이를 움켜쥐었다. 사람 손이 자주 닿은 듯 매끄럽고 부드러운 금속의 질감이 느껴졌다. 은경은 안심하고 손잡이를 돌렸다. 잠겨 있지 않았다. 손잡이를 끌어당겨 바깥쪽으로 문을 활짝 열어젖혔다. 그 순간 은경은 당황하고 말았다. 진짜였다. 그의 말은 거짓이 아니었다. 그곳에는 정말로 아무것도 없었다. 문 안쪽은 바로 벽이었다.

'그럼 그 사람은 어디에서 내려온 거야?'

무언가를 담을 공간조차 존재하지 않은 완전한 허무, 빈 공간조차 아닌 막다른 길 앞에서 은경의 상상도 완전히 멎어버렸다. 은경은 이제 그가 누구인지 전혀 짐작할 수 없었다.

"자세히 이야기해봐. 정확히 어떤 어미를 썼다고?"

강연이 끝나고, 은경이 자기도 한국에서 비슷한 방식으로 말하는 사람을 본 적이 있다는 이야기를 꺼내자 알트나이가 눈을 반짝이며 물었다. 은경은 흥분을 가라앉히며 가방을 뒤져 펜과 종이를 찾았다. 그러자 알트나이가 단상 아래에서 공책과 펜을 꺼내주었다.

"고마워."

은경은 종이 위에 한글로 '-았-/-었-'이라는 글씨를 썼다. 그리고 이응을 제외한 자음과 모음에 원을 둘렀다. 글자마다 하나씩, 두 개의 일그러진 원이었다.

"이게 한국말 과거시제 선어말어미야."

"알아."

알트나이가 재촉하듯 재빨리 대답했다. 은경이 고개를 끄덕이고는 '-았-/-었-' 아래 칸에 한글로 다른 글자를 썼다.

"그런데 이런 어미를 써서 말하는 사람이 있었어."

은경이 손을 떼자 알트나이가 공책을 눈앞으로 가져갔다. '-암-/-엄-'이라는 글자였다. 알트나이가 그 글자를 소리 내어 읽었다.

"암, 엄?"

"맞아. 그러니까 이런 식으로 말하는 거야. 나는 알트나이 박사의 강연을 들엄다. 강연이 끝나고 알트나이 박사를 따로 만남다."

"용법은 비슷하네. '아닥' '에뎁'은 미래시제에서 변형된 거고 이건 과거시제에서 나온 거지만. 혹시 나 말고 다른 언어학자한테 이 이야기해본 적 있어? 한국어 전공자면 더 좋고."

"없지. 당연히 처음이지. 나는 그냥 말을 좀 귀엽게 하는 건 줄 알았으니까. 인터넷 용어나 사투리를 의심해본 적은 있어도 오늘 전까지는 심각하게 생각해본 적도 없었어. 그런데…"

"강연 들으면서 생각해보니까 그 사람이 그 말 썼을 때 용법이 이상했지? 과거시제 어미를 전부 '암' '엄'으로 쓴 것도 아니고, 미래에 일어날 일도 가끔 과거처럼 말했어, 그렇지?"

은경은 대답 대신 고개를 끄덕였다. 알트나이가 말한 그대로였다. 혼자 있을 때 그 사람의 말투를 따라해본 적이 있어서 더 확실히 기억하고 있었다.

"이것도 그거 맞을까?"

은경이 물었다.

"아직은 모르지. 혹시 텍스트 남아 있는 거 있어? 주고받은 문자 메시지나 이메일이나 뭐든."

은경은 기억을 더듬었다. 오래된 일이지만 뭔가는 남아 있을 것이다. 찾는 데 시간은 좀 걸릴지도 모르지만.

그를 다시 만난 것은 예술대학 건물 막다른 계단을 혼자 찾아갔던 날로부터 반년이 지난 뒤였다. 이번에는 학교가 아니고 학교 근처 공원에서였다.

거리 공연 축제가 있던 날. 광장 여기저기에서 연극이며 마임, 작은 음악 공연이나 마술 쇼 같은 것이 진행되고 있었고, 공원을 찾은 사람들이 이리저리 몰려다니면서 사진으로 남길 만한 구경거리를 찾아다니고 있었다.

그 사람은 공원 구석에 있는 벤치 하나를 무대 대신 차지하고 혼자서 공연을 하고 있었다. 가만히 서 있어도 비현실적인 느낌이 드는 사람이었지만, 눈에 띄는 무대의상을 입고 있지 않은 탓에 그의 공연은 공연인지 아닌지 구별하기 어려웠다. 그래서 그 작은 무대 근처에는 오래 머무는 관객이 거의 없었다. 관객을 구경하는 관객은 되고 싶지 않았을 테니까.

그래도 은경은 확신할 수 있었다. 바닥에 붙어 있는 공연 포스터를 보지 못했다 해도 그것은 공연이 틀림없었다. 은경은 인파에서 빠져나와 그의 무대 앞에 가서 섰다. 마침 그 자리에 서 있던 젊은 여자 세 명이 자리를 떠나자 은경은 그 공연을 독차지하게 되었다.

그는 시간을 표현하고 있었다. 겉옷을 벗고 가방을 뒤져 무언가를 찾아내고 책을 폈다가 전화기를 들여다봤다가 연필을 꺼내 무언가를 메모하고는 다시 책을 펼쳐들고 이야기에 빠져드는 모습까지. 물론 벤치 위에는 겉옷도 없고 가방도 없었다. 책이나 전화기나 연필도 마찬가지였다. 중요한 건 그게 아니었다. 그 공연의 핵심은 그 모든 일상적인 동작들이 다섯 가지 정도의 각기 다른 속도로 진행되고 있다는 점이었다.

은경은 포스터 옆, 바닥에 그려진 TV 리모컨 속도 조절 버튼 모양의 그림을 보고 그가 무엇을 표현하고 있는지 이해했다. 그는 책을 보거나 옷을 입는 연기를 하는 게 아니라, 시간을 빨리 흘려보냈다가 느리게 흘러가게 했다가 하는 일을 하고 있었다. 그가 앉아 있는 벤치 위의 시간은 주위를 지나쳐가는 수백 명의 시간과는 다른 방식으로 흘러갔다. 조금 느리게, 혹은 아주 빠르게, 장단이 바뀌듯 매끄럽게 굽이쳐 흐르는 시간의 굴곡이 그의 동작을 통해 간접적으로 표현되고 있었다.

아무도 모르는 사이에 공연이 끝나고, 앞에 서 있던 은경이 혼자 손뼉을 쳤다. 그제야 지나가던 사람들이 무슨 일인가 하고 거리낌 없는 시선을 그쪽으로 보냈다. 하지만 이미 그곳에는 구경할 만한 게 아무것도 남아 있지 않았다. 혼자 손뼉 치는 은경을 보고는 '둘이 아는 사이인가 보네' 하고 돌아설 뿐이었다.

"최고였어요." 은경이 말했다.

"정말요? 망한 것 같은데요."

"흥행은 망했죠. 시간을 뒤로도 돌리셨으면 달랐을 거예요."

"어, 하느라 했는데요. 시간 뒤로 돌리는 거."

"죄송합니다."

그 말에 그가 큰 소리로 웃었다. 호탕하다기보다는 솔직하고 투명한 웃음소리였다.

그 웃음을 계기로 두 사람은 '잘 아는 사이'처럼 보이던 그 모습 그대로 친근한 사이가 되었다. 물론 그렇게 짧은 말로 담아내기에는 너무 길고 조마조마한 과정이었지만 아무튼 시작은 그랬다. 운명을 예감하게 만드는 재회. 비록 상대는 재회인 줄 모르는 눈치였지만.

그는 관계를 진전시키기 쉽지 않은 사람이었다. 이를테면 세상 사람들이 다 아는 연애의 공식 같은 게 전혀 먹히지 않았다. 보고 싶다는 말을 주고받고도 다음 날 만나면 다시 별다를 것 없는 친구 사이로 돌아가 있고, 집 앞까지 바래다준 다음 날에도 헤어질 때면 카페 앞에서 손이나 흔드는 게 다인, 좀처럼 아무것도 쌓이지 않는 관계.

"알았어, 그만하면 무슨 뜻인지 알겠어. 단념할게. 그냥 친구로 지내."

은경이 조바심에 지레 포기를 선언했을 때 영문을 모르겠다는 얼굴로 그가 물었다.

"뭘… 알겠다는 거야? 단념한다는 건 뭐고…? 그래 놓고 계속 친구로 지낸다는 건 또 무슨 소리야?"

"됐다고. 그만해. 그냥 친구나 해."

그런 일이 있고 나서야 은경은 깨달았다. 아무것도 쌓이지 않는 사이가 아니라 단지 세상 사람들이 다 아는 연애의 공식과는 다른 방식으로 깊어져가는 관계였다는 사실을.

은경의 일방적인 선언 이후에도 둘의 관계는 별로 달라지지 않았다. 은경이 전혀 깨닫지 못하는 방식으로 변함없이 하루하루 깊어졌을 뿐이다. 그렇게 쌓인 것들이 너무나 무거워져서 은경 또한 도저히 모를 수가 없게 되었을 무렵, 만나자마자 별 이유도 없이 얼굴 가득 환한 미소를 감추지 못하고 있던 은경에게 그가 말했다.

"나 있잖아, 그때 네가 한 말 뭔지 알아냈어. 그러니까 '진도'를 나가자는 거지?"

"아, 그거? 상관없어. 잊어. 그냥 다 좋으니까 됐어 이제."

그 말을 듣고는, 마음에 얹혀 있던 근심을 내려놓은 듯 봄꽃처럼 무더기로 피어나던 사람.

"튀르키예어로 된 텍스트여서 보기 좀 어렵겠다. 연구실에 가면 영어로 번역해둔 게 있는데. 논문에 인용할 부분을 몇 군데 뽑아놨거든. 나중에 보내줄게. 일단 이거부터 봐봐."

근처 카페에서 알트나이가 말했다. 그러면서 이름으로 보이는 단어 몇 개에 동그라미를 쳤다.

"여기 이 사람, 이 사람, 이 사람이 '아닥' '에뎁'을 쓰고 있어. 이 중에서 이 사람, 이 사람, 이 둘이 말하는 걸 보면 그냥 사투리 같기도 해. 일관성이 없고 단순히 말실수를 한 거였거나 기록한 사람이 잘못 쓴 것처럼 보이기도 하니까. 그래서 아까 발표에서는 일부러 언급 안 했지만. 아무튼 문제는 이 사람이야. 이 마지막 사람은 그렇지가 않거든. 텍스트 전체를 조사해봐도 마찬가지야. 예외 없이 일관적이지."

은경이 끼어들었다. "그러니까 그 말은, 이 사람이 원본이고 앞에 말한 두 사람은 흉내만 내고 있다는 거야?"

"그렇지. 패거리 의식 같은 걸 드러내는 거지. 누군가의 말버릇을 닮는다는 건 그 사람과 가깝다는 의미니까."

"그럼 이 마지막 사람이 중요한 사람이었던 거네. 다른 두 사람이 친분을 과시하려고 했으니까."

"동네 사람들이 다 친해지고 싶어했던 사람 같아. 말솜씨가 유창하고 노래를 잘했다고 하거든. 가끔 아무도 못 들어본 노래를 부르는 걸 보고 노래를 직접 짓는다고 믿는 사람도 있었는데, 텍스트 다른 부분을 보면 이 지방 출신이 아니라는 말도 있으니까 아마 다른 지방 민요 같은 걸 불렀을지도 몰라. 다만 이게 묘한 부분인데 말이지. 다른 지역 출신이라기에는 너무 이 동네 말을 하고 있어서 말이야."

"기록한 사람이 그렇게 썼겠지."

"뭐 그렇기는 한데, 그러면 또 기록자를 의심해야 되잖아. 그게 이 연구의 최대 난제야. 기록자가 소리를 정확히 받아 적었다고 가정해야 논증이 성립되는 거여서."

"누가 기록한 건데? 배운 사람이 한 거 아니야? 뭐에 관한 기록이랬지?"

"중앙 정치에서 밀려나서 좌천당한 엘리트 관료가 지역 종교 단체 사람들이랑 아침부터 해 질 때까지 매일매일 싸운 이야기."

"꽤 이상적인 기록자잖아. 교육 수준이 높고 네 주제에 직접적인 관심은 없어서 조작할 이유가 거의 없고."

"그렇지. 그럴 가능성이 높지. 아닐 수도 있고."

무슨 생각이 떠올랐는지 알트나이가 하던 말을 멈추고 가만히 생각에 잠겼다. 은경은 알트나이의 생각이 정리되기를 기다리면서 수첩을 꺼내 좀 전 강연 내용을 차근차근 정리했다.

끝까지 주의 깊게 듣지는 않았지만, 강연의 주제는 어디까지나 새로운 시제 어미의 발견을 사람들에게 알리는 것까지였다. 물론 그게 다는 아니었다. 알트나이는 분명 새 시제 어미의 정체를 설명하는 기존의 가설들, 이를테면 사투리나 말실수, 오기의 가능성을 부정하기 위해 꽤 애를 쓰고 있었다. 즉, 본인 입으로 직접 말하지 않은 어떤 결론을 지지하기 위해 다른 가능성들을 열심히 차단했던 셈이다.

"그래서 결국 뭐라고 생각하는 거야?"

한참 만에 나온 은경의 물음에 알트나이가 고개를 들었다.

"뭘?"

"그 사람 말이야. 모두가 동경했다는 사람. 그리고 그 사람이 썼다는 이상한 시제 어미도."

"알면서 뭘 물어?"

"그래도."

"그냥 그런 의미야."

"그러니까, 시간이 흘러가는 방향에 대한 이야기지? 모든 시간이 한 방향으로 단조롭게 흐르지만은 않았다는 거."

강은신. 그게 그 사람의 이름이었다. 모두가 가깝게 지내고 싶어했지만 정작 본인은 사람들과 어울려 지내기보다는 혼자 있는 것을 더 좋아했던 반듯한 예술가. 역사를 공부하다가 잠시 접어두고 예술 쪽에 발을 들였는데 생각만큼 재미있지는 않아서 그만둘까 생각중이라고 했다. 집을 나와 혼자 살게 된 지 2년쯤 지났는데, 직접 살림살이를 챙기는 게 좀처럼 손에 익지 않는다고도 했다. 집안일을 그렇게 잘하는데도.

"그럼 가끔씩 집에는 가?"

"뭐 반년에 한 번?"

"명절에?"

"명절? 음, 우리 집은 그런 거 안 챙기는데."

"그럼 부모님 생일?"

"그냥 내가 가고 싶을 때. 안 그래도 지난 번 엄마 생일 건너뛰었다가 된통 혼났는데, 하하. 뭐 잘 기억도 안 나고, 워낙 그런 거 잘 못 챙겨."

"전화라도 하지."

"하하. 그러게. 전화라도 할걸. 그랬스면 좋았겠네."

"너 취했다."

"내가? 안 취했는데?"

"말할 때 혀 꼬이는 거 봐."

은경은 수첩에 '그랬스면'이라고 쓰고, 바로 옆에 '그리하+(ㅣ)+ㅄ+(ㅡ)+면?'이라고 대충 풀어쓴 다음, 'ㅄ' 부분에 여러 겹으로 동그라미를 쳤다. 그리고 '불규칙 활용?'이라는 메모를 덧붙였다. 불규칙 활용이 있다는 것은 그만큼 흔히 '쓰였던' 말이라는 증거처럼 보였다. 어떤 언어권에 속한 사람들 사이에서는.

아주 가끔 은경은, 강은신이 정말로 딴 세상에서 온 사람이 아닐까 의심하곤 했다. 잘생겼다는 말을 우회적으로 표현하는 방식이기도 했지만, 어떤 때는 그냥 글자 그대로의 의미였다. 도저히 이 세상 사람 같지 않은 사람.

강은신은 심해어가 아니었다. 그 점이 다른 남자들과의 결정적인 차이였다. 당시에도 어렴풋이 알고 있었지만, 나이를 먹어가면서 더욱 굳어지는 깨달음이었다. 첫눈에 봐도 깜짝 놀랄 만큼 잘생긴 사람이었지만 사실 강은신의 진짜 매력은 다른 데에 있었다. 그것도 아주 많은 데에. 말하자면 그는 모든 각도 모든 상황에서 아름다워 보이는 사람이었다. 어떻게 인간이 그럴 수가 있나 싶지만, 여자들 중에는 그런 사람이 없지 않았다. '모든 순간'이 아니라 '거의 모든 순간'으로 조건을 완화하면 떠오르는 사람의 수도 더 많아졌다. 비결은 단순했다. 시선을 의식하느냐 마느냐였다. 빛이 거의 닿지 않는 심해에 사는 물고기들은 어떻게 보이는지가 중요하지 않기 때문에 점점 기괴한 모습으로 진화해간다고 했다. 하지만 빛이 잘 드는 곳에 사는 물고기들은 그렇지 않다. 결국 겉모습이 중요해지는 것이다.

공연을 하고 있을 때만이 아니라 일상생활을 할 때나 심지어 혼자 있을 때도 강은신은 투명하고 얕은 물에서 진화한 물고기처럼, 오랜 시간 많은 사람의 시선에 노출된 결과라고밖에 볼 수 없는 완전무결한 아름다움을 지니고 있었다. 한마디로 콕 집어 말할 수는 없지만, 이를테면 보는 쪽이 아니라 보이는 쪽에서 평생을 살아온 사람의 몸가짐 같은, 치열하고 불편한 아름다움이 몸 전체에 골고루 배어 있는 느낌이었다.

심지어 잠자리에서도 마찬가지였다. 심해어들의 바다처럼 빛이 없는 곳에서도, 거기에 두 사람의 몸이 기괴하게 뒤엉킨 상황에서조차, 강은신은 침대 위에 놓여 있는 유일한 1인칭이 아니었다. 침대 위에 있는 유일한 객체가 은경이 아닌 것과 마찬가지였다. 그 대신 두 사람은 턴을 주고받았다. 때로는 은경이 1인칭이 되어 강은신의 몸을 구석구석 파고들었고 다음 턴에는 강은신이 1인칭이 되어 자신을 지운 채 은경의 몸을 집요하게 탐험했다. 그리고 그 '턴을 주고받는' 행위라는 것은 마치 둘이 함께 춤을 추듯 경쾌하고 자연스러운 일이었다. 인위적인 캠페인이 아니라는 뜻이었다.

그것은 꽤 굉장한 경험이었지만, 그 시절 은경은 그게 그렇게 드문 일이라는 사실을 알 수가 없었다. 처음 만난 사람이 그런 사람이었으므로 그다음 사람들도 다 그렇겠거니 하고 넘겨짚었을 따름이었다. 하지만 그런 세상이 도대체 어디에 있단 말인가. 피사체가 되는 일에 익숙한 남자가 자라나는 세상이라니.

세월이 흐르고, 은경을 누구보다 사랑한다고 주장하는 사람들과 몇 차례 만났다 헤어지기를 반복하면서 은경은 점점 더 강한 확신을 얻었다. 심해어처럼 자기 모습을 거의 지워버린 채, 자신만이 그 바다 안에 존재하는 유일한 1인칭 서술자인 양 상대를 관찰하고 묘사하는 일에만 열중하던, 첫사랑 이후의 모든 남자들로부터 얻은 경험적 데이터로 확인한 지식이었다. 세상에 강은신 같은 사람은 오로지 강은신 하나뿐이라는 결론.

은경에게 강은신은 그만큼이나 각별하고 또 특이했다. 그래서 종종 이런 생각을 하곤 했다.

'역시 이 세상 사람이 아니야. 한국말을 모국어로 하는 걸 보

면 외국인도 아닐 거고, 다른 시간대에서 온 사람이 틀림없어. 과거는 절대 아닐 거니까 아마도 미래에서.'

그 말도 안 되는 생각이 갑자기 현실이 되어버린 것이다. 이즈미르에 사는 친구의 사촌언니, 알트나이 박사의 언어학 강연을 듣다가.

"그래서 뭘 하러 온 걸까, 이 사람들?"

은경이 알트나이에게 물었다.

"정말로 미래에서 온 거라면, 글쎄, 역사 연구 정도겠지?"

"시간 여행을 할 수 있는데 겨우 역사 연구 따위나 하고 있다니, 그게 뭐야."

"몰라 나도. 나야 직접 만나본 게 아니라 텍스트로만 본 거니까. 그래도 내 텍스트의 여행자는 꽤 친근한 느낌이 들거든, 나한테는 말이야. 지적인 면이나 사람들을 대하는 태도 같은 걸 보고 추측할 수도 있지만, 직관적으로 느껴지는 동질감은 사실 그보다 더 강렬하니까."

"학자라는 거야?"

"그렇지. 연구비 따지고, 혼자서 뭔가 기록하고 있고, 주변 사람들한테 절대 보여주지도 않는데 그거 다 쓰고 나면 세상 다 가진 것처럼 좋아하고. 뭐, 그다지 좋은 느낌은 아니기는 해. 그보다 그쪽은 어땠어? 둘은 어쩌다 헤어졌어?"

은경은 강은신이 역사를 공부한 적 있다고 말한 것을 떠올렸다. 하지만 아무리 생각해도 은경은 강은신이 학자 같다는 느낌은 들지 않았다. 절대 절차를 벗어나지 않는 탐험가나 지나치게 신중한 모험가라면 모를까.

어쩌면 마지못해 필드워크를 떠나온 학자가 삶을 바라보는 태도라는 게 딱 그런 건지도 몰랐다. 가만히 생각해보니, 집을 떠나와 2년이 지나도록 직접 살림살이를 꾸려나가는 게 익숙하지 않다던 말은, 남이 해주는 밥 편하게 얻어먹고 살다가 이제와서 혼자 해먹으려니 힘들다는 의미가 아니라, 기술 발달 정도나 물류 체계가 전혀 다른 세상에서 인간다운 삶을 유지하는 데 필요한 물건들을 끊임없이 구해와야 하는 현지 조달의 어려움을 말하는 것이었을지도 모른다.

다른 대화도 알고 보면 그런 식이었을 것이다. 은경은 강은신의 말을 반 정도밖에 알아듣지 못하고 있었던 셈이다. 다시 찬찬히 뜯어보면 전혀 다른 의미로 읽힐지도 모르는 이야기들. 두 사람의 대화는 그런 이야기로 가득 차 있었을 것이다.

은경이 짐을 챙겨 가방 안에 집어넣으며 말했다.

"일단 숙소로 돌아가서 옛날 기록들을 뒤져보는 게 좋겠어."

"뭔가 찾으면 나한테도 알려줘."

"당연하지. 오늘 강연 재밌었어."

은경은 저녁거리를 사서 숙소로 돌아갔다. 그리고 인터넷을 뒤져 강은신과 주고받은 편지며 쪽지 같은 것들을 찾기 시작했다. 너무 오래돼서 아예 사라진 것들도 있고, 계정 암호가 기억나지 않아서 접근이 어렵게 된 기록도 있었다.

은경은 기억을 더듬어, 이제는 거의 쓰지 않는 이메일 계정 하나를 어렵게 살려냈다. 거기에는 엉뚱한 광고 메일이 수백 통이나 쌓여 있었는데, 그 사이사이에는 아는 사람이 보낸 안부 메일이나 결혼식 초대 메일 같은 것도 간혹 섞여 있었다.

은경은 익숙한 이름에 주의를 뺏기지 않고 15년 전으로 곧장 페이지를 넘겼다. 몇 달씩 혹은 1년씩 시간이 빠르게 뒤로 흐르면서 잊고 있었던 기억들이 되살아났다가 금세 사라졌다. 은경은 곧 역행하는 시간의 눈금을 바라보는 것 자체가 사람의 마음을 무겁게 하는 일이라는 걸 깨달았지만 페이지 넘기기를 멈추지는 않았다. 그리고 마침내 책갈피도 없이 덮어두었던 바로 그 페이지로 돌아왔다. 제목만 봐도 눈물이 터져 나올 듯 숨 막히는 기억. 인사도 없이 갑자기 사라져버린 첫사랑.

어느 날 강은신은 말 그대로 흔적도 없이 사라지고 말았다. 징후도 없고 예고도 없었다. 왜 그랬는지는 더더욱 알 수 없었다.

그렇지 않아도 무언가를 잃는 것이 버거운 나이였다. 온 힘을 다해 아파하고 온종일 집중해서 성심성의껏 비관할 수 있는 몹쓸 젊음 때문이었다. 모든 것을 다해 사랑하기로 한 사람이 사라진 날, 심장이 뛰는 순간순간마다 안으로 돋친 가시가 1밀리

씩 자라났다. 안으로 자라는 외골격에 갇힌 채 껍질이 강요하는 모양대로 간신히 서서 비틀거리던 삶.

그렇게 은경은 시간을 버텨냈다. 어른이 되고 외골격보다 튼튼한 피부를 갖게 됐다. 스스로 서고 싶지 않으면 서지 않았다. 스스로 서고 싶으면 누구의 도움도 받지 않고 혼자서 섰다. 그 대신 다시는 그 끔찍했던 몇 주를 떠올리지 않았다. 그것을 방화벽 삼아 은경은 삶의 남은 부분을 지켜낼 수 있었다.

'이게 뭐라고 그렇게까지 비장했을까. 진짜 사랑했나 봐.'

사실 그 무렵 은경은 이미 떠날 준비를 하고 있었다. 강은신과 함께. 떠나야 할 이유도 딱히 없고 떠나자는 말을 들은 것도 아니었다. 그저 막연한 마음의 준비일 뿐이었다.

하지만 강은신에게서는 분명 그런 느낌이 났다. 함께할 수 없는 사람. 뿌리내리지 못하고 곧 떠나버릴 사람. 정 함께하고 싶으면 지금까지의 삶을 다 포기하고 어느 날 갑자기 어디론가 떠나야만 할 것 같은 예감. 은경은 정말로 그럴 준비를 하고 있었다. 막상 떠난 것은 강은신 혼자뿐이었지만.

사고였을까? 그런 사고에 관한 기록은 어디에도 남아 있지 않았다. 납치 같은 건 아니었을까. 그럴지도 모른다. 하지만 왜?

"아니면 간첩이었을지도 몰라."

우매희는 자꾸 그런 이상한 소리를 끄집어내서 안 그래도 복잡한 속을 뒤집어놓곤 했다. 처음부터 존재한 적이 없는 가공의 신원이어서 어떻게 검색해도 찾을 수가 없다는 것이었다.

'그럴듯하지만, 스파이라기에는 너무 안 중요한 데만 기웃거리던 인간이라. 미대생의 직감이란 게 그렇지 뭐.'

그런데 그 말이 맞았을지도 모른다. 국경이 아니라 시간을 넘어온 스파이, 적정(敵情)을 파악하기 위해서가 아니라 논문을 쓰기 위해 이것저것 정보를 긁어모으던 특수 요원이었다면.

그날 새벽 에잔•이 울려 퍼질 무렵, 은경은 드디어 알트나이가 딱 좋아할 만한 대화 내용을 찾아냈다.

[그날 망한 공연 말고, 그전에 우리 만난 적 있는데. 너 진짜 기억 안 나?]

[그래? 모르겠는데? 나는 그때 처음 본 것 같은데. 너 혼자 본 거 아니야? 나도 본 거 맞아?]

[같이 말도 했는데?]

[그런가? 사람이 많아서 기억 못 하는 건가?]

[무슨. 둘밖에 없었구먼. 어서 기억해내.]

그런 쪽지가 오가고 며칠 뒤, 강은신이 사라지기 일주일 전이었다. 강은신이 은경에게 먼저 쪽지를 보내 드디어 기억이 떠올랐다며 이렇게 말을 걸었다.

• 이슬람 사원에서 행하는 찬양 기도.

[생각났다! 우리 거기서 만남지?]

[안 속아. 떠보는 거지?]

[진짜 기억났는데. 너 그때, 길 잃어버리고 헤매고 있엄잖아. 안 그런 척 너무 태연하게 걸어가고 있어서 그냥 내버려둘까 하다가, 혼자 막다른 길로 들어가는 거 보고 이건 아니다 싶어서 도와준 것 같은데.]

[그래? 그게 어딘데?]

[예술대학 7층인가 8층인가, 그 아무도 안 쓰는 음침한 계단.]

[오오.]

[거기 맞지? 역시 내가 눈썰미가 좋다니까. 그 단발머리가 너였던 거야?]

[뭐? 단발머리면 나 아닌데. 설마 사람 머리카락이 그렇게 빨리 자라겠니?]

그리고 한 시간쯤 뒤에 다시 이런 쪽지가 날아왔다.

[그런데 잠깐, 그러면 안 되는데. 네가 그걸 어떻게 기억해?]

그게 다였다. 그 일에 대한 언급은 더 이상 없었다.

은경은 그가 사라진 직후까지만 해도 대수롭지 않게 흘려보냈던 강은신의 말을 천천히 곱씹었다. '우리 거기서 만남지' '헤매고 있엄잖아' 그리고 '너는 그걸 어떻게 기억해?'

의심의 여지 없이 강은신은 한국어를 모국어로 말하는 사람이 맞았다. 다만 문제의 시제 선어말어미만큼은 완전히 교정이 안 됐는지 스스로도 알아채지 못한 채 입 밖으로 튀어나오는 경우가 종종 있었다. 문자로 된 대화에서도 마찬가지였다. 그리고 그것은 아무 문제도 되지 않았다. 혀가 꼬였을 때 나오는 이상한 말버릇쯤으로 여겨졌을 따름이다. 알트나이의 강연을 듣기 전까지는.

은경은 그 대화를 몇 번이나 반복해서 읽었다. 미래에 일어날 일을 과거에 직접 겪은 일처럼 말하기. 그리고 은경이 기억해서는 안 되는, 하지만 분명히 기억하고 있는 무언가.

당연히 은경은 시간 여행자의 시간을 산 적이 없었다. 단지 <마임의 이해>라는 초청 강연이 열리는 강의실을 찾아 헤매다가 맨 처음 강은신을 만난 날을 기억하고 있을 뿐이었다. 그것은 당연한 일이었다. 과거에 일어난 일을 과거에 직접 겪은 일로 기억하고 있는 것이었으니까. 하지만 강은신은 은경이 그 일을 기억할 리가 없다고 생각했다. 그러면서 '만남지' '있엄잖아' 같은 말을 썼다. 알트나이의 표현대로라면 '과거에 직접 겪은 미래의 일'이라는 의미였다.

강은신은 바로 '그 일'을 기억해낸 것이었다. 그리고 '그 일'에 대해 진술했다. 그러면서 '그 일'을 기억하고 있는 은경을 의아하게 여겼다. 자신은 그럴 수 있어도 은경은 그럴 수가 없어서였다. 한 방향으로만 흘러가는 시간을 살아가는 은경은 절대로 그 일을 기억해서는 안 됐으니까.

'틀렸어. 오답이었던 거야. 강은신이 기억하는 우리가 처음 만난 순간이라는 거, 장소는 맞는데 시간이 틀렸어. 내가 겪은 일이 맞지만, 나는 그걸 기억해서는 안 돼. 원칙적으로 불가능하니까. 머리카락이 그렇게 빨리 자랄 리가 없는 것처럼. 그리고 강은신은 나와 대화를 나눈 후 수첩이든 일지든 뭔가를 확인해 보고 나서야 그 사실을 깨달았겠지. 그러니까 그 말은…'

그 말은 강은신이 겪은 '그 일'이, 은경도 기억할 수 있는 과거가 아닌, 은경만은 절대 기억해서는 안 되는 미래에 일어난 일이라는 뜻이었다.

'뭐야? 내가 기억하는 첫 만남과 강은신이 기억하는 첫 만남이 다른 날인 거야? 나야 그날을 아직 안 겪었으니까 모른다 치고 얘는 왜 내가 기억하는 날을 기억 못 한 거야? 그 계단에서 헤매는 여자가 그렇게 많았나?'

그래도 그 사실을 깨닫는 순간, 은경은 가슴이 두근거렸다. 확정적으로 일어난 미래의 일. 암과 엄으로 기록되는 사건. 두 사람이 처음으로 만난 날이 언젠가 한 번 더 돌아온다는 사실.

시간 여행의 원리는 전혀 알 수 없지만, 아무튼 강은신은 한 번에 목표한 시간대로 건너가지 못한 게 분명했다. 첫 번째, 혹은 세 번째나 그 이상일지도 모를 시도에서, 강은신은 자신이 잘못된 시간대에 도착했다는 사실을 확인하고는 다시 원래 있던 곳으로 되돌아가 장비를 점검한 뒤, 처음 목표로 삼았던

15년 전 시간대로 재발송되는 과정을 거쳤을 것이다.

'그리고 하필 그때 그 잘못 배달된 장소에 단발머리를 한 내가 끼어들어간 거고.'

거대한 시간의 파도가 은경이 머무는 방을 쓱 훑고 지나갔다.

은경은 흥분을 가라앉히고 우선 우매희에게 메시지를 보냈다. 문제의 건물에서 미대 교수로 일하는 바로 그 친구였다. 그 계단이 아직도 그대로 있는지 묻자 한참 뒤에야 이런 답이 돌아왔다.

[리모델링한다는데? 뭐 만든다나 봐.]

[거기에? 계단이잖아. 거기다 뭘 만들어?]

[학생들 전시실 같은 거 만들겠지 뭐. 햇빛은 안 드니까.]

[언제?]

[다음 주 월요일부터. 그런데 어떻게 알고 딱 맞춰서 물어본 거야?]

은경은 그 말을 한참 동안 들여다보았다. 월요일부터. 그렇다면 그 계단이 강은신이 기억하는 '아무도 안 쓰는 음침한 계단'으로 남아 있을 시간은 이제 딱 이틀밖에 없었다.

어떻게 하필 그날이었을까. 왜 하필 그날 이즈미르에서 친구가 결혼을 했고, 왜 하필 그 결혼식장에서 알트나이를 만나 인사를 나누게 됐을까. 알트나이는 왜 강연 날짜를 그날로 잡았고, 무슨 생각으로 은경을 강연 같은 데에 초대한 걸까. 어쩌면 시간은 생각보다 집요한 극본이 아니었을까. 만약 그렇다면 우연인지 필연인지를 구별하는 일 따위가 시간 앞에서 과연 무슨 가치를 지닐 수 있을까.

팽팽하고 질긴 시간의 힘줄이 느껴졌다. 시간을 이해했다고는 말할 수 없지만 적어도 목격 정도는 했다고 봐도 무방할 것 같았다.

잠시 후 해가 떠오르는 것을 보자마자 은경은 알트나이에게 메시지를 보냈다.

[나 저녁에 한국 가.]

한참 후에 답이 돌아왔다.

[오늘 저녁? 일요일에 간다며?]

[어떻게 된 건지 알 것 같아. 그 사람이 왜 갑자기 사라졌는지도.]

[왜 사라졌는데?]

[규칙을 어긴 줄 안 거야. 안 어겼는데. 학자 맞나 봐. 갑자기 연구 중단하고 사라진 걸 보면.]

[무슨 말인지 모르겠다. 그건 그렇다 치고, 직접 한국에 가야 되는 거야, 지금 당장?]

[가야 돼. 내가 들고 나온 퍼즐 조각이 있더라고. 그거 가지고 가서 시간을 완성하려고.]

[뭔 소리지 모르겠지만, 그렇게 해. 그 텍스트나 좀 보내주고.]

세 번째로 연락한 곳은 한국에 있는 단골 미용실이었다. 한국에 도착하자마자 은경은 곧장 미용실로 향했다. 숏 커트를 하기 위해서였다. 단발머리라고만 들어서 어느 길이로 잘라야 하는지 알 수 없었지만, 오래 고민하지는 않았다. 강은신의 말에 맞출 필요가 없었기 때문이다.

'시간이 그 방향으로 흐르지 않으니까. 내 단발머리의 시간은 강은신의 말에서 지금 여기 미용실에 앉아 있는 나에게로 흐르는 게 아니라, 지금 여기에서부터 강은신이 그 말을 하게 되는 순간을 향해 흐르게 될 거야. 그러니까 아무 커트나 하면 돼. 뭐가 됐든 강은신은 그걸 보게 될 거고, 그 기억을 떠올리면서 단발머리라는 표현을 하게 될 거니까.'

미용실을 나와 모교 예술관 건물로 달려갔다. 전에 없던 시설이 여기저기 생겨나 있어서 학생 때 기억과는 사뭇 다른 모습이었다. 하지만 출입문을 지나 건물 안으로 들어서자 다행스럽게도 익숙한 공기가 물씬 느껴졌다.

은경은 엘리베이터 버튼을 누른 후 계단이 있는 곳을 머릿속으로 떠올렸다. 어떻게 찾아가야 하는지 아직도 감이 안 잡혔지만 그다지 걱정은 되지 않았다. 무슨 수를 써서든 시간이 자신을 그 자리에 데려다놓을 테니까. 적절한 타이밍을 고민할 필요도 없고, 어떻게 보여야 할지 신경 쓸 필요도 없었다. 연출은 순전히 시간의 몫이었고, 리허설 같은 걸 따로 하지 않아도 은경은 늘 최고의 배우일 수밖에 없었다. 시간이 연출하는 그 드라마 안에서는.

어김없이 10여 분을 헤맨 끝에 은경은 마침내 계단 앞에 이르렀다. 아무도 쓰지 않는, 창백한 조명이 켜져 있는 계단. 준비 동작은 따로 필요 없었지만 은경은 잠깐 그 자리에 멈춰 서서 앞으로 일어날 일을 머릿속으로 그려보았다.

그 사람을 만난다. 강은신을.

결코 이 세상에는 속하지 않는 완전한 아름다움을 지닌 사람. 때로는 주어이고 때로는 목적어여서 그 사이에 들어갈 술어를 잘 골라내기만 하면 몇 번이고 둘이 함께 세상에서 제일 아름다운 문장으로 거듭날 수 있었던 영혼의 파트너.

그러다 어느 날 갑자기 흔적도 예고도 없이 사라져버린 첫사랑. 잃을 것도 별로 없던 젊은 김은경이 애지중지 품고 있던 유일한 잃을 것.

혼자 몰래 따라 하곤 했던 특이한 말버릇. 먼 미래에나 일어날 일을 마치 직접 겪은 일처럼 확신을 가지고 말하는 사람. 그리고 이제 곧 난생처음으로 은경을 만나, 미리 머릿속에 넣어둔 건물 구조를 떠올리며 길 잃은 은경을 사람 많은 복도로 안내해줄 사람.

'마지막으로 처음 뵙겠습니다, 강은신 씨.'

은경은 계단을 오르기 시작했다. 계단 위쪽에서, 아래로 내려오는 발소리가 들렸다. 탁탁탁 경쾌하고 가벼운 발걸음이었다. 은경이 무심코 손을 들어 짧아진 머리카락을 어색하게 매만졌다. 그리고 그 순간 그가 드디어 모습을 드러냈다.

시간 여행을 할 수 있으면서도 고작 역사 따위를 연구하러 온 야심 없는 미래인. 생각만 해도, 꿈속에 잠깐 얼굴이 비치기만 해도, 눈물이 쏟아지던 딱 한 사람.

은경이 마침내 그의 시간에 이르렀다. 아직은 자기를 보고도 전혀 반짝이지 않는 그의 눈을 바라보면서 은경은 마음 깊이 이런 기록을 새겨 넣었다.

마침내 김은경이 강은신을 처음으로 만남다.

작가 노트

대학생 시절에 학교에서 튀르키예어 수업을 들었다. 한국인이 배우기에 제일 쉬운 외국어 중 하나라는데 써먹을 데가 없어서 거의 다 잊고 말았다. 그래도 튀르키예로 여행을 가서 일주일쯤 지나면 몇 마디쯤은 자연스럽게 귀에 들어온다.

이 소설을 떠올리던 무렵에 나는 영어학원에 열심히 다닌 결과 비로소 현재완료시제를 맥락에 맞게 말할 수 있게 되었다. 미래완료시제를 연습하면서는 '이 사람들의 시간에 대한 인식은 참 희한하구나' 하고 생각했는데, 그 시기의 나는 SF 드라마 〈닥터 후〉에 심취해 있어서 현실에서는 떠올릴 일이 없는 이상한 시제를 상상하는 일이 부쩍 많아졌다. 그런 와중에 튀르키예로 여행을 가서 일주일이 지나자, 이 소설의 아이디어가 자연 발생했다! 물론 그걸 소설로 바꾸는 데는 훨씬 긴 시간이 들었다.

이 소설은 시간을 다룬 SF이며, 다시 언어에 관한 이야기다. 왠지 또 '결국 사랑 이야기'로 읽힐 것 같지만(사실 이렇게 쓰기는 했다), 내가 아는 SF는 생각보다 자주 언어에 관한 이야기가 되고 만다. 아마도 우리가 세계를 만나는 건 오로지 언어를 통해서여서 그런 게 아닐까? 물론 우주가 수로 이루어졌다고 믿는 사람들은 다르게 생각할지도 모른다. 하지만 이건 문학이니까, 여기서는 내가 이긴 걸로 하겠다.

8

접히는 신들

다리를 뻗으려면 책상을 접어야 했다. 책상 앞에 앉으려면 침대를 접어야 하는 방이었다. 차지하는 면적이 제일 넓은 가구였으므로, 침대가 나와 있으면 출입문을 열 수가 없었다. 용도에 따라 자유자재로 변신하는 방이었고 이것저것 다 필요 없을 때는 가구를 전부 벽 속에 집어넣을 수도 있었지만 의자만큼은 완전히 없애버릴 수가 없었다. 그래서 침대를 펼치기 위해서는 의자를 접어서 벽에다 걸어야 했다. 3차원 공간을 알뜰하게 활용하는 셈이었다.

침대에 누워 천장을 바라보고 있으면 비어 있는 공간이 눈에 띄었다.

'벽에 거는 선반을 구해다 저쯤에 설치하면 딱 좋을 텐데.'

바닥 쪽 모서리 네 군데에는 이미 무언가가 들어차 있었다. 천장 쪽 모서리도 이제 하나밖에 안 남았다. 그 모서리 하나를 비워두는 것이야말로 이 공간에서 내가 누릴 수 있는 최대한의 사치였다.

공간이 사라지면 욕망도 사라진다. 모서리 하나조차 비어 있지 않으면 상상이 끼어들 여지도 남지 않게 된다. 나에게는 아직 상상할 여지가 남아 있었다. 하필 떠오른 게 토머스 홉스의 『리바이어던』 같은 거였지만.

그 시대 기준으로 영국에서 책을 가장 많이 읽은 학자가 생각한 당대 영국 사회의 가장 심각한 위협은, 아무리 힘이 약한 사람이라도 제일 힘이 센 사람이 자고 있을 때 칼로 찔러서 죽일 수는 있다는 것이었다. 과장을 좀 보탠 이야기지만, 그보다 한참 뒤에 나온 영국식 추리소설에 그런 이야기가 수도 없이 나오는 걸 보면 영 근거 없는 가정은 아니다. 밤사이 죽은 시체. 모든 추리는 거기서부터 시작된다. 탐정의 임무는 이 문제를 해결하는 것이다. 그래서 탐정은 누구나 토머스 홉스의 대리인일 수밖에 없다.

하지만 이 방에서는 근대 영국을 관통한 공포의 대전제가 성립하지 않는다. 가장 힘센 인간이 제일 나약한 인간의 방에 칼을 들고 침입하려 해도, 침대가 펼쳐져 있다면 출입문을 열 방법이 없기 때문이다.

'그래도 개인 욕실은 있잖아.'

상상할 수 있는 최소한의 면적만을 차지하고 있으면서, 그나마도 면적보다는 높이를 훨씬 효율적으로 활용한 공간. 욕실이 딸린 방이라 공용 화장실을 찾아 문밖으로 나갈 일도 별로 없었다. 침대를 접을 필요가 더 없어졌다는 뜻이었다. 침대를 빗장 삼아 스스로 감금한 삶이 벌써 넉 달이나 이어지고 있었다.

하지만 일부러 공용 화장실을 찾아가고 싶지는 않았다. 성별을 분리하지 않은 공용 욕실은 위생이 정말 최악이었다. 시설은 깨끗하고 청소도 자주 하는 편이었지만, 이용하는 사람이 많다 보니 그 잦은 청소 주기보다도 빨리 더러워지는 화장실이었다.

게다가 내 방에 개인 욕실이 있다는 사실을 아는 이웃들은 내가 그곳에 드나드는 것을 극도로 싫어했다. 그래놓고 또 한밤중에는 제발 내가 공용 화장실을 이용해주기를 바라는 눈치였다. 물 내려가는 소리가 듣기 싫어서였다.

나는 침대에 가만히 누워 빈 모서리를 멀뚱멀뚱 바라보았다. 내 방 화장실로 갈까, 아니면 침대를 접고 문을 연 다음 공용 화장실에 다녀올까. 지금은 한밤중일까, 아니면 개인 욕실이 있는 사람은 개인 욕실만 써야 하는 늦은 저녁 무렵일까.

시계를 들여다보았다. 지구에 있는 한국 시간, 화성에 있는 한국령 정착지 표준 시간, 화성과 지구를 오가는 우주선 시간이 함께 나와 있었다.

'저놈의 우주선 시계.'

지구의 하루는 당연히 24시간이었고, 화성의 하루를 지구 시간으로 환산하면 대략 24시간 37분쯤이 됐다. 그런데 우주선의 하루는 그보다 훨씬 긴 26시간 30분이었다. 하루의 길이를 늘여서 비행에 소요되는 날짜 수를 줄이기 위한 수작이었다.

합리적인 생각 같지만, 문제는 우주선 안에서 열흘을 보내고 나면 지구나 화성 기준으로 하루가 완전히 증발해버린다는 점이었다. 허송세월도 그런 허송세월이 없었다. 좁아터진 객실에서 5개월을 보내는 것도 억울한데 거기에다 열흘에 하루씩을 세금처럼 더 까먹다니.

지구에 있는 친구들이나 동료들은, 입으로는 아무것도 한 일이 없다면서, 그 몇 달의 시간 동안 꽤 많은 것들을 이루어내고 있었다. 눈에 띄는 변화가 아니었을 뿐, 정말로 아무것도 안 하고 있는 내 눈에는 너무나 부러운 성과들이었다. 나한테도 그 시간이 더 있었더라면. 좁은 객실에 가만히 앉아 지구에 남아 있는 사람들의 이야기를 떠올리고 있노라면 재깍재깍 초시계가 돌아가는 것처럼 조바심이 초 단위로 엄습해오곤 했다.

'이러고 있을 때가 아닌데.'

자리에서 벌떡 일어나 보지만 어차피 할 수 있는 일은 아무것도 없었다. 화장실 문에 붙어 있는 이집트 신 그림이 눈에 들어왔다. 전지전능한 존재치고는 너무나 다소곳하게 앉아 있는 신. 얌전히 앉아 있으라고 본보기를 보여주기라도 하는 것처럼 쓸데없이 근엄하고 차분한 얼굴 표정. 나는 한숨을 내쉬며 눈을 껌뻑였다.

때마침 경보음이 들려왔다. 몇 번을 들어도 가슴이 덜컥 내려앉게 만드는 요란한 첫 음이었다. 달력을 들여다보았다. 그리고 몸을 일으켜 침대를 접어 올린 다음 출입문을 열고 밖으로 나갔다.

좁아터진 객실에 비하면 지나치게 넓다 싶은 복도를 따라 곧장 대피 장소로 달려갔다. 인공중력이 작용하고 있었으므로 허공을 둥둥 떠다닐 수는 없었다. 사람들이 덤덤한 표정으로 대피 장소에 모여 있었다. 발을 질질 끌며 어슬렁어슬렁 나타나는 사람들. 허둥지둥 달려오는 사람은 아무도 없었다. 대피 요령 그대로였다. 다만 실제 상황이 발생했을 때도 지금처럼 느긋한 속도로 나올지는 알 수가 없었다.

우주선 직원들이 돌아다니며 출석 여부를 확인했다. 확인을 마친 사람들이 저마다의 언어로 투덜거리며 방으로 돌아갔다. 특별히 불만거리가 더 많아진 것은 아니었다. 단지 비행이 길어지다 보니 투덜거리는 게 스포츠가 되었을 뿐이었다.

우주선 안에는 이런 지정 대피소가 모두 다섯 군데 있었는데, 특실 승객들은 자기들끼리 모이게 되는 공간이 따로 있었다. 물론 경보가 울리면 객실 등급에 관계없이 가장 가까운 대피소로 이동하는 게 당연한 원칙이었지만, 애초에 일반실 승객이 특실 구역을 자유롭게 드나들 수는 없었으므로 대피소 또한 사실상 객실 등급에 따라 차등이 있는 것이나 마찬가지였다.

그래도 특실 승객이 일반 대피소에서 출석 체크를 하게 되는 경우는 종종 있었다. 그들에게 일반실 구역은 제한구역이 아니었으니까. 그럴 때면 그들은 왠지 겁먹은 듯한 표정으로 어정쩡하게 서 있다가 출석 체크를 마치자마자 복도 쪽으로 황급히 빠져나가곤 했다. 마치 누가 때리기라도 할 것처럼.

그날도 마찬가지였다. 갑자기 경보가 울리는 바람에 어쩔 수 없이 일반 대피소를 찾아온 특실 승객이 있었다. 일반실 승객들이 이방인 대하듯 기분 나쁘게 그쪽을 흘깃 쳐다보았다. 일단 딱 봐도 낯선 얼굴이기는 했으니 이방인처럼 대하는 게 이상할 건 없었지만, 가시 같은 시선이 몸 곳곳에 박히자 그 특실 승객의 눈빛도 어지럽게 흔들렸다. 그러다 나와도 잠시 눈이 마주쳤다. 오래 머무르지는 않는 시선이었다.

하지만 다음 순간, 모두의 눈을 피해 정신없이 흔들리던 시선이 갑자기 생각난 듯 내 쪽으로 돌아왔다. 그리고 그 자리에 그대로 머물렀다.

아는 얼굴.

시선이 맞닿았다. 맞닿은 시선을 따라 두 존재를 잇는 연결 통로가 만들어졌다. 그러자 따로 보관되어 있던 두 사람의 기억이 빠른 속도로 서로에게 전해졌다.

기억을 공유하는 사람.

마침내 확인이 끝난 순간, 상대의 얼굴에서 먼저 미소가 퍼져나갔다. 나도 따라서 미소로 화답했다.

김은경이었다. 그런 이름의 승객이 있다는 건 알았지만 정말로 그 김은경일 거라고는 확신할 수 없었다. 익명처럼 흔한 이름이었으니까.

"뭐야, 정말 그 서소희였잖아? 이럴 줄 알았으면 미리 찾아와볼걸."

은경이 먼저 내 쪽으로 다가서며 말했다. 화성을 향해 출발한 지 무려 넉 달 만이었다.

"김은경처럼 흔한 이름은 아니거든. 그리고 너야말로 이런 누추한 여객선에는 어쩐 일이야? 이런 완행 우주선에서 만나게 될 줄은 몰랐네."

"아, 급하게 갈 일이 생겨서."

시즌 마지막 우주선이라 내키지는 않지만 어쩔 수 없이 타게 됐다는 소리였다. 행성 간 여객선의 종류는 헤아릴 수 없이 많지만, 기본적으로는 화성과 지구가 가까이에 접근해 있어야 쾌속선이고 완행선이고 다닐 수가 있었다. 분침 끝에서 시침 끝으로 넘어가는 가장 편한 방법은 분침이 시침을 거의 따라잡았을 때 분침을 떠나는 것이었다. 1시 정각이든 2시 2분이든. 아무리 빠른 우주선인들 두 행성이 12시 25분쯤을 가리키고 있을 때 분침을 떠날 수는 없는 노릇이었다.

문득 이상한 생각이 들었는지 은경이 목소리를 낮추며 물었다.

"잠깐, 그런데 그건 무슨 소리지? 이런 우주선에서 만날 줄은 몰랐다니. 내 소식 알고 있었어? 우리 한 20년 만에 만난 거잖아."

"아, 그거?"

김은경이 천재라는 사실을 아는 사람은 나 말고는 아무도 없었다. 공부를 못했기 때문이다. 단순히 성적이 좀 안 나오고 마는 문제가 아니라, 거의 공부하는 법 자체를 모르는 수준이었다.

모두가 어딘가에 틀어박혀서 시험공부를 하거나 혹은 시험공부를 하는 척하느라 정신없는 기간에도, 은경은 공부 대신 종이접기 같은 일에 몰두해 있기 일쑤였다. 심지어 사물함에는 책도 몇 권 없었다. 무언가를 접었다 펴놓은 종이만 차곡차곡 쌓여 있을 뿐.

내가 김은경의 천재성을 알게 된 것은 어느 해 봄 시험 전전날의 일이었다. 점심시간 내내 은경은 혼자서 콧노래를 부르며 종이를 접고 있었다. 은경을 눈여겨보는 사람은 아무도 없었다. 이번 취미는 참 오래도 간다 생각했을 따름이다.

'저렇게 한참을 접은 다음 다시 펴서 사물함에 보관하겠지.'

나는 무심코 그쪽을 바라보고 있었다. 은경은 내 시선을 알아채지 못했다. 하던 일에 완전히 정신이 팔린 모양이었다.

김은경이 하던 일. 그것은 말 그대로 무에서 유를 만드는 일이었다. 아무것도 아닌 납작한 종이를 거의 살아 있는 듯 보이는 꽃으로 바꿔내는 작업.

은경의 손에 들려 있던 그 작은 종이꽃은 단순히 꽃잎이나 줄기 따위를 상징하는 데서 그치는 물건이 아니었다. 그것은 정말로 꽃처럼 생긴 정교한 무언가였다. 마치 피어나듯 갑자기 현실 공간에 나타났다가 다시 눈 깜짝할 사이에 사라져버린, 다른 세상에서 가져온 물건 같은 무언가.

순간 나는 내 눈을 의심했지만 눈앞에서 벌어진 기적을 오래 확인할 수는 없었다. 은경은 다 접은 카네이션을 곧바로 펼쳐버렸고, 꽃은 다시 납작한 종이로 돌아가 있었다.

'무슨 일이 일어났던 거지?'

잠시 후 은경이 자리를 비운 사이, 나는 은경의 자리로 다가가 은경이 책 사이에 끼워둔 납작해진 카네이션을 펼쳐보았다. 빈 종이였다. 그런데 사실은 빈 종이가 아니었다. 그 안에는 그 종이가 3차원이었던 흔적이 잔뜩 남아 있었다. 짧고 섬세한 수백 개의 접힌 자국이 손금처럼 종이 위에 빼곡히 들어차 있었다.

그제야 나는 은경이 이따금씩 꾸깃꾸깃한 색종이를 들여다보며 흐뭇하게 미소 짓는 이유를 알 것 같았다. 말하자면 김은경은 단순히 종이접기만 잘하는 게 아니었다. 접었다 펼쳐놓은 주름을 보고 자신의 창조물을 머릿속에 재현해내는 일도 할 수 있었던 것이다. 아니, 어쩌면 최종 결과물뿐만 아니라 종이가 접혔다 펼쳐지는 과정 전체를 동영상처럼 전부 복기해내고 있었을지도 모른다.

은경이 자기 재능을 드러낸 것은 그때가 마지막이었다. 그 뒤로는 다시 쭉 평범한 아이일 뿐이었다. 물론 나는 은경이 평범하게 공부 못하는 친구라고 생각할 수가 없었다. 납작하고 평범한 아이로 돌아와 있었지만, 김은경에게는 접혔던 천재의 흔적이 뚜렷이 남아 있었다. 김은경 같은 천재는 아닐지 몰라도 나 또한 그걸 못 알아볼 만큼 눈치 없는 사람은 아니었다.

그러나 스토킹을 하는 게 아닌 이상, 스스로 평범해 보이기를 택한 천재의 삶을 따라잡기란 쉬운 일이 아니었다. 천재적이라고 해봐야 종이를 잘 접는 재능 따위를 도대체 어디에서 꽃피운단 말인가. 은경은 내 삶의 반경에서 사라져갔다.

그 후로 15년. 나는 내 재능과 이제 막 펼쳐지고 있던 우주 시대라는 조류를 적당히 섞어, 유력한 지구권 민간기구연합 한 군데에서 무난하게 행정직 경력을 이어갔다. 그 무렵 한창 늘어나던 국제우주환경단체 두 군데를 거친 다음이었다. 멋들어진 이름과 달리 대기권 밖으로는 나가보지 못하고 거의 지상에서만 일하는 처지였지만, 국경 넘어 몇 차례 이사를 다니는 동안에도 본국 출신 우주 종사자 소식지가 끊어지지 않고 배달될 만큼 우주 업계인으로서의 정체성은 뚜렷한 편이었다. 스스로에게나 다른 사람들이 볼 때 모두.

김은경의 이름을 다시 접한 것도 바로 그 소식지에서였다.

"그걸 읽는 사람이 있다고?"

좁아터진 내 객실로 걸어가는 길에 은경이 놀라움을 감추지 못하고 물었다.

"가끔."

"짜장면 기다리면서 미리 신문지 깔아놨는데 아무리 기다려도 배달이 안 올 때?"

"주로 치킨이지만."

소식지에는 김은경이 영어 약자로 표기된 무슨 무슨 산학협력클러스터에 책임급 연구원으로 취직했다는 이야기만 간략하게 언급되어 있을 뿐이었다. 보통 사람들이 보기에는 그냥 취직 이야기에 불과했겠지만, 우주 업계 종사자의 눈에는 그렇지가 않았다. 그 연구 집단에 책임자로 들어갔다는 건, 어마어마한 예산을 집행하는 국방정보산업의 핵심 그룹에 주요 결정권자 중 하나로 영입되었다는 소리나 다름없었다.

출신 학교가 나와 있었으므로 이 김은경이 그 김은경이라는 사실은 쉽게 확인할 수 있었다. 동창들 중에도 동명이인이 몇 명은 더 있었겠지만 그런 어마어마한 자리를 차지할 수 있는 김은경은 단 한 명밖에 떠오르지 않았다.

'하지만 뭘로? 종이접기로? 내가 모르는 다른 재능이 더 있었던 건가?'

객실 안으로 들어서며 은경이 말했다.

"1인실이네. 1인실이 좋지."

"2인실도 봤는데 안 되겠더라."

"2인실 최악이지. 그런데 그거 알아? 3인실이 2인실보다 차라리 낫다?"

"일반실 타본 적은 있고?"

"없지."

"그런데 어떻게 알아?"

"목성 가는 여객선은 특실이 딱 이 크기니까."

나는 말문이 막히고 말았다. 나도 모르게 터져나온 부러움 때문이었다. 진도에 관한 문제이기도 했다. '나는 이제 처음으로 지구를 떠나는데 이 친구는 벌써 목성까지 다녀왔구나.'

은경이 의자 등받이에 한 손을 올려놓고, 앉을 듯 말 듯 어정쩡하게 선 채로 말을 이었다.

"부피당 운임이 수십 배는 되니까. 장거리 여행에서는 질량도 중요하지만 공간도 결국 돈이거든. 그런데 너 있잖아, 여기 있으면 감금당한 느낌 들지 않아?"

"뭐 좀. 아무래도 그런 느낌은 있지. 그래도 그편이 나아. 밖에 나가봐야…"

"왜 그런지 알아?"

"뭐가? 감금당한 느낌? 혼자 여기 누워서 허송세월하고 있으니까?"

"아직 못 들었구나. 여기 아마, 진짜로 감금실이었을 거야. 사람 가둬두는 데니까 어쩔 수 없이 개인 욕실이 딸려 있는 거지."

"그래? 처음 들었는데. 우주선에 사람 감금할 일이 뭐가 있다고."

"엄청 많지. 한 10개월 지나 봐라. 객실이 모자라나 감금실이 모자라나. 뭐, 이건 딱 5개월짜리 항로니까 객실로 개조해서 쓰는 게 나았겠지. 덕분에 1인실도 생기고 말이야."

은경이 그렇게 말하면서 방 안 구석구석을 살펴보더니 닫혀 있는 화장실 문을 보고는 갑자기 피식 웃음을 흘렸다. 그 웃음에 나는 그만 귀가 빨갛게 달아올랐다. 그러자 은경이 전혀 안 미안한 투로 사과했다.

"미안. 나쁜 뜻은 아니고, 저 문에 붙어 있는 이집트 신 그림 때문에. 음, 그런데 너 있잖아, 재밌는 거 있는데 보러 갈래?"

침을 꼴딱 삼키고 잠시 은경의 눈을 들여다본 다음 고개를 끄덕이고는 은경을 따라나섰다. 조금 전 일이 당황스럽기는 했지만, 내가 아는 김은경은 무례하거나 기분 나쁜 사람이 아니었다. 그저 알아봐주는 사람이 없어서 사는 게 번거로웠을 천재일 뿐. 그런 김은경이 재미있는 것을 보여주겠다고 했으면 뭐가 됐든 정말로 재미난 것을 보여줄 게 분명했다. 보통 사람은 보여줄 수 없는 무언가를. 나 또한 김은경을 잘 모르기는 마찬가지였지만 그 순간 나에게는 근거를 댈 수 없는 묘한 확신 같은 게 있었다. 조금 전 대피소에서 눈이 마주친 순간 느꼈던 것과 같은 막연한 확신이었다.

특실로 가는 길은 미로 같았다. 막는 사람은 아무도 없지만 찾아가려면 반드시 헤매게 되어 있는 길이었다. 거대한 선체를 빙글빙글 돌려서 인공적으로 중력 비슷한 것을 만들어내는 우주선 안에서는 방향감각을 유지하는 것 자체가 쉬운 일이 아니었다. 위아래라는 개념부터가 벌써 가상에 불과했으니까. 일단 그렇게 좌표계가 망가져버리고 나면 그리 넓지도 않은 우주선 공간이 무한히 펼쳐진 미로가 되어버리는 것은 일도 아니었다.

"공간을 희한하게 접어놨지?"

은경은 헤매지 않았다. 아니면 헤매고 있다는 사실을 내가 눈치채지 못한 것일 수도 있었다.

은경을 따라 한참 만에 특실이 모여 있는 구역 입구에 다다르자 우주선 광고 사진에서 봤던 바로 그 광경이 펼쳐졌다. 넓고 쾌적하고 인구밀도가 낮은 공간.

익숙한 광경에 주위를 두리번거리고 있는데 은경이 내 팔을 잡아끌었다.

"이거 봐봐. 이거 보러 온 거야."

은경이 가리킨 것은 복도에 놓여 있던 조형물이었다. 파멸의 춤을 추는 시바신의 형상.

정말이었다. 그 모습을 보자마자 웃음이 터져나왔다. 은경이 내 방에서 그랬던 것처럼.

춤의 내용이나 석상의 모양 때문이 아니었다. 그보다는 춤 자체가 중요했다. 그 춤을 보는 순간, 나는 일반실 곳곳에 붙어 있는 이집트 신들의 그림을 떠올렸다. 공간이 제일 사치인 우주선 객실 구역에 붙어 있는 장식물들. 만원 지하철에 앉아 있는 사람처럼 무릎을 딱 붙이고 그 위에 다소곳이 손을 내려놓은 신들. 그에 비하면 특실 구역에서 만난 힌두 신들은 자세부터가 일단 자유분방했다. 복도 맞은편에는 아예 옆으로 드러누워 있는 신도 있었다.

그뿐만이 아니었다. 두 구역의 신들은 우선 표현 양식 자체가 달랐다. 일반실의 이집트 신들이 전부 2차원 평면에 담겨 있었던 반면 특실 구역의 힌두 신들은 기본적으로 3차원 공간을 차지하고 있었다.

'그래서 하필 이집트 신 그림이 여기저기에 걸려 있었던 거구나! 일반 구역 표시하려고.'

웃음소리가 메아리쳐 내 귀로 돌아왔다. 나는 갑자기 웃음을 멈췄다. 은경이 말했다.

"완전 웃기지? 넉 달 동안 지나다니면서 왜 저런 걸 복도에 세워놨나 했다니까. 아유, 얄팍한 인간들."

긴장이 다 달아나버렸다. 마음이 한결 편안해졌다. 우리는 어느새 친구로 돌아와 있었다. 조그맣게 수축해버린 미로 같은 세상에서 넉 달 만에 마주친 옛 친구.

"방 구경시켜줘."

"그래."

조금의 망설임도 없이 은경이 고개를 끄덕였다.

은경이 머무는 방은 일반실 승객들이 사용하는 공용 휴게실만큼이나 넓었다. 그리고 사람이 아무도 없었다. 아무것도 놓여 있지 않은 빈 모서리가 바닥 쪽에만 세 개가 있었고, 천장 쪽은 모두 비어 있었다. 우주선 안에서 무언가가 붙어 있지 않은 천장을 보는 것은 지상에서 구름 한 점 없이 탁 트인 하늘을 보는 것만큼이나 상쾌한 일이었다.

무엇보다 그 방에는 진짜 침대가 놓여 있었다. 접히거나 변신하지 않는 책상과, 혼자 쓰는 방인데도 의자가 네 개나 딸려 있는 탁자도 있었다.

나는 침대를 슬쩍 손으로 밀어보았다. 프레임이 전혀 흔들리지 않았다. 변신하지 않는 침대가 주는 안정감이 느껴졌다. 누워보고 싶은 충동이 일었지만 그래도 되는지 묻지는 않았다. 방 주인도 나에게 누워보라는 말 따위를 하지는 않았다.

"이건 원래 선장실이야? 왜 이렇게 넓어?"

"선장실은 생각보다 안 커. 옛날처럼 무슨 지휘관 같은 개념이 아니고 그냥 운전기사 대접밖에 못 받으니까, 요즘은."

"그래도 내 방보다는 크겠지?"

"크지. 차 한잔할래? 홍차 좀 남아 있는데. 해로즈 괜찮아?"

"아무거나."

은경이 차를 우려내는 사이 찬찬히 방 안을 둘러보았다. 눈이 돌아가게 넓은 객실이었지만 사실 지구에 있었다면 창문 하나 없는 원룸 오피스텔 정도로밖에는 안 보일 아담한 공간이었다. 천장이 높지도 않고 통풍이 되지도 않는, 그럭저럭 잠깐 머물기에나 적당한 방. 물론 지상에 있는 같은 면적의 방에 대면 비교할 수 없을 만큼 비싼 방일 게 분명했다.

'여기 객실 요금이면 못해도 작은 건물 하나 임대료 정도는 나오겠지.'

어쨌거나 그 아담한 방에는 비어 있는 벽이 두 개나 됐다. 한쪽 벽에는 벽장이 있었고, 다른 쪽 벽에는 다른 방으로 통하는 출입문이 나 있었다. 비어 있지 않은 벽, 즉 물건들이 들어차 있는 한쪽 벽에는 옷장과 책장이 나란히 놓여 있었다. 열 칸짜리 책장의 위쪽 여섯 칸에는 서류 뭉치 같은 것들이 잔뜩 놓여 있었다.

나는 무의식적으로 그쪽으로 다가갔다. 다른 데를 보고 있는 줄 알았던 은경이 갑자기 나를 불러 세웠다.

"어, 그거, 열어보면 안 되는데. 서재 쪽 문도 열면 안 돼. 작업실이라. 방까지 찾아올 사람 없어서 안 잠가놨거든."

나는 그 자리에 멈춰 서서 책장에 눕혀져 있는 종이 뭉치를 흘끗 바라보았다. 그렇다. 그것은 서류가 아니라 종이 뭉치였다. 세워져 있는 서류 뭉치가 아니라 무언가를 접었다가 다시 펼쳐서 차곡차곡 쌓아놓은 듯한 종이 무더기.

탁자 쪽으로 고개를 돌리며 은경에게 물었다.

"그런데 너 진짜 종이접기로 정보기관에 들어간 거야?"

"어? 어. 그건 또 어떻게 알았대?"

"아, 걱정은 안 해도 돼. 나 혼자만 알고 있던 거야. 학교 다닐 때 뭔가를 본 적이 있는데 그게 진짜인지 아닌지 알 수 없었거든. 너무 마술 같아서. 어떻게 된 거야? 목성에는 무슨 일로 가고? 물어봐도 되나?"

"물어보는 건 자유지. 대답하는 건 자유가 아니지만."

전기 포트에서 물이 끓었다. 은경이 찻잔에 물을 따른 다음 새 모양으로 생긴 수동식 타이머를 두 손으로 비틀었다. 재깍재깍

소리가 요란하게 울려퍼졌다. 어쩐지 마음이 다급해졌다.

잠시 후 타이머에서 따르릉 소리가 짧게 울렸다. 신경을 거스르지 않을 만큼 작은 소리였다. 티백 두 개를 동시에 건져내면서 은경이 입을 뗐다. 늘 만나던 친구가 어제 산 가습기 이야기라도 하는 것처럼 편안한 말투였다.

"종이접기라는 거 우주에서는 꽤 유용한 기술이거든. 종이를 접는 게 아니라 다른 걸 접는 거지만. 제일 간단한 건, 우주선에 달린 날개 같은 거 있지? 태양전지판. 날개를 펼친 채로 우주선을 발사할 수는 없으니까 접어서 날려 보냈다가 궤도에 오르면 원래 용도대로 펼치는 식으로 디자인을 하는 거야. 공간을 최대한 덜 차지하게 잘 접어놨다가 사고 없이 깔끔하게 착 펼쳐지게 하는 게 관건이라고 할 수 있지. 그런데 그게 다가 아니거든."

"그럼?"

"정반대로, 펼쳤다 접는 것도 가능하지. 저렇게 종이처럼 납작하게 포개서 운반한 다음에 목적지에서 다시 접는 거야. 로봇팔로 접기도 하지만 알아서 접히는 경우도 있어. 전기장이나 태양열이나 그런 걸로."

"뭘 접는데?"

"뭘 접을까? 뭐까지 말해줄 수 있을까? 음, 일단 비행기가 있겠지? 대기가 있는 행성 같은 데를 탐사할 때, 평면 상태로 운반한 비행기 도면 모양의 부품을 착착착 접어서 종이비행기처럼 생긴 비행기로 변신시키는 거야. 그럼 잘 날아다니겠지? 요즘은 진짜 별걸 다 접어서, 인공위성도 접고 전파망원경도 접고 우주정거장도 접고 그래. 한 장으로 접는 건 아니어서 종이접기로 인정해주기는 싫지만."

"그런 거 디자인하는 일 한 거야?"

"처음에는. 그러다가 나중에는 리버스 엔지니어링을 주로 했지."

"완성품 보고 어떻게 만들었는지 역추적하는 거?"

"그렇지. 진짜 별놈들이 별걸 다 만들어서 보내거든. 특히 목성권에는. 직접 말하기는 곤란하지만, 어, 그러니까…"

"무기 같은 걸 만들어서 보낸다는 말이구나. 이건 내가 말한 거니까 직접 말 안 해도 돼. 인정도 부인도 할 필요 없어. 와, 그런데 상상도 안 된다야. 뭘 어떻게 접어서 날리면 종이접기로 스타워즈를 할 수 있는 거지?"

"공룡도 접고 호랑이도 접고 뭐. 차 어때? 괜찮지?"

"응, 완전."

방 안을 가득 채울 정도는 아니었지만 차향이 커다란 탁자 주위를 맴돌고 있었다. 사실 그렇게 거대한 탁자는 아니었지만, 좁아터진 객실에 익숙해진 내 눈에는 무슨 17개국 정상회담 테이블만큼이나 커 보이는 탁자였다.

잠시 아무 말 없이 찻잔을 바라보다가 문득 생각난 듯 은경에게 물었다.

"그래서, 보면 다 알아? 사진 찍힌 거 보면 어디를 어떻게 접었고 그런 게 딱 나와?"

"딱 나오지는 않고, 한참 들여다보면서 비슷한 걸 만들어보면 뭔지 알게 되기는 해. 그런데 그 사진이라는 게, 해상도 높은 사진이 저절로 막 구해지는 건 아니거든. 대부분은 숨어 있는 걸 겨우겨우 찍어낸 거라 희미하게 보여. 그 동네는 햇빛도 별로 안 세서 알아보기도 힘들고. 그래도 계속 연구하다 보면 결국 정체를 알게 되기는 해."

"그러면 너도 똑같은 걸 막 만들고 그러는 거야?"

"아니. 그보다는 저게 도대체 뭐하는 물건인지 알아내는 게 관건이지. 요새 인류의 상상력은 다 그쪽에 가 있거든. 요즘 지구 좀 심심한 것 같지 않아? 수십 년 전에 하던 거 계속하고 있는 것 같고. 이상한 인간들이 다 목성 쪽에 정신이 팔려 있어서 그래. 반은 농담이지만. 하여간 물건의 용도 자체가 새로 만들어지고 있어서, 이기론으로 치자면 이 자체를 발명하는 인간들이 수두룩하고, 플라톤식으로 말하자면 형상 자체가 새로 창조되고 있다고 해야겠지."

단아하게 앉아서 우아하게 차나 얻어 마시고 가려고 했는데, 결국은 침대에 눕고 말았다. 침대가 고장 났는지 한번 드러눕자

좀처럼 몸을 일으킬 수가 없었다. 원래 용도대로 단단하게 공간을 차지한 물건의 안정감이 등 뒤에서 포근하게 온몸을 감싸 안았다. 그것은 침대의 이데아였다. 내 방에 있던 '침대처럼 생긴 물건'에는 절대 담기지 않는 것.

"하루 스무 시간을 누워서 지내는데, 몇 달 만에 처음으로 제대로 누워본 것 같아."

"야, 너 같은 승객들 골밀도 떨어질까 봐 우주선에 이렇게 쓸데없이 큰 구조물을 달아서 날려 보내는 건데 스무 시간을 자면 어떻게 하냐. 인공중력 아깝네."

"그래도 여섯 시간 반은 앉거나 서 있어."

은경은 탁자 앞 의자에 앉아 있었다. 내가 침대에 붙들려 있는 꼴을 보고 싶지는 않았던지 시선은 묘하게 다른 곳을 향한 채였다. 나는 문득 그 사실을 깨닫고는 멋쩍게 몸을 일으키며 갑자기 생각난 듯 물었다.

"그런데 목성은 어때?"

"징글징글해."

"그래?"

"너무 커. 지구에서 보는 태양보다 시야에서 차지하는 존재감이 더 커. 조금 작게 만들거나 아니면 더 뜨겁게 만들어서 너무 가까이에서 볼 수 없게 만들었으면 좋았을 텐데."

"너도 참 파란만장하게 살았구나. 긴 시간도 아닌데."

"그러게. 근본 없이 파란만장했지."

하지만 당연하게도 은경의 표정에서 후회나 회한이 느껴지지는 않았다. 그리움이라면 또 모를까.

"그래서 말인데, 그 기관에는 특채된 거야? 비밀인가?"

"내가 종이접기 세계대회에 뭘 낸 것까지는 비밀이 아니고, 그 대회를 간접적으로 후원한 기관에 관한 이야기부터는 비밀이야."

"그렇게 된 거였구나. 뭘 냈는데?"

"취향은 아니었지만, 누드."

나도 모르게 자리에서 벌떡 일어났다.

"뭐? 뭘 냈다고? 사람을 접어? 종이 한 장으로?"

"쉬워. 일단 최대한 큰 종이와 탁자를 구해야 돼. 접으면 작아질 거니까. 그런 다음 도면을 먼저 그리고, 도면대로 접은 다음에, 디테일하게 다듬어주면 돼. 손가락이나 안경 같은 작은 것들을."

은경이 헤헤 웃으며 대답했다. 종이접기 전문가로 일하면서 수없이 받아본 질문인 듯했다. 은경이 다시 덧붙였다.

"그런데 정말로 그래. 목성계에 가면 그런 사람 많거든, 나만 그런 거 아니고. 우리끼리는 그렇게 말해. 도면을 그리고, 접은 다음, 다듬어주면 끝이라고. 실제로 그런 식으로 일을 하기도 하고."

나는 종이로 접은 사람을 떠올려보려고 애썼다. 상상조차 할 수 없었다.

"재밌었겠다."

"재미는 있지. 내가 여기까지 와서 도대체 뭔 짓을 하고 있나 싶을 때도 많지만."

"그렇구나. 나도 방금 그 생각 했는데. 그 일 말이야, 종이접기, 목성까지 직접 가서 해야 되는 일인가?"

"결국 그렇겠지? 보안 때문에 전파를 일일이 지구까지 쏴서 보고를 하지는 않으니까. 그리고 지구 화성 거리에서도 중앙 통제가 안 되는데 목성에 있는 정보기관을 어떻게 원격제어하겠니."

"하긴."

나는 다시 탁자 쪽으로 가서 은경의 맞은편에 앉았다.

"아무튼 여차저차해서 인류의 최전방까지 갔다가 다시 집으로 돌아왔었구나. 지금은 또 화성으로 날아가고. 아, 부럽다."

"부럽긴. 너도 화성 가잖아, 다른 사람 돈으로. 그게 얼마나 대단한 건데."

다시 내 방으로 돌아왔다. 욕실이 딸려 있는 아담한 1인실. 은경이 중간까지 바래다줬는데도 예상보다 오래 걸린 걸 보면 나도 모르는 사이 길을 헤맨 게 분명했다.

나는 방 안에 들어서자마자 늘 하던 것처럼 침대 대용으로 장

착된 접이식 가구에 드러누웠다. 그리고 은경과 나눈 대화를 떠올렸다. 천장에 남아 있는 마지막 빈 모서리가 금세 이런저런 상상으로 가득 채워졌다.

'김은경은 왜 그렇게 중요한 일을 내팽개치고 지구로 돌아온 거지? 그래놓고 다시 화성으로 날아가고 말이야. 직위가 꽤 높을 텐데 수행원이 있을까? 수행원들도 일반실에는 묵지 않겠지? 다음 이야기도 궁금한데. 김은경을 다시 만날 일이 있을까? 그쪽에서 먼저 나를 찾아오지는 않겠지? 내가 먼저 그 방으로 찾아갔다가는 친구고 뭐고 그냥 특실 근처에서 기웃거리는 일반실 승객으로밖에 안 보일 거야. 언제든 찾아오라고는 했지만 진짜로 언제든 찾아가버리면 만인의 웃음거리가 되고 말겠지. 아, 궁금해. 그다음은 어떻게 된 거야? 작업실이라고 부르는 그 방에는 도대체 뭐가 있는 걸까?'

하지만 은경이 나를 정말로 친구로 생각하는지 아닌지를 알아볼 기회는 오지 않았다. 은경이 뭔가를 해볼 틈조차 주지 않고 내가 먼저 은경의 방을 찾아가고 말았기 때문이다.

'내 명예는 더럽혀지고 말았어. 갠지스 강물을 다 부어도 씻을 수 없을 거야. 하지만 궁금한 건 궁금한 거니까.'

기억을 더듬으며 한참을 헤매다 마침내 은경의 방 앞에 당도했다. 다행히 방문이 열려 있었는데, 그 틈으로 은경이 침대에 엎드려 있는 모습이 보였다.

"왔구나, 서소희! 잘됐다. 사람 불러서 몇 호였는지 찾아봐달라고 하려고 했는데. 방 번호를 까먹어서 말이야. 대충 연락해봤더니 딴 사람이 나오더라고. 문 닫고 들어와."

은경의 손짓을 따라 홀린 듯 침대 옆으로 다가갔다. 그리고 눈 아래 펼쳐진 침대의 이데아에 살짝 걸터앉았다. 더할 나위 없이 만족스러운 느낌이었지만, 단지 그것 때문이었다면 그 방까지 제 발로 찾아가지는 않았을 것이다.

"궁금해서 왔어. 잠을 잘 수가 있어야지."

"알아. 그랬을 거야."

"저 방에는 뭐가 있어? 새벽에 겨우 잠들었다가 저 방에 갇혀 죽는 꿈 꿨어. 그리고 지구에는 무슨 일로 간 거야? 화성에는 또 무슨 일이 있는데? 수행원도 같이 타고 있어?"

은경이 등을 대고 돌아누워 나를 올려다보았다. 얼굴에는 장난기가 가득했다. 그러더니 목소리를 낮추고 조용히 속삭였다.

"대놓고 묻는 거 보니 스파이는 아니네."

은경은 그렇게 말하며 몸을 일으키더니 내 옆에 나란히 걸터앉았다.

"수행원은 없고 지금은 은퇴했어. 돈은 충분히 벌었고, 궁금한 게 있어서 지구로 돌아갔어. 그리고 저 방에 대해서 이야기하려면 설명이 좀 길고."

"궁금증 때문에 그 좋은 직장을 그만두는 사람도 있구나."

"그럼. 목성이 좀 지긋지긋하거든. 지구에서는 갖기 힘든 관점을 갖게 돼서 좋기는 했지만."

"어떤?"

"음, 지구인들이 온갖 것들을 접어서 날리는 걸 보고 깨달은 게 있었는데, 말하자면 외계인에 관한 생각 같은 거 말이야."

"외계인?"

"거기서 특별히 뭘 본 건 아니고 그냥 그런 생각이 들었다고. 이 방이 네 방보다 지내기 편하기는 하겠지만 사실 이건 지구인한테나 편한 거지 우주인한테 어울리는 건 아니잖아. 지구에서 태어났건 어디에서 태어났건 정말 우주인이 되려면 네가 머무는 일반실 같은 데에 익숙해지는 수밖에 없어. 그러니까 이런 거지. 외계인이 고대 지구에 당도해서 신이 됐다는 가설 말이야. 어느 신화가 이 가설에 제일 잘 어울릴까?"

"수메르나 잉카 문명 이야기하는 거야?"

"그것도 좋지만 사실 외계 문명설은 어디에나 다 끼워 맞출 수 있어. 힌두 신화도 이집트 신화도. 그런데 이 둘 중에서 하나를 고르라면 나는 이집트야. 왜냐. 힌두 신들처럼 공간을 넓게 차지해 가지고는 우주를 건너올 수가 없거든. 정말로 우주를 건너온 신이라면 이집트 신들처럼 최대한 좁은 공간에 몸을 구겨 넣고 왔을 거란 말이지. 목성까지만 가도 여기 일반실 정도 공간이 특실이 되는 판에, 해왕성까지 간다고 생각해봐. 특실이 아예 관같이 생겼을걸."

"하긴. 더 줄일 수는 없겠구나. 태양계 끝까지 가든 다른 항성계로 가든 관에 누운 것 같은 공간이 한계겠네."

"아니, 더 줄일 수 있어."

"정말? 어떻게?"

"접으면 돼."

나는 은경의 얼굴을 빤히 들여다보며 물었다.

"사람을 접어?"

"타고난 몸을 그대로 접을 수는 없고, 접을 수 있게 새로 만들어진 신체라면 가능하지."

"2차원으로 펼쳐서 보낸 다음에 목적지에서 3차원으로 접는다?"

"그렇지. 그게 내 아이디어였어. 외계인이 이쪽으로 날아온다면 그렇게 왔을 거라고. 목성에서는 당연한 가설이야. 그래봐야 그냥 혼자 생각일 뿐이었지. 지구에서 진짜로 그런 물건이 발견되기 전까지는."

내가 기억하는 은경은 깜짝 놀랄 만한 기적을 아무렇지도 않게 손안에서 만들어낼 뿐만 아니라, 그 기적을 혼자서만 몰래 간직할 줄도 아는 사람이었다. 진짜로 무서운 사람이라는 뜻이었다. 그런데 화성으로 가는 우주선 안에서 만난 은경은 조금 달랐다. 자기 업적을 뽐낼 줄 알았고, 무엇보다 한참이나 뜸을 들여가며 그 업적을 이야기할 줄도 아는 사람이었다.

나는 그 우주선에서 김은경을 만난 게 엄청난 행운이라고 생각했다. 그런데 그것은 은경에게도 마찬가지인 모양이었다. 나는 은경의 눈이 반짝반짝 빛나는 순간을 놓치지 않았다. 순수한 총기. 목성에 있는 동안에는 아무에게도 보여주지 않았을 치명적인 날카로움.

나는 머그컵 안에서 홍차가 우러나는 모습을 가만히 들여다보았다. 초조함을 드러내지 않기 위해서였다. 찻잔 옆에는 수동식 타이머가 재깍재깍 심장 대신 빠르게 뛰고 있었다. 벨이 울리자 은경이 드디어 입을 열었다. 차와 함께 이야기도 충분히 무르익었다는 듯 자신감 넘치는 태도였다.

"시리아 쪽에서 활동하던 발굴팀이었어. 그 동네가 예전에 내전 겪으면서 고대 유물을 많이 잃었는데, 그 와중에 의외의 발견들이 좀 있었거든. 유적 위에 흙이 쌓이고 그 위에 새 도시가 생기고 하면서 겹겹이 파묻힌 고대 도시 말이야. 현재 살고 있던 사람들 주거지가 전쟁으로 파괴되는 바람에 도시 복구하고 문화재 재조사하고 했는데 그 과정에서 그 아래를 파볼 기회가 생긴 모양이더라고. 거기에서 수천 년 된 고대 도시 흔적이 발굴이 됐는데, 쐐기문자로 된 문서가 많이 나왔대. 그중에 좀 희한한 신화가 하나 있었거든. 뭐 내용은 뻔해. 하늘 저편에서 온 신들이 죽은 사람의 영혼을 자기들이 온 곳으로 데려간다는 내용인데, 하늘 저편이 사후 세계인지 우주 건너인지는 알 수 없지만, 하여간 그런 말이 씌어 있었다는 거야."

"어떤 말?"

"죽은 사람의 영혼이 정사각형 모양으로 생겼다는 기록."

"저런! 색종이처럼?"

"색종이처럼. 그리고 신들의 영혼도 커다란 정사각형이었대. 하늘을 건너올 때 신들이 취하고 있던 형태가 그랬다는 거지."

"와, 김은경 가설이잖아!"

"맞아, 딱 내 가설이었지. 그래서 그 논문을 찾아 읽고는 개인적으로 그 연구팀에 연락을 했어. 그리고 번 돈을 좀 썼지."

"발굴 후원한 거야?"

"어. 다른 건 연구 목적으로 다 가져가도 좋으니까 한 가지는 나한테 우선권을 달라고 했어. 그게 유일한 조건이었지."

"그 네모난 영혼?"

"응, 그걸 그림으로 그려서 남겨두곤 했다고 씌어 있었으니까. 그 옛날 텍스트에."

"그래서 뭐 좀 찾았어?"

"벽화를 찾았지. 가로세로 5.7미터 정도 되는 커다란 벽이었는데, 말하자면 영혼이 새겨져 있는 벽이었어. 네모 가득 수백 개의 직선이 그어져 있었지. 긴 것도 있고 좀 짧은 것도 있고. 그게 뭐냐면…"

"나 그거 알아. 저 책장 위에 쌓여 있는 종이 같은 거지? 완전히 접었다가 펼친 종이. 그걸 보러 간 거구나, 지구에는."

"너 너무 많은 걸 알고 있는 거 아니야? 거참."

"미안. 근데 나 혼자 알고 있는 거야. 안심해."

"짐작은 했지만 너도 만만한 애는 아니구나. 하여튼, 그게 발견됐다는 소식을 듣고는 바로 은퇴하고 지구로 돌아갔어. 집에도 안 가고 그쪽으로 날아갔는데, 음, 반쯤은 날아갈 듯이 기뻤고 반쯤은 실망스러웠어. 사실 처음 들었을 때도 좀 의심스럽기는 했지. 보존 상태가 아주 좋아 보이지는 않았거든. 가로세로 5.7미터나 되는 정사각형에 접는 선이 수백 개밖에 안 남아 있었다니. 적어도 수천 개는 남아 있어야 원래 형태를 복원할 수 있었을 텐데 말이야."

"그래도 뭔가를 접은 흔적인 건 맞았구나."

"그건 맨 처음 벽화를 들여다보는 순간에 알 수 있었어. 어떤 형태가 돌에서 튀어나와서 3차원으로 접히는 모양이 훤히 들여다보였거든. 그런데 그 변신 과정이 완성이 안 되는 거야. 중간에 변신하다 만 거지. 그럴 수밖에. 선들이 많이 깎여 나가서 알아볼 수가 없었으니까. 너무 아깝지 않아? 그래도 그 옆에서 반 년 쯤을 더 머물렀어. 보존 상태가 더 좋은 벽을 찾아낼지도 모르고, 그리고 그 벽화를 힌트 삼아서 이것저것 접어보면 뭔가를 알아낼 수도 있었을 테니까."

"너는 정말, 종이접기로 고고학까지 했구나. 대단하다."

"결과까지 나왔으면 어깨에 힘이 딱 들어갔을 텐데, 아쉽게도 그러지는 못했어. 이것저것 알아낸 건 많았지만 우리 일이라는 게 완성품을 딱 보여주지 못하면 아무래도 결과를 인정받기가 어렵거든. 가설일 뿐이니까. 물론 들여다보는 것만으로도 놀라운 일이기는 했어. 엄청 창의적이었으니까. 인간의 종이접기를 전혀 배우지 않은 인공지능이 자기만의 방식으로 하는 종이접기와는 또 다른 차원에서. 아, 그건 뭐랄까, 외계 문명과의 대화 같은 거였어. 우리와는 전혀 다른 방식으로 실용성과 아름다움을 발전시켜나간 존재들의 지적인 지문을 리버스 엔지니어링하는 일이었으니까. '우주를 건너온 존재가 이해한 인간은 그런 모양이었구나. 영혼은 이렇게 해석될 수도 있구나.' 은근히 종교적이고 감동적인 시간이었달까."

"나는 무슨 말인지 상상도 못 하겠다."

"대부분은 그래. 인류 전체를 통틀어 한 오백 명 정도만 알아보는 일이야. 그래서 훼손된 유물도 있었을 거야. 아무 의미도 없어 보였을 테니까."

나는 존경스러운 눈으로 은경을 바라보았다. 그러지 않을 도리가 없었다. 인류 전체를 통틀어 가장 멀리까지 가 있는 사람.

그런 사람과 마주 앉아 함께 차를 마시고 있다니. 나에게도 그런 분야가 평생 단 하나라도 생길 수 있을까. 그럴 것 같지가 않았다. 그래서 조금은 서글퍼졌다.

"그럼 연구는 그대로 접은 거야? 지금 화성으로 가버리면 2년은 있어야 돌아갈 수 있을 텐데. 화성 쪽으로 취직한 건가?"

"아니, 그게 끝이 아니었어."

은경이 회심의 미소를 지었다.

"그럼?" 나는 기대에 찬 목소리로 물었다.

"화성에도 땅 파고 다니는 사람들 있잖아. 외계 문명 흔적 찾아 다니는 사람들."

"설마! 또 뭔가 찾은 거야?"

은경이 대답 대신 내 눈을 똑바로 바라보며 고개를 끄덕였다. 순간 온몸에 소름이 확 돋았다.

"찾았다고? 정말?"

은경이 자리에서 일어나 거실이라고 할 수 있는 곳으로 걸어갔다. 어떤 상상이든 담아낼 수 있을 만큼 넓은 곳. 어쩌면 우주선 안에서 제일 사치스럽다고 해도 좋을 정도로 아무것도 채워져 있지 않은 공간. 그 빈 공간을 분주하게 오가며 은경이 대답했다. 어쩐지 장엄하게 들리는 목소리였다.

"삼각형이었어. 한 변이 27.34미터인 정삼각형 모양의 금속판."

"27미터나?"

"접으면 작아지니까. 정교한 디자인일수록 더 작아지지."

"상태는, 좋았어?"

"도면으로 치면 완벽했지. 금속판의 기능 측면은 아직 잘 모르겠지만. 발굴팀 말로는 이것저것 살펴봐도 아직 별 반응은 없다 그러네."

"그걸 보러 가는 길이구나! 발견 소식 전해진 것도 얼마 안 됐겠네. 마지막 완행 우주선이라도 갑자기 잡아탄 거 보면."

"그렇지. 승선 전날 사진을 받았어. 말하자면 벌써 디자인을 갖고 있다는 말씀이지."

나는 순간 말문이 막혔다. 저 이야기를 얼마나 하고 싶었을까. 꼭 내가 아니라 누가 됐든. 그리고 그게 하필 나여서 얼마나 좋았을까. 자기 삶의 궤적을 어렴풋하나마 짐작하고 있는 관객이어서.

"접어봤어?"

내가 물었다. 어느새 목소리마저 떨리고 있었다. 은경이 갑자기 제자리에 멈춰 섰다. 그리고 대답 대신 몸을 돌려 작업실 문 쪽을 손가락으로 가리켰다.

나는 나도 모르게 자리에서 벌떡 일어났다. 그리고 은경이 있는 곳으로 서서히 다가갔다.

"말도 안 돼!"

"말 돼."

"신을 접었다고?"

"외계인을. 종이로 접은 것뿐이니까, 일단은 겉모습만 알 수 있을 뿐이지만. 게다가 여기서는 27미터짜리 종이가 없어서 실물보다 훨씬 작게 접어봤어."

"얼굴 보니까, 완성한 지 얼마 안 됐구나!"

"어제. 너 돌아가고 나서."

나는 더 이상 아무 말도 하지 않았다. 그저 숨을 죽이고 은경이 하는 일을 가만히 바라보고만 있었을 뿐이었다. 은경은 작업실 문 쪽으로 저벅저벅 다가갔다. 망설임 없이 자신감 넘치는 걸음걸이였다. 손을 뻗어 문손잡이를 쥐는 동작까지 시원시원한 게 거침이 없었다.

'나는 아직 준비가 안 돼 있는데.'

갑자기 그런 생각이 들었다. 하지만 준비가 돼 있는 사람이라는 게 있기는 한 걸까. 쓸데없이 준비만 오래 해온 사람들이야 수두룩하겠지만, 과연 그 사람들이라고 해서 정말로 그런 순간이 눈앞에 닥쳤을 때 거리낌 없이 온 마음을 열 수 있을까.

"연다."

그 말 한마디에 나는 마음을 완전히 열어버렸다. 김은경이 그러라고 했으니까.

은경이 문손잡이를 돌리며, 바람이 일지 않도록 문을 천천히 밀어젖혔다. 이런 생각이 머릿속을 가득 채웠다. 우주를 건너온 여행자. 무엇을 보게 될지 알 수 없고 계획대로 다시 온전히 접힌다는 보장도 없이 2차원 평면으로 쫙쫙 펴진 다음 운반하기 좋은 모양으로 접힌 채 차곡차곡 우주선에 실린 어느 존재의 영혼.

자기를 알아볼 수 있는 존재가 나타나기까지 얼마나 많은 시간을 기다렸을까. 누군가가 찾아내 맥박을 타진할 때까지 얼마나 긴 시간을 홀로 고독했을까. 먼지에 파묻힌 자신의 디자인을 찾아내 하나하나 고이 접어 3차원 공간에 되살려줄 그 귀한 손을 만나게 될 때까지.

그리고 마침내 문이 열렸다. 아무것도 없는 작업실 한가운데. 그 존재가 서 있었다. 세 발을 땅에 딱 붙인 당당한 자세로, 우주를 건너온 어느 문명의 사절이 아무것도 아닌 나를 맞이하고 있었다. 내가 아는 지구 생명체와는 전혀 다르게 생겼지만 전혀 징그럽지 않고 조금도 거부감이 들지 않는 순수한 아름다움 그 자체. 눈앞에 펼쳐진 다른 우주의 이데아.

그 압도적인 아름다움 앞에 나는 그만 정신이 아찔해지고 말았다. 그것 말고는 다른 무엇도 할 수가 없었다. 묘사도, 기록도, 분석적인 관찰도, 그 앞에서는 모두 아무 소용이 없었다.

"인사해. 안녕."

멍해져 있는 나를 돌아보고는, 은경이 먼저 침묵을 깼다. 나도 은경을 따라 인사를 건넸다.

“안녕. 먼 길 오느라 정말 수고했어.”

지구를 떠나 화성으로 가는 길에, 옛 친구의 소개로 외계인을 만난 이야기의 전말이었다.

작가 노트

이 이야기는 원래 어느 월간지에 SF 고정 지면을 만들면서 첫 번째로 실으려고 구상한 소설이다. 잡지 분량에 맞춰 짤막하게 구상했지만, 집필을 앞두고 "잡지가 방금 폐간됐다!"는 편집장의 황망한 연락을 받고, 내가 쓰고 싶은 만큼 늘려 쓴 다음 문학잡지에 실었다. "지면 좀 주세요" 하고 부탁하는 메일을 보냈더니 정말로 지면이 생겨서 신기했다. 아마 투고 비슷하게 처리되었을 것이다.

이 글을 쓰던 무렵의 나는 비좁은 집에서 몇 년을 살았다. 이사가 잦았고, 그중 한 번은 외국에도 다녀왔다. 짐을 줄이는 게 미덕인 시절이었다. 공간이 부족하면 욕망도 사라진다는 건 이때 깨달았다. 누가 선물을 사준대도 3차원으로 된 물건은 하나도 갖고 싶지 않았다. 우주에서 제일 흔한 게 공간인데 나한테는 늘 그게 부족했다. 내가 제일 받고 싶은 선물은 어쩌면 공간일지도 모른다.

이 소설은 영혼을 접었다 폈다 하는 고달픈 여행길에 놀랍도록 흥미로운 친구를 만나는 이야기다. SF에서는 이 '뭔지 모르게 놀랍고 신비하고 환상적인 느낌'을 '경이감'이라고 부른다. 잡지에 실린 이 소설을 읽고, 그 단어만 빼놓고 열정적으로 감상을 이야기하던 독자가 떠올라서 여기에도 써둔다. 경이감이라고 말하면 편하기는 하겠지만, 아무래도 나는 그 긴 감상이 더 좋았다. 그건 정말 '내가 저렇게 신나는 걸 만들고 있구나' 싶을 만큼 멋진 감상이었다.

8

인류의 대변자

생선을 좋아하는 남편은 매번 처음 하는 것처럼 이런 말을 하곤 한다.

"이건 진짜 하나도 안 비린데. 맛있어, 먹어봐."

물론 매번 처음인 것처럼 생선은 비렸다. 비린 맛이 나지 않으면 남편은 굳이 생선을 먹지 않을 것이다. 남편에게 "안 비린데"와 "맛있어"는 나란히 놓일 수 없는 말이다. 집 안에는 아침부터 생선 냄새가 가득했다.

"하필 오늘 같은 날 생선을 굽냐."

"응? 오늘이 무슨 날인데?"

"이거 입은 날이잖아."

"그 옷은 뭐지? 못 보던 옷이네. 오늘은 정장 입고 출근하는 거야?"

먹는 둥 마는 둥 아침을 먹고는 우산을 챙겨 들고 출근길에 나섰다. 엘리베이터에서 내려 아파트 단지 앞 화단 길로 들어섰다. 화단의 지배자는 치킨집 고양이다. 길 한가운데에 느긋하게 드러누워 출근하는 사람들의 아침 문안 인사를 받는 것으로 하루를 여는 작고 통통한 맹수. 비가 내리는 바람에 벤치 밑에 드러누워 있던 고양이가 황송하게도 고개를 들어 출근하는 은수를 돌아보았다. '아침부터 생선 구웠네?' 하고 묻는 표정이었다.

꾸벅 고개를 숙여 문안 인사를 드리고 버스 정류장 쪽으로 종종종 걸어갔다. 우주군 정복은 요란하지 않아서 좋다. 모자까지 쓰면 별 수 없이 요란해지지만 모자까지 챙겨 쓰고 다니면 우주군이 아니므로 걱정할 필요는 없었다. 규정에는 분명 모자를 착용하라고 되어 있지만, 잊어버렸다고 하거나 얼룩이 묻어서 세탁소에 맡겨놨는데 세탁소 주인이 다리가 부러지는 바람에 한동안 찾으러 가지 못했다고만 말해도 충분히 소명이 됐다. 사실 그렇게 길게 변명하는 사람도 거의 없어서 상관들은 변명하는 성의 자체를 높게 샀다. 스토리가 들어간 변명은 원 스타나 투 스타가 물었을 때나 대는 공손한 핑계였다.

우주군 정복은 검은 바탕에 반짝이가 들어간 원단으로 되어 있었다. 진중문고로 자주 들어오는 SF 책표지도 본문에 우주가 나오든 말든 일단 그런 배경을 하고 있다. 우주라는 뜻이고 막연히 미래라는 의미이기도 했다. 사실은 밤하늘도 똑같이 생겼는데 눈치채는 사람은 많지 않은 듯했다. 공군만 하늘색이 아니고 우주군도 하늘색인 셈이다. 야근하는 공군이 우주군이라는 농담도 있다. 하지만 우주군은 정복을 싫어해서 1년에 한 번 입을까 말까 한다. 본부 지휘관 참모 회의에 가봐도 태반이 우주군 티셔츠를 입고 앉아 있을 정도다. 그러니 우주군이 정복을 꺼내 입었다는 것은 대단히 중요한 행사에 참석한다는 뜻이었다.

맑은 날 낮에 정복을 입고 밖에 나가면 반짝이가 거의 무대의상처럼 빛나서 정체를 숨기기 어렵지만, 비 오는 날이나 저녁 이후에는 상관없었다. 군데군데 들어간 빨간 장식만 잘 가리면 곧바로 상갓집에도 갈 수 있다. 그러면 정말 아무도 못 알아본다. 남편도 못 알아본다. 원래는 가능하면 택시를 탈 생각이었지만 아침부터 날이 어둑어둑한 게 버스를 타도 무방할 것 같았다. 은수는 택시 한 대가 길가에 서서 손님을 기다리는 것을 보고는 발길을 돌려 버스 정류장으로 향했다.

버스에는 빈자리가 많았다. 은수는 뒷문 바로 뒤 창가 쪽 자리에 앉았다. 서류 가방은 다리 위에 올려놓고 우산은 접어서 손목에 걸었다. 옷 구겨질 걱정은 덜어서 다행이었다. 유리창에 김이 서려 밖이 잘 보이지 않았다. 누군가가 그려놓은 외계인 그림이 희미하게 흔적만 남아 있었다. "지구 정복"이라는 글씨가 좌우가 뒤집힌 모양으로 씌어 있었는데 기역자 방향은 뒤집히지 않은 채였다.

우주군에는 희한하게도 외계인 대응 부서가 있었다. 실제로 존재하는 것은 아니고 상황이 발생했을 때 담당할 사람을 지정한 정도인데, 보통 행정 담당부서의 위관급 장교가 겸직을 하곤 했다. 일종의 농담이었다. 에너지 절약 담당관에서부터 사무용품 관리 교육 담당관까지, 안 그래도 타이틀이 마흔 개쯤 되는 사람들이라 중간에 특이한 임무가 한두 개쯤 끼어 있어봐야 눈치채는 사람도 얼마 안 됐다.

은수도 마찬가지였다. 외계인 대응 매뉴얼이라는 것을 읽어본 적은 있지만 딱히 와 닿는 내용은 아니었다. 한국 우주군 조직이 다 그렇듯 연합우주군이 만들라고 해서 만들어놓은 매뉴얼이라 한국인에게 해당되는 내용이 별로 없었다. "미군이 알아서 하겠지." 그게 한국 우주군의 비공식 입장이었다. "외계인이 지구에 쳐들어오면 일단 미국 대통령부터 만나러 가지 않겠어?"

현실적으로도 한국 우주군은 많은 부분을 연합우주군에 의존했다. 일단 우주군은 있는데 우주선이 없다시피 했다. 위성 해킹이나 정보전 쪽에는 자신이 있었지만 직접 우주로 날아가는 일은 생각해본 적이 거의 없었다. 연합우주군은 케슬러 신드롬을 막기 위한 집단방위체제였다. 우주 전쟁이 일어나고 연쇄 폭발로 인해 위성 궤도 전체가 마하 25의 속도로 떠도는 우주 쓰레기들로 가득 차는 사태, 그 일을 막기 위해 선진국들이 조인한 국제 협약의 집행 기구. 한국 정부도 여기에 꽤 큰 액수의 분담금을 내는 대신 우주 관련 기술을 이전받기로 했는데, 그 분담금 관리 기구로 만든 게 한국 우주군이었다.

선거철만 되면 대통령 후보부터 군의원 후보까지 전부 우주군 감축을 공약으로 내세우는 게 일이었지만 다행히 우주군은 감축되지 않았다. 그보다 더 줄면 기상 예보관이 야간근무 서는 김에 기지 외곽 경비도 같이 해야 할 판이었다. 그래도 우주 문제에 관한 정부의 공식 입장은 수십 년이 지나도록 늘 한결같았다. "미국의 반응을 지켜보겠습니다. 아니면 중국이나."

그래서였다. 맨 처음 외계 대응 담당관에 임명되고, 엉망으로 번역된 매뉴얼을 훑어보던 때만 해도 은수 역시 전혀 상상하지 못한 일이었다. 직접 외계인을 만나러 가는 일 같은 건.

버스가 지하철역이 있는 사거리를 지나자 사람들이 우르르 타고 내렸다. 바닥이 미끄러워 차가 흔들릴 때마다 사람들의 발놀림이 신경질적으로 분주해졌다. 하지만 사거리를 두 번 지나자 모든 승객들의 움직임이 슬로모션처럼 느려졌다. 동시에 차에 탄 사람들의 시선이 모두 한쪽으로 향했다. 창밖 하늘 위 어딘가였다.

잠실에 있는 120층짜리 빌딩은 서울 남쪽 어디에서나 볼 수 있었다. 세계에서 제일 높은 건물은 아니었지만 순위권 안에는 드는 높이였다. 상대적인 높이로 따지면 더 인상적이었다. 맨해

튼에 있는 수많은 고층 건물들이 이 건물보다 덜 도드라져 보이는 것은 바로 옆에 서 있는 비슷한 높이의 건물들 때문이다. 잠실에 있는 롯데타워는 혼자 비죽 튀어나와 있다는 점에서 뉴욕에 있는 건물들보다 입지가 좋은 셈이었다.

그 건물 전망대에 올라가 주위를 내려다보면 웬만한 동네는 다 눈에 들어왔다. 심지어 서울이 아닌 곳도 훤히 보였다. 반대로 말하면 그 일대에 있는 웬만한 집의 창문에서는 어디서나 롯데타워를 볼 수 있었다. 그 건물에서 불꽃놀이라도 하는 날에는 온 서울 사람들이 불꽃놀이 사진을 찍어 인터넷에 올리곤 했다. 의도한 건 아니겠지만 건물 전체가 화염에 휩싸인 것처럼 보이는 무시무시한 사진들이었다.

사우론의 탑처럼 모두를 내려다보고 있는 그 건물 꼭대기에 거대한 눈을 달아야 한다는 사람들도 적지 않았다. 물론 그런 일은 일어나지 않았다. 그런데 우주를 건너온 "지적인" 손님들은 조금 특이한 용도로 건물을 활용했다. 일종의 부두 접안 시설로 이용한 것이다. 은수는 자기도 모르게 입을 살짝 벌린 채 창가에 딱 붙어 위를 올려다보았다. 버스에 탄 다른 사람들도 마찬가지였다. 아무리 봐도 익숙해지지 않는 광경이었다.

잠시 후 버스가 목적지에 다다랐다. 사우론의 탑 바로 근처였다. 은수는 버스에서 내려 우산을 폈다. 하늘을 올려다보느라 머리 위를 완전히 덮지는 않았다. 한 달 내내 그랬듯 그 일대는 사람들로 북적거렸다. 상인들은 투명한 우산을 팔았다. 달러도 받고 엔화도 받았는데 유로로 사는 게 제일 유리해 보였다. 물론 편의점에서 사는 게 제일 싸 보였다. 편의점은 그리 멀지도 않았다. 주위를 둘러보니 아직 깨진 유리창을 고치지 못한 건물이 여럿 눈에 띄었다. 판자나 이불 같은 것들로 창문을 가려놓은 모습이 관광객들의 호기심을 끌었다.

은수는 관광객으로 보이지 않을 만큼 빠른 걸음으로 사거리를 향해 걸어갔다. 왠지 머리에서 생선 냄새가 나는 것 같기는 했지만 멀리서 보면 감쪽같이 프로다운 걸음걸이였다. 한 달 내내 타워가 폐쇄되어 있어서 롯데타워가 있는 사거리에서는 버스가 정차하지 않았다. 지하철 출구도 통제되어 있었다. 환승역이라 정차를 하기는 했지만 그곳 출구를 통해 밖으로 나갈 수는 없었다. 상대적으로 좋은 위치를 차지했다가 갑자기 망해버린 상가가 수십 군데는 됐다.

우산에서 투두둑 빗소리가 들렸다. 은수는 사람들을 헤치고 송파구 보건소 앞, 출입 통제선이 쳐져 있는 곳까지 걸어갔다. 인파의 맨 앞쪽에 다다르자 우주군 정복을 제복으로 알아보는 사람들이 생겨났다. 시선이 느껴졌다. 흘끗 돌아보는 사람도 있고 빤히 쳐다보는 눈도 있었다. 내색하지 않고 곧장 관계자용 출입구로 향하면서 상의 주머니에서 출입증을 꺼내 목에 걸었다.

그다음부터 건물 입구까지는 혼자였다. 버스 정류장을 하나 건너뛴 만큼 계속 도도하게 걷기에는 꽤 먼 거리였다. 인파가 만들어내는 웅성거리는 소음이 사라지자 우산에 떨어지는 빗방울 소리가 한층 크게 들렸다. 그러다 갑자기 그 소리마저 사라져버렸다. 은수는 제자리에 멈춰 서서 주위를 둘러보았다. 거기서부터는 땅이 젖어 있지 않았다. 우산을 접고 위를 올려다보았다. 120층짜리 타워가 보였다. 550미터짜리 건물이 끝나는 지점에 풍선처럼 둥실 떠 있는 거대한 인공 구조물과 함께였다. 그것은 하늘을 반이나 덮고 있었다. 그리고 전혀 움직이지 않았다. 그렇게 거대한 물체가 아래로 떨어지지 않는 것은 상식과 직관을 망가뜨리는 문제였다. 그래서 현기증이 났다. 오래 들여다볼수록 정신이 아득해지는 광경이었다.

문득 정신이 들었는지 은수는 재빨리 입을 다물었다. 그리고 가던 길을 걸어갔다. 아래층이 쇼핑몰로 만들어져 있어서 사실상 아무 문이나 열고 들어가면 되는 건물이었지만 그 많던 출입문은 대부분 폐쇄된 상태였다. 은수는 화살표를 따라 건물 주위를 빙 돌았다. 화살표가 인쇄된 종이 하나가 바닥에 떨어진 채 바람에 날리고 있었다. 불길한 예감 그대로 잠시 후 화살표 없는 갈림길이 나타났다.

은수는 침착하게 우산을 정리하면서 주위를 둘러보았다. 누구에게 전화를 걸어야 하나 머리를 굴리고 있는데 은수가 걸어온 길을 따라 사람 발소리가 다가오고 있었다. 은수는 고개를 들어 그쪽을 바라보았다. 공군 정복을 입은 여자였다. 그 사람을 보는 순간 은수는 아는 사람일지도 모른다고 생각했다. 얼굴을 알아볼 수 있을 만큼 가까이 다가왔을 때 그 사람이 먼저 은수에게 말했다.

"뭐야, 조은수잖아."

"아, 우매희 맞구나."

꼭대기로 가는 엘리베이터를 타려면 위쪽이 아니라 지하로 내려가야 했다. 원래는 전망대로 올라가는 관광용 엘리베이터인데 일반 엘리베이터보다 보안 시설을 설치하기가 용이해서 이쪽이 공식 출입구 역할을 했다.

내려가면서 보니 쇼핑몰은 텅 비다시피 한 상태였다. 말을 하면 메아리가 울리는 것 같았다. 다행히 카페와 식당 몇 개는 계속 영업 중이어서 끼니 때마다 민가를 찾아 나설 필요는 없다고 했다. 우매희가 덧붙였다.

"영업 중이라기보다는 정부에서 돈을 주고 계속 열어놓게 한 거지만. 그래서 계산 따로 안 해도 돼. 나라에서 하루에 얼마씩 정액으로 지불할 건데 그만큼 다 먹기도 힘들댔어. 상주하면서 일하는 사람이 별로 없으니까. 아, 그래도 싸 가면 안 돼."

은수는 우매희를 따라 엘리베이터가 있는 지하로 내려갔다. 가는 길은 생각보다 멀었다.

"보안 문제 때문에 통로를 이렇게 복잡한 동선으로 꼬아놓은 건가?"

은수가 묻자 우매희가 고개도 돌리지 않은 채 반문했다.

"놀리는 거야?"

"뭘?"

"길 못 찾아서 헤맨 거거든. 나도 사흘밖에 안 돼서."

"아, 저런."

우매희는 같은 고등학교를 다닌 동네 친구였다. 동네라고 해봐야 걸어서 30분은 걸리는 거리였고 학교 친구라고 해봐야 서로 얼굴이나 알아보는 정도였지만, 그래도 단번에 이름을 떠올릴 정도면 15년 만에 만난 것치고는 나쁘지 않은 재회였다.

"그런데 우주군은 정복에 모자 안 쓰고 다녀?"

"어디 있는지도 몰라. 임관하고 쭉 어디에 처박아놔서 계급장도 잘못 달고 올 뻔했잖아. 셀프 2계급 강등시킬 뻔했네."

은수는 앞서서 걸어가는 우매희의 뒷모습을 바라보며 덧붙였다.

"그리고 우주군 정모 좀 이상해. 어떻게 만들었는지 앞뒤로 긴 타원이 아니라 옆으로 긴 타원이 돼버리거든. 쓰고 있으면 이마에 눌린 자국 생겨서 손오공 돼."

우매희가 에스컬레이터에 올라타며 킥킥거렸다.

"우리도 그래. 나도 지금 머리가 저릴라 그래. 너 보면 웃길까

봐 벗을 타이밍을 놓치고 있었는데."

"벗어도 돼. 내 눈에는 안 보이는 걸로 할게. 공군은 역시 군기가 굉장하구나."

"와, 우주군은 정말로 그런 말을 하네. 소문인 줄 알았는데 진짜로 그렇게 말하는 걸 듣다니. 영광이야."

"뭐가?"

"공군 군기 어쩌고 하는 거. 진짜 어이없는데 너무 진심이 느껴져서 더 어이가 없네. 이제 좀 실감이 난다. 졸업하고 몇 년 뒤에 너 우주군 간다는 소리 전해 듣고 부러웠는데."

은수는 우매희를 잘 알고 있었다. 우매희는 공부를 잘해서 시험 기간만 되면 아이들 입에 이름이 오르내리곤 하는 아이였다. 매번 그런 건 아니고 가끔 그랬다. 그런 것치고는 인기도 없고 평범했지만 눈에 띄지 않게 평범한 것을 좋아하는 아이이기도 했다. 은수가 우매희를 눈여겨본 건 플레밍 때문이었다. 우매희 덕분에 지금껏 플레밍이라는 이름을 기억하고 있는 것이기도 했다.

플레밍의 왼손 법칙은 자기장 속에 있는 도선에 전류가 흐를 때 힘이 작용하는 방향을 왼손으로 표현한 것이다. 엄지와 검지와 중지를 서로 90도가 되게 펴면, 검지가 자기장의 방향, 중지가 전류 방향, 그리고 엄지는 힘의 방향을 나타낸다. 그런 다음 중간고사나 기말고사 기간이 될 때까지 기다린다. 기다리는 동안 세 손가락을 내내 90도로 해둘 필요는 없다. 너무 힙해서 일상생활에 지장을 줄 수도 있기 때문이다. 하지만 자기장 속에 전선이 놓여 있는 그림이 시험문제로 나오면 왼손을 꺼내 손가락 세 개를 펼쳐야 한다.

그것은 일명 물리 댄스였다. 반 친구들이 그 문제에 다다르면 예고된 무반주 댄스 타임이 시작된다. 진지한 장면이 이어지다가 갑자기 화면 안에 있는 모두가 춤을 추기 시작하는 인도 영화의 한 장면처럼, 시험지를 바라보며 머리를 쥐어뜯던 반 친구들 모두가 어느 순간 갑자기 어깨를 들썩이는 광경. 춤은 꽤 그로테스크했다. 전류가 흘러가는 방향에 따라 손을 이상하게 꼬아야 했기 때문이다. 시험지를 돌리면 해결되는 문제였지만 아이들은 보통 손을 움직였다. 도통 무슨 소린지 알 수 없는 물리 시험지 속, 잘만 하면 답을 알 수도 있을 것 같은 문제. 지푸라기라도 잡는 심정으로 펼쳐든 손. 그리고 신나는 춤.

은수는 맨 뒷자리에 앉아 움찔움찔 춤을 추는 친구들의 뒷모습을 바라보며 흐뭇한 미소를 짓고 있었다. 그런데 그때였다. 저 앞쪽에서 안타까운 광경이 눈에 들어왔다. 모두가 왼쪽 어깨를 들썩이는 춤판에서 홀로 오른쪽 어깨를 들썩이는 친구가 있었던 것이다.

'아니야! 플레밍의 오른손 법칙은 발전기 이야기고, 지금 문제에 나온 건 모터잖아!'

마음속으로 애타게 외쳐봤지만 끝내 남들과는 다른 춤을 추던 아이, 그게 우매희였다. 삶에 대한 태도나 인생관과는 전혀 관련이 없는 에피소드였지만.

우매희가 물었다. 모자에 눌린 자국이 이마에 선명하게 남아 있었다.

"그런데 있잖아. 외계인이랑 대화하는 건 우리보다 더 고위직이 해야 되는 거 아닌가? 대통령이 하거나, 그것도 더 큰 나라 대통령이 기회 뺏으려고 암투 벌이고 그래야 될 것 같은데. 왜 우리 같은 중간 말단한테 시키는 거래? 다들 쉬쉬하고 말을 안 해서."

"아, 그게."

은수는 입을 다물었다. 그리고 눈짓으로 정면을 가리켰다. 전망대 엘리베이터 매표소로 쓰이던 공간에, 경찰 아니면 정보기관 사람들로 보이는 수상한 사람들이 눈을 부라리고 서 있었다. 우매희가 그쪽을 돌아보더니 말을 멈추고 은수 쪽으로 작게 고개를 끄덕였다. 우매희의 제복에는 정보 특기 배지가 붙어 있었다.

우산과 모자를 안내 데스크에 맡기고 각자 검색대에 가방을 통과시킨 후 차례로 인간용 검색대를 지나갔다. 가방을 챙겨 한참을 걸어가자 임시 대기실로 만들어진 공간이 나타났다. 벽에 붙어 있는 푹신한 의자에 나란히 앉자 우매희가 작은 목소리로 하던 말을 이어갔다.

"이렇게 폼 나는 일을 왜 우리한테 시키는 거래? 너는 알아?"

은수는 고개를 끄덕였다. 그리고 느릿느릿 뜸을 들이며 대답했다.

"저게 좀 이상하게 날아왔거든."

"이상하게? 근처에 있는 유리창 다 깨면서 내려온 거?"

"그것도 그렇고. 그보다는 좀 더 근본적으로 이상하게 내려왔는데, 뭐라고 해야 되나. 〈스타워즈〉에서 우주선 날아오듯이 날아와서."

우매희가 의아한 듯 어깨를 으쓱했다. 하필 오른쪽 어깨여서 은수는 피식 웃음을 흘리고 말았다.

"뭐가 웃겨?"

"아니, 딴생각 하느라. 〈스타워즈〉처럼 날아왔다는 게 무슨 말이냐면, 거기 보면 초광속으로 비행하던 우주선이 곧바로 행성 대기권 안으로 진입해서 공중전을 하잖아. 그런 거 말하는 거야."

"그럼 뭐 어떻게 해야 하는데?"

"층위가 있잖아. 초광속이랑 대기권 진입이랑 공중전은 다 다른 방식의 비행인데 한 대가 같은 엔진을 써서 하니까 이상하지. 무슨 말이냐면 너 비행기 타고 어디 가려고 공항 갈 때 어떻게 가? 마을버스 타고 공항 가는 버스 서는 데까지 가서 거기에서 버스 타고 공항으로 가고 그런 식이잖아. 그런 다음에 비행기를 탈 수 있는 거고. 돌아올 때도 마찬가진데, 저 우주선이 날아온 방식이 어땠냐면 공항 버스가 마을버스 정류장까지 바로 와서 서버린 식이거든."

"응? 알 듯 말 듯하네. 그러면 안 되나? 공항 버스도 버스잖아."

"그럴 수는 있지. 그래서 층위 이야기를 하는 거야. 세상의 층위나 우주의 층위. 마을버스도 바로 공항까지 가도 되는데 안 그러지? 그냥 다음 층위까지만 넘기는 거야. 그렇게 한 칸 한 칸 올라가고 한 칸 한 칸 내려오게 돼 있거든. 공군 전투기 타고 곧바로 우주까지 안 날아가는 것처럼. 그런데 저 우주선은, 공항 버스가 마을버스 정류장까지 온 정도가 아니고, 그냥 헬싱키에서 날아온 비행기가 우리 집 앞 사거리에 착륙한 거라서. 그러니 어땠겠어?"

우매희의 눈동자가 위를 향했다. 그러더니 자신 없는 목소리로 대답했다.

"뭔지는 몰라도 엄청 위험하게 들리는데?"

"그렇지. 층위가 있는데 무시하고 날아오는 건 보통 그거니까."

"공격?"

"맞아. 결과적으로 오해였지만, 그렇게 보였지. 우주 건너에서 날아온 우주선이 태양 주위를 돌지도 않고 곧바로 지구 쪽으로 날아오면서 감속. 또 지구 주위를 돌지도 않고 곧바로 대기권 안으로 진입하면서 감속. 마치 추락할 것처럼 서울로 향하더니 공중을 한 바퀴 선회하지도 않고 곧바로 주차할 곳으로 내려오다가 마지막 순간에 가서야 감속. 그 바람에 유리창이 와장창."

"〈스타워즈〉처럼 비행하면 엄청 무섭구나."

"무섭지. 그래서 인류가 무슨 짓을 했냐면, 무슨 이유에서인지 이 '인류'가 정확히 누구를 말하는 건지는 안 밝혀지고 있지만, 아무튼 인류가 그토록 기다려온 외계 지적 생명체에게 맨 처음 한 행동이 뭐였냐면 말이야."

"설마 미사일부터 쐈냐?"

"어. 우발적이라고도 못 해."

"왜?"

"두 발을 쐈거든."

"저런. 두 발이면, 아이쿠 저런. 근데 뉴스에는 그런 말 안 나오던데."

"안 나오지. 다 비밀이야. 그래서 높은 사람들이 아무도 안 나타나는 거야."

"여론 때문에?"

"아니, 외계인들 때문에. 외계인이 무슨 생각을 하는지는 모르지만, 일단 공격받은 거에 대해서는 기분이 안 좋을 거 아니야. 우주선 안에 무기 같은 게 안 들었다는 보장도 없고. 뭐 이것도 다 추정이야. 우주군 공식 입장도 아니고. 그런데 쉽게 알 수는 있지. 아직은 공공연한 비밀이지만."

그때 누군가가 대기실로 걸어왔다. 검색대 근처에서 본 보안 요원 한 사람과, 짙은 남색 양복을 입은 40대 중반쯤 돼 보이는 남자 하나였다. 그날 마지막 출근자인 모양이었다. 남자가 우매희를 알아보고 고개를 가볍게 숙여 인사했다. 보안 요원이 말했다.

"이제 올라가시면 됩니다."

두 사람은 옆에 내려놓은 가방을 집어 들었다.

엘리베이터가 전망대에 도착하는 데는 1분 정도가 걸렸다. 천장을 포함한 엘리베이터의 모든 면은 디스플레이를 위한 화면이었다. 꼭대기로 향하는 1분 동안 화면은 바깥 풍경으로 가득 찼다. 파란 하늘, 깨끗한 시야, 때 묻지 않은 하얀 구름 같은 것들이었다. 그래서 거짓말인 게 금방 티가 났다.

보안 요원을 뺀 세 사람은 아무 말도 하지 않은 채 머리 위 화면을 올려다보았다. 잠시 후 문이 열리자 우매희가 맨 먼저 엘리베이터를 빠져나갔다.

"아침 브리핑은 9시 반 시작이야. 커피 한잔할 시간은 있을 거야."

은수는 고개를 끄덕이고는 우매희를 뒤따랐다. 같은 전망대라고는 해도 거기까지는 아직 안전 지역이었다. 지나가다가 외계인과 마주칠 일은 없다는 의미였다. 깨지거나 금이 간 유리창도 없었다. 유리창이 아니라 사실상 투명한 벽 같은 것이어서 그렇게 쉽게 깨질 리도 없었다. 외계인이 정박한 곳은 계단으로 두 층을 더 올라가야 했다. 탕비실로 쓰이는 공간은 원래 매점이 있던 자리였다. 아이스크림을 팔던 자리에 캡슐 커피머신을 갖다놨는데 디카페인 캡슐이 맨 먼저 동나 있었다.

"본 적 있어?"

은수가 물었다. 우매희는 무엇에 관한 이야기인지 반문하지도 않고 곧장 대답을 돌려주었다. 그것 말고는 물어볼 게 없다는 태도였다.

"아직. 이틀 동안 브리핑하고 대기하기만 했어. 우선순위가 밀린다나."

"그건 누가 정해?"

"교수들 아니면 박사들. 네가 말한 것처럼 젊은 축들이 많거든. 아까 엘리베이터 같이 타고 온 이동진 교수가 제일 나이가 많을 거야. 언어학과 교수라는데, 그 사람들이 시간은 제일 많이 잡아먹어. 이 교수 말로는 주로 외국 학자들이 주도한대. 그 사람들이 통역도 하는데, 분위기 봐서는 시원찮고, 자기들도 아직 연구 단계인가 봐. 그래도 나 어제 오후에 접견실 들어갈 뻔했는데 저쪽에서 빨리 철수해버리는 바람에 오늘로 미뤄진 거야."

"박사들이 뭐 기분 상하게 했나?"

"무례하게 실험하는 티를 냈다거나."

"아, 그건 최악이었겠다. 그래도 오늘은 접견하겠네."

"응. 떨리네."

비구름이 하늘을 덮고 있었다. 구름이 가득한 날은 맑게 갠 날보다 하늘이 커 보였다. 무한한 공간의 광활함은 찾아볼 수 없지만 구체적으로 꽉 채워진 공간의 양감은 다른 의미에서 압도적이었다. 그렇게 말도 안 되는 눈높이에서 보는 하늘은 더 그랬다. 우주선 반대편에 있는 휴게실 창문에는 시야를 가릴 것도 없었다.

외계인이 그 건물을 접안 시설로 이용한 것은 자연스러운 선택이었다. 그 생각을 할 때마다 은수는 큰 배가 닿는 부두를 떠올리곤 했다. 해안선과 수직 방향으로 쭉 뻗어 나온 접안 시설. 그 옆에 멈춰 서서 손님을 내리고 가는 커다란 유람선. 그 접안 시설을 3차원으로 옮기면 딱 지금 우주선이 정박해 있는 모습이 될 수밖에 없었다. 500미터가 넘는 건물 꼭대기에 외부로 통하는 통로가 만들어져 있을 리는 만무했지만 그거야 건물을 아주 조금만 뜯어내면 될 일이었다.

옛날 오벨리스크도 그런 용도로 지어졌을지도 모른다. 이집트 문명이 외계인이 세운 문명이라고 믿었을 때 이야기다. 하지만 그 정도 오벨리스크가 실용적일 리는 없었다. 50미터도 안 되는 오벨리스크라니. 하긴 "하늘을 찌를 듯한" 높이에 대한 사람들의 생각은 시대에 따라 달랐다. 옛날 서울 어딘가에는 하늘을 찌를 듯한 6층짜리 건물이 서 있었던 적도 있었다.

아무튼 외계인들은 정복하러 온 게 아니라 정박하러 온 셈이었다. 한 달 동안 알아낸 건 거의 없지만, 만나자마자 미사일 두 발을 쏘아버린 누군가도 바로 그 점에 모든 희망을 걸었다. 지금 와 있는 손님이 우리보다는 지적인 생명체이기를.

"그쪽 민원은 뭐야? 곧 브리핑하겠지만."

은수가 물었다. 우매희가 시선을 피하며 깊은 한숨을 쉬었다.

"좀 있으면 알겠지만, 우선순위를 앞당겨달라고 조를 수 있는 민원은 아니야."

브리핑 장소는 우주선이 올려다 보이는 유리벽 아래였다. 스무 명 정도가 브리핑에 참석하고 있었는데 그중 일곱은 외국인이었다. 한국어 회의였고 통역이 셋, 그중 전문 통역자는 두 명이었다. 순서가 되자 사람들이 돌아가며 접견 때 이야기할 내용을 브리핑했다. 한국어든 영어든 접견실에서는 결국 언어학자들이 모두 통역을 맡게 돼 있었는데, 우매희가 말한 것처럼 결과가 신통치 않았던지 브리핑하는 사람들도 그 말을 외계인에게 전할 사람들도 서로를 보는 눈이 탐탁지가 않았다.

공군이 우매희를 시켜 외계인에게 전하고자 하는 말은 우호의 메시지와는 거리가 있어 보였다. 이틀이나 순서가 뒤로 밀렸던 것도 다른 사람들이 가져온 민원보다 덜 중요해서가 아니라 순전히 눈치와 타이밍 문제인 듯했다.

"한국 공군이 전달할 메시지는 전날과 같습니다. 제목은 공군기지 정상화를 위한 정박 위치 이전 요청이고요, 내용도 전날과 동일합니다. 현재 우주선이 차지하고 있는 위치가 타워 동쪽 300미터이고 안전거리를 최소 500미터로 잡았을 때 0.8킬로미터에서 최대 1킬로미터인데 이게 서울 남쪽에 위치한 서울공항 활주로 비행 안전 구역과 거의 겹칠 듯이 인접합니다."

대다수는 시큰둥했지만 처음 들은 누군가는 전날, 전전날 누군가가 했던 것과 똑같은 질문을 했다. 매일 새 멤버가 드나드는 브리핑의 단점이었지만, 그걸 하라고 매일 브리핑을 다시 하는 것이기도 했다.

접견실 외계어 통역을 맡은 외국 언어학자가 눈을 동그랗게 뜨고 우매희에게 물었다.

"옮기라고요? 주차장에서 차 빼듯이?"

"그렇죠. 타워 서쪽으로 옮겨주면 서로 제일 편할 것 같네요."

"다른 사람들은 언제 날아가버릴지 몰라서 노심초사하고 있는데 그런 말을 해도 괜찮겠어요?"

우매희가 대답했다.

"모르죠. 높은 분들끼리 알아서 정했겠죠. 우리가 여기 올라와 있다고 그걸 우리가 직접 정하는 건 아니니까요. 그쪽이 정할 일은 더더욱 아니고. 통역할 방안이 떠오르시나요?"

다른 스무 명의 참석자가 잠깐 눈을 들어 우매희를 바라보더니 짐짓 딴청을 부리듯 시선을 책상 위로 향했다. 우매희가 말을 이었다.

"이동 주차가 1안이고요, 날아가버릴 거면 언제 날아갈지라도 알려달라는 게 2안인데 거기까지 묻고 답을 들을 수 있을 거라고는 기대를 안 합니다. 1안이 쉽죠? 3안도 있는데 이게 제일 어려워요. 활주로 이용을 재개하겠다는 건데, 이러면 전투기가 날아다니기 시작할 거예요. 우주선 바로 옆으로. 특히 착륙 과정에서 파손된 부분이 있는 방향이라 우주선 쪽에서는 다소 민감할 것 같은데, 해칠 의도는 없으니 조심해달라고 전해주세요. 우리도 비행장 하나를 언제까지나 폐쇄해둘 수는 없으니까요. 전략적으로 중요한 곳이라. 어때요? 어느 안까지 가능하시겠어요?"

처음 브리핑에 들어온 기념으로 의욕적인 질문을 던졌던 외국 학자가 곤혹스러운 표정으로 대답했다.

"1안으로 하시죠."

그리고 지기 싫었는지 질문 하나를 덧붙였다.

"그런데 그 활주로는 왜 하필 거기에 놓여 있는 거죠? 우주선 착륙 전에도 신경이 쓰였을 텐데요. 이런 빌딩이 있으면 다른 데 짓거나 다른 방향으로 활주로를 놓았어야…"

그가 말을 마치기도 전에 브리핑실 분위기가 어수선해졌다. 한국 사람들은 말할 것도 없고 다른 외국인들도 한 달 내내 들어서 다 아는 내용이니 혼자 똑똑한 척하지 말고 자료나 읽고 오라는 눈치였다. 그가 드디어 말문을 닫았다.

늘 해오던 연구 목적 교섭 내용 몇 가지가 소개되고, 마침내 은수의 차례가 왔다. 은수는 간단한 인사를 마치고 준비해온 자료를 꺼내들었다. 첫 줄을 읽기도 전에 한숨이 새어나왔다. 그러자 사방에서 낄낄거리는 웃음이 터져나왔다. 은수가 어리둥절한 얼굴로 두리번거리자 브리핑에 참석한 사람들이 진심 어린 응원의 표정을 보내왔다. 모두 마찬가지니 신경 쓰지 말라는 얼굴. 공감과 응원을 넘어, 얼마나 웃긴 안건일지 기대라도 하는 듯한 분위기였다.

"한국 우주군이 가져온 메시지는, 비행 금지 협조 요청입니다."

비행 금지라는 말을 듣자마자 여기저기에서 피식거리는 웃음이 새어나왔다. 은수는 간신히 그 웃음소리를 외면하고 말을 이었다.

"바로 앞에 공군이 브리핑한 내용과 상충되죠. 제목은 한시적 비행 금지 구역 설정 공지 및 협조 요청. 웃지 마시고요. 기간은 11월 15일 목요일 12시 55분부터 13시 50분까지. 대상은 비상항공기와 긴급항공기를 제외한 전국 모든 항공기."

한국 사람 몇 명이 그 말을 듣고 재빨리 수첩을 넘기기 시작했다. 군에서 온 사람도 있고 민간 학자도 있었다. 모두 마흔은 넘지 않은 외모였다. 머리숱이 적어 보이는 군인도 있었지만 모자만 쓰면 금방 제 나이를 찾을 것 같은 청년들이었다.

수첩을 넘기던 사람들의 얼굴이 갑자기 굳어지는 게 보였다. 은수는 떨리는 목소리로 다음 내용을 읽어 내려갔다. 긴장은 하나도 안 됐는데 이상하게 목소리가 갈라졌다.

"이 시간 동안 대한민국 영토 전역에서 비상, 긴급항공기 외 모든 항공기의 운항이 중단되고 모든 공항의 이착륙이 통제될 계획입니다."

그 말을 마치는 순간 은수는 목소리가 떨리는 원인을 알 것 같았다. 민망함이었다.

영국에서 온 언어학자가 갑작스러운 소식에 놀라 은수에게 물었다.

"외계인들한테 협조 요청을 한다고요? 그런데 대낮에 갑자기 비행 금지라니 무슨 일이에요? 11월 15일이면 바로 다음 주 아니에요?"

"아, 우주선을 착륙시키라는 건 아니고요, 그냥 지금처럼 가만히 있으면 아무 문제 없습니다. 다만 혹시 위치를 이동하거나 떠나버리거나 할 경우 이 시간은 피하라는 거죠."

"왜죠?"

은수가 대답하기도 전에 다른 한국 사람이 끼어들었다. 엘리베이터에서 본 이동진 박사였다.

"설마 그건 아니죠?"

은수는 바람 빠진 풍선처럼 축 늘어지는 시늉을 해 보였다. 그러자 설마 하는 얼굴로 은수의 표정을 살피던 한국 사람들이 종이며 가방으로 얼굴을 가렸다. 외국인들이 서로 눈짓을 교환했지만 답을 찾지 못하고 은수에게 물었다.

"북한인가요? 아니면 군사훈련?"

은수가 외국인 몇 명이 모여 앉아 있는 곳을 돌아보며 담담한 목소리로 대답했다.

"북한이 공격하는 날 아니고요, 한미 연합 훈련도 아니고, 시험 날이에요."

"시험 날?"

"대학수학능력시험이라고, 하아, 국가에서 관리하는 대학 입시 기본 시험입니다. 크게 다섯 과목으로 나눠서 보는데 3교시가 영어예요. 시작하자마자 듣기 평가가 있는데 전국적으로 똑같은 시간에 똑같은 조건으로 녹음된 문제를 들어야 돼요. 아시다시피 이 근방에는 학교도 많고, 우주선이 착륙할 때를 돌이켜

보면 작동 원리는 아직 규명이 안 됐어도 아무튼 소음이 상당할 것으로 예상되기 때문에, 혹시라도 문제가 생기면 수습이 힘들어요. 비행 금지 구역 설정 이야기를 왜 공군한테 안 들려 보내고 우주군한테 들려 보냈는지 모르겠는데, 공군은 다른 민원이 있어서 그랬겠죠. 한 명이 하나씩만 하게 하려고. 아무튼 제가 전할 이야기는 그겁니다. 그 시간에는 소음을 내서는 안 됩니다. 외계인도 외국인도 예외는 없습니다. 바로 다음 주라 전달이 시급한 문제고, 위에서는 양해가 다 됐을 거예요. 통보받으셨을 텐데, 그렇죠? 바로 처리해주시면 좋겠습니다. 통역 문제는 설명이 곤란하면 한국 언어학자들이 전담하는 방법도 있을 거고요. 전문가는 아니지만, 일단 가지 말라는 말만 분명하게 전한 다음, 정확한 시간이나 이유는 열심히 설명하는 시늉만 해도 성의를 보일 수 있지 않을까요? 뭔가 이유가 있나 보다 하고 짐작하게 만들기만 하면 되니까. 저로서는 그거면 충분합니다만."

외계인들에게는 아직 이름이 붙어 있지 않았다. 서양인들이 자꾸 서양식 이름을 붙이려고 했지만 유행하지는 못하게 만든 게 성과라면 성과였다. 기념품 가게와, 기념품을 왜 파는지 알 수 없지만 기념품을 팔게 된 가게들에는 일반인들은 본 적도 없는 외계인의 모습이 마스코트처럼 정착되어갔다. 한 손에 망치를 들고 유리창을 깨러 다니는 연체동물 형상이었다. 우주를 건너온 방문자는 연체동물이 아니었지만 사람들은 그 사실을 알 길이 없었다. 형태에 관한 구체적인 정보가 조금이라도 새 나갔다면 그 길로 별명이 생겼을 것이다. 모든 나라 사람들이 자기네 말로 별명을 붙이려고 시도하겠지만 유력한 후보는 한국어일 게 분명했다. 어쨌거나 서울에서 일어난 일이니까.

외계에서 온 손님들은 엄밀하게 말하면 생명체가 아니었다. 이미 소멸됐을 게 분명한 문명의 유물에 불과했다. 얼마나 먼 곳에서부터 날아왔든 우주를 건너서 날아왔다는 건 문명 따위는 버텨낼 수 없을 만큼 긴 시간을 지나왔다는 의미였다. 정말로 지적인 생명체는 그렇게 먼 길을 직접 날아오지 않는다. 그냥 뭔가를 만들어서 날려 보낸다. 그러면 왕복할 일을 걱정할 필요도 없다. 몇만 년이 걸리든 몇백만 년이 걸리든 돌아온 탐사선을 맞이해줄 존재는 남아 있지 않을 게 분명했다.

그래도 서울에 정박해 있는 우주선에는 온전한 생명체의 정신이 여러 개나 들어 있다고 했다. 처음부터 영혼을 지니고 태어나지는 못하고 온전한 영혼을 잘 복사해낸 것에 불과하겠지만. 원본들은 그리 오래 살지 못했을 것이다. 기술 수준을 생각하면 우리보다야 훨씬 오래 살았겠지만 영생을 말할 수준은 절대 아니다. 그래도 지구까지 날아온 사본들은 원본의 기억과 자아 동일성을 유지한 채 오래 살아남아 우주를 건너왔다.

매뉴얼에 나와 있는 대로 브리핑실을 나와 에스컬레이터를 올라갔다. 그날따라 에스컬레이터가 고장이 나서 걸어서 올라가야 했다. 접견 대기실이라는 이름이 붙은 층에서는 우주선의 아랫면이 가까이에서 보였다. 은수는 우매희와 나란히 창가에 붙어 섰다.

원본들은 남아 있는 사본에 대해서는 아무런 동일성도 느끼지 못했을 것이다. 하지만 남아 있는 사본들은 기억 이식 직전까지 원본이 지니고 있던 자아에 대한 통일된 감각을 그대로 지닌 채 잠이 들었다가 깨어났을 것이다.

"깨어나는 순간 황당했을까?"

은수가 우주선을 바라보며 물었다. 우매희도 눈을 떼지 못한 채 대답했다.

"예상했던 대로 아닐까? 자고 일어났더니 잠들기 전에 생각했던 곳에 계획했던 모습 그대로 놓여 있었겠지. 당황하지는 않았을 거야. 후회하지도 않고. 원래 그런 걸 좋아하는 녀석들을 골라서 실었을 테니까."

"뻔뻔할 거야."

"사명감에 차 있고."

"이런 당황스러운 요구를 듣게 될 줄은 꿈에도 생각 못 했겠지? 뭔가 좀 경건한 안건을 가지고 오고 싶었는데."

"야, 말 나왔으니까 말인데 수능 듣기 평가 협조는 좀 그렇다."

"그걸 뭐 내가 주장해서 갖고 왔니? 엄연히 따지면 너네 소관이지. 이상하기로 따지면, 활주로 작전 반경 앞인 거 뻔히 알면서 거기에 우주선 접안 시설로도 쓸 만한 구조물을 만들게 허가해준 쪽이 더 심하다. 무슨 200미터짜리도 아니고 500미터짜리를. 그래 놓고 이제 와서 위치 좀 신경 써달라고 하면 그게 설명이 돼?"

"그러게. 우주의 평화나 지구의 운명에 대해서 이야기하는 역할이었으면 좋았을 텐데."

그때 누군가 우매희를 부르러 왔다.

"마치고 아래층에서 기다리고 있을게."

우매희는 그런 말을 남기고 위층으로 올라갔다. 은수는 창가로 돌아와 비를 맞으며 서 있는 우주선을 올려다보았다. 곧 추락하고 말 거라는 인간의 직관을 매 순간 배반하며 허공에 달려있는 육중한 몸체.

외계인들은, 외계인의 영혼을 담은 기계장치는, 상상할 수 있는 가장 지적인 상태로 우주를 건너왔다고 했다. 공간을 최대한 덜 차지하기 위해 잠이 든 채로, 그것도 차곡차곡 접혀서 잠이 든 채로 지구 대기권 안까지 들어온 것으로 추정된다. 누워 있는 공간과 동면 장치가 들어갈 공간까지 절약하기 위해 새로 태어날 몸체를 완제품 상태로 우주선에 싣지 않고 반조립품처럼 화물칸에 실은 셈이다. 우주선이 완전히 정지한 후, 우주선에서 뻗어 나온 통로가 롯데타워 꼭대기를 때려 부숴서 지구에 접안을 완료했을 때, 우주선에서 맨 처음 튀어나온 것은 복잡한 무늬가 그려져 있는 금속판 한 장이었다. 얇고 거대한 금속판 한 장.

지구인들은 자연스럽게도 그 금속판이 글자일 거라고 생각했다. 여기에서 지구인이란 물론 전원이 한국인이었다. 최초 발견자가 한국인일 수밖에 없는 사건이었으니까. 수색팀이 바닥에 놓여 있는 금속판에 다가가 사진을 찍고 자세히 들여다보려는 찰나, 텍스트라고 생각했던 금속판에 작은 주름들이 생겨났다. 아마도 주위를 지나는 전기장에 반응한 듯 수천 개나 되는 미세한 주름들이 같은 리듬으로 조금씩 움찔거렸다. 그때마다 금속판도 조금씩 줄어들었다. "빨래 줄어들듯"이 공식 기록에 남아 있는 표현이었다. 움찔움찔 몇 차례 작은 수축을 반복하던 금속판은 잠깐 휴식기를 가진 후 좀 더 본격적으로 움츠러들기 시작했다. 쑥쑥 줄어드는 금속판. 그때마다 평면 위에 그려져 있던 자국이 점점 선명해졌다. 아무렇게나 구겨지는 게 아니라 미리 설계된 대로 접히고 있었던 셈이다.

금속판은 텍스트가 아니라 스스로 접히는 종이접기 도면이었다. 어쩌면 변신이라고 해도 무방했을 것이다. 자동차가 로봇으로 변하듯 표면이 갑자기 갈라지면서 튀어나올 곳은 튀어나오고 들어갈 곳은 푹 꺼져버리는 과정. 차이가 있다면 자동차나 비행기 같은 입체가 아니라 얇은 평면이 로봇으로 변신했다는 점이다. 한국인으로 이루어진 최초 수색팀은 저마다의 총을 겨누고 그 변신 과정을 지켜보았다. 형태가 웬만큼 갖춰지고 난 다음에는 다소 민망하고 힘겨워 보이는 단계도 있었다. 아마도 무중력 환경이나 중력이 훨씬 작은 행성 표면에서 접히는 것을 전제로 설계된 도면이라 지구 중력이 힘겨웠던 탓일 것이다.

어쩌면 그것은 잠들어 있던 존재가 새 몸을 얻기 위해 거쳐야 하는 물리 댄스 중 하나였을지도 모른다. 자기장과 전기장, 그리고 힘의 방향. 그 사이에서 만들어지는 그로테스크한 춤.

어쨌거나 우리의 지적인 외계 사절은 3분여 만에 변신을 완료했다. 다리가 셋, 머리가 하나, 눈이 세 개에 팔이 여섯. 나체는 아니고, 외골격 아니면 의복을 표현한 것으로 보이는 껍데기의 형태도 함께였다. 한국 여자 평균 키보다 조금 큰 키였다.

말로만 들으면 괴물처럼 생겼을 것 같지만, 직접 본 사람들의 말로는 우아하고 정교하며 균형 잡힌 형태라고 했다. 무엇보다 그 몸 안에는 우리보다 먼저 우주를 살다 간 생명체들의 정신이 온전히 담겨 있었다. 물론 그 모습이 외계인의 형태를 그대로 옮긴 것이라는 보장은 없다. 인간이 화성 표면에 보내놓은 탐사선을 보고 인간의 모습을 유추할 수 없는 것과 마찬가지다. 그렇게 생기고 싶은 사람도 있을까.

전체적으로는 여전히 수수께끼의 연속이지만, 그래도 외계인들이 처음부터 지니고 온 메시지 몇 개는 비교적 분명하게 해독이 가능했다. 애초에 지구가 아닌 화성을 찾아 날아온 외계인들이 폐허가 된 화성을 보고 당황하던 찰나 자연스럽게 지구를 발견하고 착륙지를 변경했다는 것. 탐사에 나선 항성계가 이곳 한 군데는 아니며 이미 두 군데 이상을 확인하고 왔으나 현재는 아무것도 남아 있지 않더라는 것. 또한 얼마나 머무를지는 알 수 없지만 지구 역시 마지막 목표는 아니므로 언젠가는 지구를 떠나게 되리라는 것.

은수는 외계인들의 처지를 상상하곤 했다. 변신이 완료된 순간 외계인들은 무슨 생각을 했을까. 어쩌면 사본이 되어 우주를 건너온 외계인들은 돌이킬 수 없는 후회와 낭패감에 빠져 있을지도 모른다. '아, 괜히 왔네. 이게 뭐야' 하는 낭패감.

인류 또한 이날 사건 이후로는 외계 문명과의 만남을 보다 현실적인 방식으로 그리게 되었다. 인류에게, 구체적으로 과학자들과 그들을 추종하는 어린이들에게, 외계 지적 생명체란 이런 이미지였다. "우리는 모두 우주의 순환이 만들어낸 별의 아이들" "아무리 멀리 떨어져 있어도 우리는 결국 구성 물질을 서로 공유하는 우주의 자매" "물론 수학을 못하는 넌 지적인 생명체가 아니란다, 얘야." 그런데 이제는 이런 숭고한 표현 대신, "기껏 찾았더니 해병대 고참"이라거나 "수소문해서 만났더니 피라미드 영업 사원" 같은 구질구질한 비유가 먼저 떠오르는 시대가 되고 말았다. 안타까운 일이 아닐 수 없었다.

그래도 그것은 직시였다. 만남을 있는 그대로 바라보는 일. 비록 서로 말은 통하지 않았지만, 서로가 서로를 보며 갑갑해 하는 것 또한 엄연히 근접 조우(close encounter)의 한 형태였다. 이상적인 만남은 아니지만 그래도 그 만남은 여전히 특별했다. 어쨌거나 그 사건은 실제로 일어난 일이기는 했으니까.

고향을 떠나온 것을 후회할지도 모르지만, 그래도 외계인들이 당장 지구를 떠나야겠다고 생각하지는 않을 것이다. 우주는 상상할 수 없이 큰 공간이고, 그 속에서 깨어난 지적인 존재들에게는 너무나 압도적으로 외로운 방이다. 좀 어이없는 친구들밖에 안 남기는 했지만.

위쪽에서 무슨 소리가 들려왔다. 사람 발소리였다. 우매희가 일을 마치고 무사히 접견실을 나가는 모양이었다. 은수는 친구의 표정이 궁금했다. 잠시 후 나는 어떤 표정을 짓게 될까.

대기실 안내 직원이 은수를 부르러 왔다. 그러면서 간단한 주의 사항을 이야기했다.

"다른 건 숙지하고 계실 거고, 다들 어려워하시는 게 어디를 보고 있어야 하나 하는 거더라고요. 눈을 보고 있으면 된다고는 하는데 눈 사이가 꽤 멀거든요. 막상 접견실 들어가면 어느 눈을 보고 있어야 될지 몰라서 시선이 불안하게 흔들린다고."

은수가 다급하게 물었다.

"그럼 겁먹은 것처럼 보이겠죠? 어떻게 하면 되나요?"

"아무 눈이나 보시고 시선만 안 흔들리시면 됩니다. 그게 안 되면 차라리 발을 보세요."

"네. 그런데 어느 발이요?"

마지막으로 혼자서 에스컬레이터를 올라갔다. 망설임이 허락되지 않는 자동계단이었다. 통역을 맡은 언어학자들은 접견실 안에서 대기하고 있었다. 에스컬레이터 끝에서 모퉁이를 돌자 정박해 있는 우주선의 밑바닥이 손에 잡힐 듯 가까이에 보였다. 촉수 모양으로 뻗어 나온 접안 시설이 기괴한 형태로 건물을 움켜쥐고 있었다. 접합 부분은 견고하지만 몸통은 보기보다 유연해서 태풍이 불어도 건물이 더 뜯겨나갈 위험은 없다고 들은 기억이 났다.

은수는 길게 숨을 내쉬었다. 문 안으로 들어서면 접견실이었다. 원래 있던 문은 아니었다. 원래 있던 접견실이 아니었으니 문도 새로 만들어야 했을 것이다.

우주군이 정복을 입는 날은 어마어마하게 중요한 행사가 있는 날. 은수는 이름표를 매만졌다. 그리고 이런 생각을 했다.

'더 멋진 의제를 갖고 들어왔더라면 폼 나고 좋았을 거야. 더 지적이고 세련된 인류를 대변할 수 있었다면 말이야. 하지만 그랬으면 내가 이 자리에 서 있지 못했겠지. 나보다 훨씬 높은 사람들이 왔거나 나보다 훌륭한 사람들이 이 문 앞에 섰을 거야.

그런데 그런 건 만남이 아니잖아. 누구나 상상하는 이상적인 근접 조우 같은 건 매뉴얼에나 나오는 거니까. 만남이 매뉴얼대로 되나? 만남은 원래 이상한 거잖아. 누가 됐든 이상적으로 이상적인 사람 말고 구체적으로 이상한 사람을 만나기는 해야 될 거 아니야. 그게 나여도 상관없고. 그러니까 내가 가도 되는 거야. 아, 정말이지 다행이지 뭐야. 인류가 충분히 어리석어서. 그래야 내가 마음 편히 대변할 수 있으니까.'

마음이 편해졌다. 피식 웃음이 났다. 은수는 한 걸음 앞으로 나서며 문손잡이를 향해 손을 뻗었다.

'저 뒤에 외계인이 있어.'

콩닥거리던 가슴이 또 한 번 두근거렸다. 손잡이를 살짝 밀자 문이 활짝 열렸다.

작가 노트

어느 해 서울국제도서전에서 영국 출판사 사람들을 만났다. 그들은 세계 각지의 도시를 테마로 한 SF 앤솔러지를 기획하고 있는데 혹시 서울을 배경으로 쓴 SF 단편소설이 없는지 나에게 물었다. 있기는 하지만 그 기획에 딱 어울리지는 않는 것들이어서 새로 하나를 써두기로 했다. 그래서 이 소설을 썼는데, 그 후로 그들과는 연락이 닿지 않았다.

소설에 세계를 담아내는 요령은, 세계를 크기가 다른 몇 개의 층위로 나누어 표현한 다음 그것을 한 화면에 포개는 것이다. 이를테면, 동네와 나라와 우주를 표현한 다음 그 세 층위가 하나의 이야기 안에 중첩되도록 구성하는 방식인데, '지구에서 일어난 사건'이 동시에 '동네에서 일어난 에피소드'도 되게 하는 게 핵심이다.

이런 중첩은 뉴욕이나 런던 같은 곳에서 더 잘 일어난다. 오랫동안 SF가 제국의 장르였기 때문이다. 그래서 SF 속 UFO는 뉴욕이나 북경이나 파리 같은 데로는 자주 가도 광화문 상공에 머무는 일은 드물었고, 그런 시도를 목격한 한국 독자는 "오글거린다"는 반응을 보일 때가 많았다. 그래도 SF 작가는 UFO의 내한을 성사시키기 위해 부단히 노력했는데, 그 노력이 구체적으로 어떤 노력이냐면 바로 이 소설 같은 것이다. 영화 〈디스트릭트 9〉이 보여주었듯, 적절한 곳에 UFO를 띄우면 꽤 새로운 서사를 끄집어낼 수 있는 게 SF다.

이 단편은 장편소설 『빙글빙글 우주군』을 집필하기 전 단계에 쓴 소설로, 우주군 설정의 많은 부분이 이 글에서 완성되었지만 『빙글빙글 우주군』과는 완전히 분리된 이야기다.

임시 조종사

하임출사

(아니리)

옛날 서울 청파동에 지하임이라는 청년이 살았겠다. 나이 스물에 크게 깨달은 바 있어 서른 넘어까지 진귀한 재주를 익혔으니, 이름하여 로봇 조종술이라. 세상천지 백 명 남짓 지닌 희귀한 재주이되 로봇이 전 세계 열 대 안팎으로 레드 오션이 따로 없었더라. 백수 모양으로 낮에 자고 저녁 용돈 벌러 가기를 수삼 년이나, 일야(一夜)에 귀가하여 우편함 고지서 봉투를 개봉하여 본즉 겉면은 고지서이되 내용은 채용 통지라.

(창조)

“조종 서생(書生) 지하임은 모월(某月) 모일(某日) 모시(某時)에 모국(某國) 모처(某處) 모부서(某部署)에 모씨(某氏)와 접선하라.”

(아니리)

하임이 펄쩍 뛰며 앙천고성(仰天高聲) 왈(曰), “마침내 천시(天時)에 이르렀음이라!” 부모 하직 생략하고 입신(立身) 길에 들어서니, 오지(奧地) 항공편에 환승이 삼 회요 대기(待機)가 각(各) 나절이라. 갈아탈 차례마다 비행기 크기가 점점 줄어, 종국으로 마을버스 같은 비행기를 갈아타고 모국(某國) 하늘 위에 둥실 올랐을 적,

(진양조)

졸음이 꾸벅꾸벅 허리는 요통이 삐걱삐걱
창밖 하늘 끝이 없고 지평선이 아득하다.
창천(蒼天) 홀로 태양이 번뜩 날개 아래에 긴 바람 둥실
구름은 훌쩍 물러서 있고 일엽편기(一葉片機) 고고비(孤高飛).
두 팔 벌린 비행기 그림자 드리운 아래를 내려다보니
험산(險山) 천봉(千峯)이 삐쭉삐쭉 울퉁불퉁 지압판 같고.
몽중(夢中) 일성(一聲)이 속닥속닥, 에어컨을 끄고 나왔던가

정신이 번뜩 들어 창밖을 쳐다보니 사방 천지가 모두 다 낯설구나.

삼십 반생을 다 팽개치고 오늘은 또 어디를 헤매는고.

꿈인 듯 눈을 질끈 감아도 허기(虛飢)가 하도 생생하다.

손목에 감긴 시곗바늘만 나 살던 대로 흐르는구나.

나 없는 내 빈자리는 그 뉘라서 궁금해할꼬.

(아니리)

별주부 붙들린 토끼 모양 처량한 신세를 돌아볼 적, 고물 비행기 기수(機首)가 아래로 쑥 기울어 놀이공원 열차 모양 지면(地面) 급강하(急降下)라. 놀란 하임이 사천왕(四天王) 눈을 뜨고 주위를 돌아보니, 동행한 모국(某國) 승객들이 뜻 모를 말로 몇 마디 주고받으며 와하하 박장대소라. 웃음인지 비웃음인지 알 바 없어 하염없이 고개 빼고 창밖으로 내려다보는데,

(중모리)

고립무원(孤立無援) 고원 위에 만년설만 의구(依舊)한데

비행기는 곤두박질 활주로가 전혀 없어

필시 추락이 틀림없다 풀었던 안전띠 졸라매어

아이고 어머니 나 먼저 가오 하직 인사를 올릴 적에

땅 위에 쿵 착륙을 하여 눈을 끔쩍 창밖을 보니

이름만은 공항이되 실상은 산중의 풀밭이라.

나귀를 따라 산을 오르는데

(아니리)

시골 정류장 매점 모양 덩그런 사무실 앞에, 하임이 가방을 끌고 사방을 두리번거릴 적, 웬 남자 성큼 다가와 하임에게 물어 왈, "청파동 사는 지하임이요?" "그렇소만." 무심결에 답하고 보니 서로 한국말이라. 신분 확인 생략하고, 가방 받아 나귀 등에 매 놓으며 "갑시다" 하고 성큼 앞서가니, 하임이 묵묵부답 뒤를 따라나서는구나.

(진양조)

사흘 길을 걸어간다. 나귀 걸음으로 자박자박.

길 모르는 하임이 앞에 가다 문득 뒤를 돌아보니

풍경인 듯 사람인 듯 느릿느릿 나귀 둘에 사람 하나

이정표도 없고 길도 없는 산길 나귀가 길을 내어 자자(孜孜)히 걸어간다.

"많이 머오?" 물어도 묵묵부답. "통성명(通姓名)이나 하오." "안 가에 중식이오."

수묵산수(水墨山水) 붓으로 친 듯 말 없는 사내 따라

구불구불 오르락내리락 한나절을 발소리 벗 삼아 걸어가니

적적한 발걸음은 지칠 줄을 모르는구나.

일찍 기우는 해 덜컥 지고 벗은 나무 긴 그림자

삐죽삐죽 사위를 감싸 사면(四面)에 초가(楚歌)가 구슬프다.

“맹수는 안 나오오?” “표범이 종종 출몰(出沒)하나 근자(近者)에는 없더이다.”

인가(人家)는 흔적이 없어 흉중(胸中)에 근심이 가득한데.

“아직 멀었소?” 거듭 물으니 “한 이틀이면 당도하오.”

‘납치인가!’ 가슴이 선득 모골이 송연 낯선 걱정이 고개를 들 적,

동굴인 듯 산중암자(山中庵子)인 듯 암혈(巖穴)에 당도하여,

(아니리)

뉘신지 모를 돌부처에 합장(合掌) 문안하고 구석에 들어가 앉으니 자비한 기운이 동굴을 가득 채웠더라. 하임이 등 따숩고 마음이 여유로와, “나귀 등짐에 혹 요깃거리가 있소?” 하고 물으니, 중식이 소매 걷고 나귀 짐을 부리거늘 어찌나 꾹꾹 눌러 담았는지 아담한 등짝 풀려난 짐이 웬만한 자취생 이삿짐이라. “양식(洋式)인데 괜찮겠소?” 대답도 아니 듣고 자세를 고쳐 잡는데,

(자진모리)

가지 모아 불 피우고 뚝딱 딸그락 야단법석

치직치직 후루후루 자작자작 썩둑썩둑

도마 통통 오일을 후어이 웍이 둥실 양념이 삭삭

활활 오른 불길 위에 짭쪼름하니 김이 뭉게

자글자글 쪼글쪼글 뭉글뭉글 화끈후끈

뽀드득 접시 위에 웬 단 것이 올라앉았다.

실험인 듯 마술인 듯 한판 재주를 부리고 나니

도깨비방망이 뚜욱딱 두드려 진수성찬이 대령이오.

신선 야채 앙트레에 구운 고기 메인으로

후식까지 쓰리 코스를 게 눈 감추듯 흡입하고

졸음이 밀려올 적 정신이 퍼뜩 들어

하임이 중식더러 큰절하며 여짜오되,

(중모리)

"무인지경(無人之境)에 절세문명(絶世文明)이요, 망망대사막(茫茫大沙漠) 오아시스라!

원효대사(元曉大師)의 해골 물이 이보다 달지는 못하리라.

내 잠시 그대를 의심하였으니, 이 어리석음을 책망(責望)하오.

초행(初行) 험산(險山)에 어두워진 눈, 배 속의 부처가 띄웠구나."

(아니리)

중식이 대답하되, “조종사는 진중지제일자산(陣中之第一資産)이요 조종사 부재한 기지에는 신규 채용이 미륵현신(彌勒現身)이라, 곤란 중에도 융숭(隆崇) 환대(歡待)가 규정이요 절차이니 황송해 말고 수이 잠을 청하시오. 아직도 이틀 원로(遠路)가 남았으되, 훈련 삼아 신체 보존 무사히 가사니이다.”

산채(山寨)에 당도하니

(아니리)

잠을 푹 자고 일어나 조반(朝飯) 바삐 지어 먹고 산행 길에 나서는데,

(진양조)

첩첩 쌓인 고개 넘어 산중(山中) 일야(一夜) 노숙(露宿)하고
한나절을 더 오르니 운해(雲海)가 발아래 두둥둥실,
나뭇가지 서리가 자라 상고대 눈꽃이 만발(滿發)타가
삭풍에 체 친 듯 허연 가루가 길 위에 곱게 깔려 있고
온갖 짐승 오간 자국이 선연(鮮然)하니 그 뉘라 탐정(探偵) 놀음을 마다하리오.

토끼라는 놈이 껑충껑충 쫑긋 긴 다리로 비탈을 올라갔다,

일가(一家) 행차(行次) 멧돼지 모자가 줄지어 내리막 종종 킁킁

산양이란 놈은 무슨 심술 일었는지 이 나무 저 나무 돌돌 만 뿔로 쿵적쿵적

산 넘던 새 날개 쉬러 내렸다가 성큼성큼 긴 다리로 이륙하고

도톰한 고양이 발자국 한길에 어기적어기적

세상천지 겁 없는 횡보(橫步), 바짝 붙어 들여다보니,

큼지막한 것이 영락없는 맹수라. 대경실색(大驚失色) 나귀 뒤에 바짝 붙어

나귀야 날 두고 달아나지 마라 말어라, 명탐정 놀이를 하는 중에,

사람 키만 한 어떤 큼직한 자국이 눈밭 위에 드문드문 찍혀 있다.

곰이 웅크려 쉬어간 덴가 여남은 개를 유심히 보니 이 또한 큼직한 발자국이라.

세상천지 어떠한 짐승의 발이 이다지도 크단 말인가.

"여보오, 내가 그곳에 발을 디딘 것이오?" 나귀 주인이 뒤를 돌아보며 "예이."

고개를 드니 바위 아래 으슥한 데에 어렴풋한 인적이라.

(아니리)

산채(山寨)에 당도하니, 한 여자 버선발로 쪼르르 내달려와

하임은 본체만체 중식의 손을 꼭 붙들고,

(진양조)

“마오 마오 가지를 마오. 우릴 두고 다시는 가지를 마오.

대령숙수(待令熟手) 조리장이 진중지제일자산이라.

곳간에 양식이 그득하나 진중(陣中)에 조리사가 없어,

금준미주(金樽美酒) 옥반가효(玉盤佳肴)를 두고 나흘째 식재료만 먹었더이다.”

(아니리)

중식이 기가 막혀 하임더러 말하기를, “비록 행색 비루하고 낯빛이 도탄(塗炭)이나 이분 명색(名色)이 그대 고용주 김이단 대장이요.” 여남은 대원이 쪼르르 달려오니 이산가족(離散家族) 상봉(相逢)이 이보다 애달플쏘냐, 산중 멧돼지 일가가 이보다 다정할까. 신임 조종사 신고(申告)도 아니하고 지위고하 역할 막론 저마다 중식더러 메뉴를 졸라대는데,

(중모리)

그때에 먼 남쪽 하늘에 수상한 굉음이 쿠글쿠글

천둥인가 돌아보니 하늘색이 변함없다.

형광등 불 깜빡하는 불빛 하나 아니 보이니

우렛소리가 아니런가, 기다리던 흉사(凶事)인가.

운중(雲中)에 잠룡(潛龍)인 듯 불안한 징조(徵兆)가 사위(四圍)에 가득

세상을 훔치는 큰 도적(盜賊)놈의 족음(足音)에 가슴이 덜컥 앉아

천구(天球)가 무너질 듯 우글우글 요란한 포효가

남쪽 하늘을 덮쳐 온다. 초목이 부들 산채가 적막.

등화관제(燈火管制)를 급히 하고 바위 그늘에 숨어드니

암암(暗暗)한 석양(夕陽)이 긴 꼬리를 감춘다.

"육안(肉眼)으로 보이는가?" 대장이 급히 하문(下問)하니,

"아니 보이오." "예도 아니 보이오." "내가 보았소. 두 대였소."

폭격기 날아간다, 백린탄(白燐彈) 네이팜탄, 지옥 불을 실은 악귀

닷새 걸어 넘을 산을 한달음에 훌쩍 넘어

남쪽 천지 온통 뒤엎고 삭풍(朔風) 부는 저 너머 마을

달아날 곳 없는 촌민(村民), 저녁 짓는 온기 찾아

지옥 불을 부려놓으러, 조종사 없는 산채 위로

적기(敵機)가 날아간다. 북쪽 하늘로 날아간다.

(아니리)

이렇듯 산채가 분주(奔走)터니, 엔진 소리 잦아들고 하늘이 잠

잠하여 모두 일어나 북쪽 하늘을 바라보다가, 굉음이 남으로 돌아간 뒤 합장(合掌)할 자 합장하고 성호(聖號) 그을 자 성호 그어 각자 믿는 하늘에 경건히 묵념한 후, 하다 만 놀이 이어 하듯 중식에게 메뉴를 졸라 분기탱천(憤氣撐天)을 짐짓 감추었으되,

한낱 용병 신세

(아니리)

식후(食後)에 정리하고 하임이 전입(轉入)을 신고(申告)하니

(진양조)

대장이 어깨를 툭툭 두드리며, "일각(一刻)이 여삼추(如三秋)요,

무리(無理)하기는 바라지 않으나 부디 채비(差備)를 서둘러 주오."

하임이 영문을 알 수 없어 이단에게 물어 왈(曰),

"저 폭격기가 산을 넘어 어디로 향한단 말이오?

이 산채는 무엇이오? 북쪽 나라 편을 들어

남쪽을 치기라도 한단 말이오?"

(아니리)

대장 김이단이 요약하여 답왈(答曰),

(중모리)

"남쪽은 대국(大國)이요 북쪽은 일개 촌락(村落)이라.
남국(南國) 대병이 북진할 적, 땅 잃은 초원 백성을 모아
판잣집 짓고 천막을 세워 새 정착지요, 선언하였으되
모르는 나라 깃발 아래 먹고살 일이 막막하구나.
긴긴 겨울 지나가면 봄날이 오려나 빌었더니
비정(非情)하온 천하대세(天下大勢) 겨울 다음이 또 겨울이라.
기구하다 난민(難民) 신세 남국은 본 적도 없었더니
'포악한 역도(逆徒)'에 '과격주의자' 숱한 비난에 억장이 무너져
지붕에 올라 울분을 토하니 답으로 폭격기가 날아온다.
남천으로 날아온 비행기 여염가항(麗艷街巷)에 불을 놓네.

(아니리)

이렇다 남국이 북촌을 말살키로 하니, 일면(一面)은 정치선전(政治宣傳)이요 이면(裡面)은 병기시연(兵器試演) 판촉(販促) 행사라. 은밀히 개입하여 천하 인심이 돌아오기까지 시간을 벌고, 고가(高價)의 전투기를 하나라도 떨어뜨려 남국이 침탈을 중단케 하는 것이 본 채(寨)의 으뜸 목표니라."

하임이 알아듣고 침소에 들었더니, 아늑하기가 노숙에 비할 바 아니로되 심중(心中)의 가시방석이 무뎌질 줄을 몰랐더라.

(진양조)

전전반측(輾轉反側) 장탄식(長歎息). 용병(傭兵)이로구나 내 신세.

약관(弱冠) 나이 큰 뜻 품어 부귀영화 마다하고

학위 따고 신체 단련 귀한 인재로 자랐으나

차곡차곡 그 많은 준비를 마쳐두고, 백수로 지내기 수삼 년이 우습구나.

그 잘난 자식 왜 취직을 않나 속 끓이는 모부를 두고

알바 이립(而立) 흉중의 한(恨)을 품속 깊이 감추고

쓰이리라 그 누가 있어 어느 날에 나를 부르리라 믿고

기별(奇別)이 닿자마자 한달음에 내달려 왔더니마는

용병이로구나 이 내 신세, 용병이었구나 반평생이야.

야심(野心)으로 지핀 불길 여기에 이르러 화마(火魔)가 됐네.

뇌파(腦波)가 선명하여 기계가 쉬이 판독을 하고

동작마다 또렷한 특징, 뇌파 신호가 혼동이 없어,

"조종사가 될 아이로구나" 하는 말을 곧이 믿고

외길 낭떠러지 직진으로 달려 한날 용병이 되었구나.

묻지 마오 구인공고(求人公告), 어떤 일인지 묻지를 마오.

그중에 삼사 할이 용병이라더니 내가 용병이 되었구나.
하산도 귀가도 못 하는 직장, 이왕 일이 이리 되었으니
공손지 같은 천하제일 조종사가 되어보리라!

(아니리)

속으로 일갈(一喝)하고, 소매로 침 닦으며 벌린 입을 다무니 이미 아침이라. 불면(不眠)은 간데없고 열 시간 숙면(熟眠)에 전신(全身)이 개운하여, 두 다리는 날아갈 듯 의욕은 하늘을 찌르는구나. 이단이 이를 보고 크게 안도(安堵)터니 한 남자 불러 간곡히 이른 말이, "하임은 수습(修習)이요 조종 면허 획득이 급선무(急先務)라, 선생이 도와 속히 절차를 밟아 한시 빨리 작전을 재개토록 하오." 이궁섭 선생이 고개 숙여 승낙하고 과외 공부 가르치듯 종일 붙들고 하임을 지도할 제,

면허 시험을 치르는데

(중중모리)

하나를 들으면 열을 알고 안 들은 것도 선행학습(先行學習)
죄다 꿰고 있는 모양이 몹시 한국식 수험생이라.
"명일(明日) 아침 이론 시험, 오후부터는 실습이니

응시자 하임은 성심(誠心)으로 면허 시험에 대비하라."
"예이!" 하임이 득의양양(得意揚揚) 시험을 보러 들어간다.
맨 첫 줄 교관 성명 한 자 한 자 써 내려가는데
그때에 궁섭이 달려들어 빈 시험지를 빼앗더니
뻘건 글씨로 기재하기를 영문으로 "낙방(落榜)"이라.
그 말에 하임이 황망하며 교관 얼굴을 쳐다보니
"나는 이가(二家)에 궁섭(宮涉)이 아니고, 니노미야(二宮) 와타루(涉)요.
그나마 응시자 귀가 어두워 이가에 중섭이라 들었으니
금일(今日)은 낙방이요 차회(次回) 시험은 하루 뒤라."
하루를 허송(虛送)하고 필기시험을 또 치른다.
'니노미야 와타루'를 또박또박 적어놓고,
시험 중에 적기(敵機)가 떠 남천(南天)에 고개를 돌렸더니
궁섭이 득달같이 달려들어 "부정행위로 낙방이요."
"첩첩산중 시험장에 내 뉘 답안을 베낀단 말이요?
토 선생이 시험을 보오, 표범이 면허를 달라 하오?"
김이단을 돌아보니 절레절레 어깨를 으쓱.
차일로 삼시(三試)에 도전을 하니 띄어쓰기 구두점 모조리 감점
시험지에 찍힌 얼룩 온점이라 우겨 감점을 하니
이십 년 우등생 지하임이 참으로 환장할 노릇이라.
"일각이 삼추(三秋)라 하지 않았소!" 흉중(胸中) 한을 토로(吐

露)하나

어느 누구도 듣지를 않고 어영부영 나흘이 간다.

하임이 하도 기가 막혀 중식을 찾아가 하소연하니,

"이단이 우리 장수(將帥)이나, 우리 물주는 엔지오(NGO)라,

지엄(至嚴)하온 만국공법(萬國公法)을 궁섭이 홀로 대변(代辯)하니

궁섭이 그렇다면 그러한 것이니 하임은 그 말을 따르시게."

(아니리)

이렇듯 저만 빼고 모두 궁섭을 궁섭이라 칭하니, 하임이 속으로 펄쩍 뛰며 하산(下山) 길 멍하니 내려다보다가 산중협로(山中峽路) 아득하여 마음을 다잡았으되, "오지(奧地) 만년설상(萬年雪上)에 관료제가 웬 말이요, 빨치산 유격대에 어인 공인 인증서인가!" 육 차로 시험에 들어 새기듯 또박또박 답을 써 내려가니 궁섭이 마지못해 "합격(合格)" 글자를 그리듯 천천히 그려내는구나. "실기 장비는 지참하였소?" 궁섭의 묻는 말에 하임이 또 기가 막혀, "하늘 아래 딱 열 대, 이십 척(尺) 이족보행(二足步行) 로봇을 뉘라서 일일이 지참하고 다니리오?" 답을 들은 궁섭이 자리에서 일어나며 "절차대로 물었으니, 상관 말고 나를 따르시오" 앞장을 서는데,

(중모리)

시험관을 따라나서 산길을 찬찬히 내려간다.

출입금지(出入禁止) 붉은 표지 바위를 본 듯 무심히 지나

낮게 뜬 해 고운 볕에 엄동(嚴冬)이 한풀 쉬어갈 제

상서(祥瑞)로운 일편(一片) 구름, 머리 위 둥실 동행이라.

그때에 산길이 황급히 꺾여 내리막으로 접어드니

벼랑 아래 큼직한 동굴 입이 쩍 하고 벌려 있어,

시커먼 배 속으로 빨려들 듯 성큼성큼 걸어 들어가

난데없는 온기 뺨에 닿아 그리움이 발길 붙든다.

암중(暗中)에 궁섭이 이르기를, "장비(裝備)를 임시로 대여하니

일심동체(一心同體)로 연마하여 실기 시험에 임하라."

하임이 홀린 듯 다가서니 어둠이 한 발 훌쩍 물러나

웅장한 자태 산중거인(山中巨人)이 마침내 모습을 드러낸다.

잡지(雜誌)에서 본 철각(鐵脚), 소문 무성 비밀 병기

꽉 움켜쥔 두 주먹은 역발산이기개세(力拔山而氣蓋世)라.

산을 뽑고 천하 덮을 기개 동굴 심처(深處)에 숨었으니

심장이 두근두근, 내가 너를 만났구나!

네가 나를 불렀구나! 고개를 들어 전신(全身)을 보자

날렵한 어깨에 위에 고운 레이스 치렁치렁.

하얀 레이스 실로 짠 보화(寶貨)가 백전용장(百戰勇將) 갑주(甲冑)인 듯

절세예인(絕世藝人) 무복(舞服)인 듯 우상반신(右上半身)에 수(繡)놓아 있다.

손발을 맞추는데

(아니리)

하임이 궁섭을 돌아보며, “악명(惡名) 자자한 장비 전신 철갑(鐵甲)이라도 두른 줄 알았더니 곱기가 흡사(恰似) 연회복(宴會服)이오.” 궁섭이 외면하며 “일이 그리 되었네” 모깃소리로 대답한 후, 임시 면허 발급하고 정비 장비 작전 정보 제참모(諸參謀) 소집하여 새 조종사 권한을 선포한 뒤, 정비 이인(二人)으로 하임을 데려다가 지문(指紋) 안구(眼球) 등록하고, 애지중지 싸들고 온 하임의 조종용 표준 뇌파 패턴을 입력하니,

(중모리)

기계가 알아보고 끼릭끼릭 화답할 적,
산 넘는 적기 소리 남천이 거듭 진동(震動)하니,
지하임이 고무(鼓舞)하여 새벽 연무(演武)를 나간다.
머리에는 헬멧 쓰고 헬멧에는 감지기(感知器) 있어
주먹이라 생각하면 이십오 척 거신(巨身)이

바위만 한 큼직한 주먹을 불끈 쥐고 우지끈,
걸음이라 생각하면 어기적 걸음을 걷는다.
어기적어기적 걸음마야 두 발 떼고 허우적허우적
정비대가 깜짝 놀라 손으로 받을 듯 허둥지둥
"실기 초시(初試)도 불합격이요!" 시관(試官)이 판정하니
로봇 장신(長身) 일순(一瞬)간에 피시식 기운이 빠져나가
바람 빠진 풍선인 듯 맨땅 위에 철푸덕.
재시(再試)는 부적격이요, 삼시(三試)도 낙방이라,
"삼시 아직 안 봤나이다." "보나마나 탈락이니라."
사시에 미역국 먹고, 오시에 낙선(落選)하고,
육시에 "육시랄 놈", 칠시에 "셧더빽도어",
"응시 태도 불량하여 응시 자격 일일(一日) 박탈."
"아이고, 시관 나으리 내 설마 욕을 하였겠소,
주무실 적 뒷문 단도리 부디 잘하란 말씀이오."
칠전팔기(七顚八起) 응시 원서 접수하고 나올 적에,

(아니리)

김이단 대장이 하임을 불러 세워 가만히 타이르기를, 거신은 생각을 읽는 기계요 병장기(兵仗器) 이전에 신체(身體)의 연장(延長)이라. 국제법에 이르기를 사지(四肢) 갖춘 로봇은 개발이 불허이나 신체보조(身體補助)로 시험은 허용이니, 산채가 비록

군문(軍門)의 모양이나 본디 근본은 의료 장비 시험장이요. 목전(目前)의 큰 로봇 무기로 보지 말고 누군가 위해 만든 몸으로 대하시게. 저 몸에 주인 있고 하임은 임시로 들인 자라, 몸이 새 주인을 환대(歡待)치 아니한들 누구를 탓하리오. 하임이 침소(寢所)에 앉아 가만히 그 말을 곱씹으니,

(진양조)

반가사유(半跏思惟). 한 다리를 접고 생각하네.

한 다리 접고 한 손 괴고 접힌 다리 생각하니

선사유(先思惟)에 후반가(後半跏) 선후가 달리 있을쏘냐

유사유(有思惟)에 유반가(有半跏)요 무사유(無思惟)에 무반가(無半跏)라.

생각하니 생각대로 접힌 다리, 생각 없이는 부동으로 편 다리

주인이 부리던 기계 몸은 주인이 부리는 대로 접히는 다리

새 조종사 데려다가 대신 생각을 하게 해도

주인 잃은 옛 몸이 새 생각을 따를런가 아니 따를런가.

옛 주인을 흉내 내어 뇌파를 속여 홀려봐도

펴야 할 때 접으라 하고 접어야 할 때 부득부득 펴라 하는 이상한 주인

'네놈은 누구냐 필시 도적(盜賊)이 틀림없다.' 충직한 기계가 어찌 달리 생각할쏜가.

이때에 금동미륵보살(金銅彌勒菩薩)이 머리에 괸 손 번쩍 들고
"나는 사유반가상이 아니요 반가사유상이라 하네.
머리 괴고 천 년을 고민한즉, 이 내 화두(話頭)를 들어보아라.
때로 사유가 반가를 이끌고 때로 반가가 사유를 부리니
둘을 합쳐야 한 동작인즉, 하임은 우선 몸의 말을 귀담아들으라."

(아니리)

하임이 크게 깨달은 바 있어, 익일(翌日)에 목욕재계(沐浴齋戒) 후 시험장에 들어 지극정성 거신을 돌아본 후 점검 목록 손에 들고 일일이 표시할 적, 응시자 골탕 먹이려 만든 줄 알았던 탑승 전 점검 목록이 모두 기체후일향만강(氣體候一向萬康) 기계 몸 아침 문안이었더라. 혹여 놀랠까 조심히 조종실 들어앉으니, 조종기도 없는 좌석에 붙들 것은 오직 마음이요 조심(操心)이 곧 조종(操縱)이라.

기계의 마음을 붙드는데

(자진모리)

조심조심 조종을 한다. 임시 조종사 일을 한다.

화면이 다섯이요, 뚫린 창문은 둘이라.
도합 일곱 눈으로 바깥 풍경 내다보니
훌쩍 높은 시야 아래에 사방이 탁 트였다.
"내가 머리를 비울 터이니 발 가는 대로 뛰놀아라."
기계가 어찌 알아듣고 소음(騷音) 답왈(答曰), 크득크드득.
보무(步武)가 들썩하고 기세는 등등(騰騰) 올라
첫발을 떼었더니 큰 바위를 훌쩍,
큰 보폭(步幅) 자랑하며 성큼성큼 달려가니
기호지세(騎虎之勢)요 맹수의 용맹이라.
이단이 깜짝 놀라 제참모 영솔(領率)하고
황급히 뒤따르며 군중에 이르기를
"경공술(輕功術) 초상비(草上飛) 축지법(縮地法)을 보았는가!
수습 조종사 면접터니 지지부진(遲遲不進) 칠전팔기에
마침내 결실 있어 로봇이 다시 깨어나니
특급 조종사 공손지의 환생(還生)이라!"
하임이 무전으로 그 말 듣고 대경(大驚)하여
"원(原) 주인이 공손지요? 그이가 영면(永眠)이란 말이오?"
"환생은 실언이요 다만 휴직(休職) 낙향(落鄕)이니,
하임은 잔말 말고 당장 질주를 멈추어라!"
하임이 우뚝, 마음 고삐를 홱 잡아채니
거신이 발 모으고 벼랑 끝 빼끗 멈춰 서서

아슬아슬 목하(目下) 절경(絶景)을 늠름(凜凜)히 마주할 적
항도령(項道令)이 살아온 듯 기세(氣勢)가 천하를 뒤덮었더라!

(아니리)
정식으로 면허 발급하고 궁섭이 좌중(座中)으로 물러앉으며 이르기를, "이로써 내 일은 다 마쳤으니 지금부터 누구도 나를 찾지 말라." 작전실 개방되어 하임이 조석으로 전략 회의 출석터니,

(진양조)
매일 정세 브리핑에 누란지세(累卵之勢) 백척간두(百尺竿頭)
위급지사(危急之事)가 풍전(風前)의 등화(燈火)라. "연이은 폭격에 백성이 무탈하겠나이까."
하임이 물으니 김이단이 답하기를, "조석으로 공습경보(空襲警報)
누항(陋巷)이 전장이요 문전(門前)이 전선(戰線)이나,
불 가에 장(場)이 서고 만성절(萬聖節)에 엘사(Elsa)가 다섯이나 보였다 하니
낙담(落膽) 말고 분발(奮發)함이 원군(援軍)의 도리(道理)로다."

(아니리)

하고 천하 정세를 읊는구나.

(진양조)

비정(非情)쿠나 천하 인심 한 하늘을 이고 사는 신세

텅 빈 우주 덩그런 행성 오도 가도 동그란 땅

이 목숨도 한 목숨이요, 저 생명도 한 생명이나,

먹고사는 다반사(茶飯事)가 누구인들 쉬우리오.

위선(緯線) 경선(經線) 네모 한 칸 일이 천하제일 대소사(大小事)니

지평선 너머 타국 일은 감감 먹먹 뜬소문이라.

어떤 사람은 축구 야구 공놀이가 죽고 사는 첫째 소이연(所以然)이겠으나

생사기로(生死岐路) 전쟁터에 집을 짓고 방공호(防空壕)를 깊게 파고 사는 신세

소문 같고 영화같이 먼 듯하여 귓등으로 흘려 무심코 들었더니

열강(列强)이 무정하고 천하 제국(諸國)이 잠잠하여

지구 한 편 어느 촌락(村落)이 불길에 활활 타들어간다.

불길 위에 집을 짓고 집 위에 다시 불비가 내린다.

다 타 죽으리라 짐작키를 삼월에 꽃핀다 하듯 무덤덤하게 읊조릴 적

꿋꿋이 살아남아 꼿꼿이 선 마을, 벌써 수삭(數朔)이 넘었구나.

기자(記者) 보내 사진 찍고 기사 내고, "내정간섭(內政干涉)이로다" 시시비비(是是非非)가 일어

그제야 돌아보니, '지평선 너머도 사람 사는 땅이로구나!'

비로소 민심(民心)이 고개 들어 천심(天心)을 긁적긁적

한 하늘을 이고 사는 신세, 한 땅에 묶여 살아갈 운명.

천하대의(天下代議)가 돌아서니 조금만 더 버티시오!

하임이 산중에서 시간을 붙들어 원군의 소임을 다하리라.

하임 출정(出征)

(아니리)

각국 수뇌(首腦)가 개별로 잇따라 성명을 발표하니, 그때에 남녘 모국(某國) 군부가 정세를 급히 읽고, "실기(失期) 전에 군세(軍勢)를 모아 역도(逆徒)를 평정(平定)하리라!" 난민촌 총공세(總攻勢)를 결의할 적,

(자진모리)

대장군(大將軍) 집산이 제장(諸將)을 불러 모아

좌로는 육군이요 우로 공군 도열(堵列)하니

해군은 어디인고? 모국(某國)에 바다가 없어
해군은 무용(無用)이라. 육군에 하명(下命)하길,
“기갑부대(機甲部隊) 주력(主力)으로 험산을 우회(迂回)하되
엄폐(掩蔽) 말고 대로(大路)로 달려 이목(耳目)을 끌어안고,
이천(二千) 보병 선봉(先鋒) 세워 최단 거리로 산을 넘어
야간(夜間)에 기습(奇襲)하라.” 공군에 이르기를,
“활주로(滑走路) 쉬지 말고 조석(朝夕)으로 폭격(爆擊) 띄워
역당(逆黨) 주력 병력 발을 딱 묶어놓고
민가에 불 놓아 전의(戰意)를 꺾어버리되,
화력(火力)은 절약(節約) 말고 물을 쓰듯 허비(虛費)하라.”
산채(山寨)에 올라보니 남천(南天)이 연일 요동(搖動)이라.
지축(地軸)이 들썩거려 지평선(地平線)이 어긋나 있고,
때때로 운중(雲中) 모처(某處)에 엔진을 품은 하늘
천신(天神)이 쇠망치로 천주(天柱)를 땅땅 두드려
천구(天球)가 삽시간에 와르르르르 쏟아질 듯
사람은 깜짝 놀라 더듬더듬 말을 더듬고
혼비백산(魂飛魄散) 뭇짐승은 길 잃은 발자국을
백설(白雪) 위에 맥락(脈絡) 없이 이리저리 흩뿌린다.
그때에 어떠한 커다란 발소리
쿵, 쿵, 성큼 넓은 보폭으로
정상(頂上) 향해 한달음에 쭉쭉쭉 달려간다.

하임이 기계 몸더러 심중(心中)으로 말을 하니
말끝이 채 떨어지기 전 거신(巨身)이 타다다닥
경사(傾斜)를 뛰어오른다. 레이더 신호 받아
운중잠행(雲中潛行) 폭격기를 노려보듯 꿰뚫어보고,
바위 위에 신체 탄탄히 고정하고
등에 인 대공화기(對空火器)를 쓱 하고 꺼내 들어,
적폭격기(敵爆擊機) 구름 아래 삐쭉 나오기를 기다린다.
레이스 어깨 우에 대공포 거치(据置)하고
조준경에 눈 딱 붙여 천시(天時)를 대기(待機)할 적
짙은 구름 헤치고 서광(瑞光)이 일시(一時) 쭉 뻗어
적기가 모습을 드러낸다.
때로구나! 뇌파(腦波)가 거신에 흘러들어
손끝을 까딱 구부리니
벽력(霹靂)이 등을 때린 듯, 일성굉음(一聲轟音)이 산을 갈라
불꽃이 쑥, 긴 포연(砲煙) 꼬리를 물고
긴 잠에서 깨어난 용이 쏜살같이 뻗치고 나가
박차고 나간 탄두(彈頭) 구름을 꿰뚫었구나.

(아니리)

적기를 격추하고, 장비 챙겨 황급 하산(下山) 동굴에 은신하니, 집산이 위성(衛星)을 몰아 백 리 반경을 더듬었으되, 보이느

니 산이요 관목(灌木)에 기암(奇巖)뿐이라. 수차(數次)에 요격(邀擊)하고 곳곳 은신처 숨어드니, 없는 대공포대에 금쪽같은 전투기가 뚝뚝 떨어져 집산이 자다가도 벌떡 일어나 생각하되 가히 귀신이 곡할 노릇이라.

(진양조)

함구령(緘口令) 내려 공륙양병(空陸兩兵) 단속(團束)하고

미간(眉間)을 내 천(川)자로 그려 전전긍긍하던 차에,

젊은 대령 이합이 보고하며 여짜오되, "소인이 연유(緣由)를 밝히겠사오니

선봉 이천 중 정예 오백 수색대를 따로 내어주사이다."

(아니리)

군용 배낭을 짊어지고 서둘러 산을 오르는데,

설표조우(雪豹遭遇)

(중모리)

설산(雪山) 위에 눈이 내려 허연 천지가 희끗희끗

어질어질 시야를 가려 심산(深山) 절경이 분분(紛紛)할 제

발 크고 꼬리 두툼한 맹수 비탈 아래를 내려다본다.
큰 고양이 같고 작은 범 같은 몸에는 표문(豹紋)이 분분(紛紛)하고
소복소복 적설(積雪) 위에 큰 발자국이 사뿐사뿐
긴 꼬리를 둥실 말아 귓등 위에 살포시 덮고
돌 구르는 비탈 고처(高處) 위에 몸을 말고 앉았다가
산양(山羊)이 아래를 지나칠 적 귀를 쫑긋 바짝 엎드려
짐짓 용맹 눈표범 한 마리가 저 아래 먹이를 노려본다.
떼구르르르르 눈사태인 듯 헛디뎌 구르는 바위인 듯
우당탕탕 돌을 치고 벼랑을 아래로 내달린다.
허탕 치고 허탈하니 쉬던 곳을 우러르다가
슬금슬금 큼직한 발로 되돌아 길을 올라간다.
그때에 하임이 한데에 앉아 단사표음(簞食瓢飮) 밥술을 뜨며
기암설산(奇巖雪山) 눈 내리는 절경에 넋을 놓고 앉았다가
등정(登頂)하는 용맹한 설표 두 눈이 딱 마주쳐
수저를 들지도 놓지도 못하고 두 짐승이 서로 주저주저
중식이 다가서며 훠이! 설표가 깜짝 놀라 또르르르르르
줄행랑을 놓는구나. 하임이 한숨을 내려놓는다.

(아니리)

하임이 대경(大驚)하여, "방금 그것이 무엇이오? 내가 지금 호

환(虎患)에 횡사(橫死)할 뻔한 것이오?" 중식이 기가 막혀, "본디 산신령(山神靈)은 범이어야 마땅하나 이 산 신령님은 비할 바 없이 자잘하여 사람 보면 겁먹고 자라 보면 토끼보다 더 화들짝 놀라오만, 멸종 위기종 귀하신 몸인지라 함부로 촉수(觸手)하면 아니 되오." 식사를 마치고 무리에 합류하여, 산채 옮기는 행군길 마저 갈 적,

(중모리)
이합이 빈 배낭을 메고 오백 군사 영솔(領率)하여
없는 길 발로 내어 한식(寒食)으로 끼니 때워
인기척을 몰래 감추고 심산(深山)으로 들어간다.
뭇짐승이 수군수군 큰 나무는 삐쭉삐쭉
침엽(針葉)을 바람에 비벼 뜬소문을 쑥덕쑥덕
관목(灌木)이 사방에서 프스스스스, "관군(官軍)이 숲으로 들어왔네"
어찌 된 바람인가 등 뒤에서만 사부작사부작
고개를 돌려 쳐다보니 적막(寂寞)이 홀로 우두커니
"동요(動搖) 말고 진군하라" 나직이 하명하고
새 눈에 새길 내어 성큼성큼 전진하니
먼 데에서 어떠한 주둥이 길쭉한 산짐승 무리가
아우우우우우 아우우우우우

뜻 없는 하울링(howling)이 내통(內通)인 듯 수상쩍다.
방아쇠울 검지 끼운 군사, 연신 뒤를 보는 군사
눈밭에 헛디뎌 풀썩 소리에 총구를 바짝 들이대는 군사
채근(採根)하여 일일삼봉(一日三峰) 이 잡듯이 산을 뒤졌건만
보이나니 돌 뿐이요 새 눈 덮인 벼랑 끝이라.
있지도 않은 대공포대 어디로 가서 찾는단 말이오.
오백 정예 별동(別動) 산행이 모두 허사(虛事)가 되었구나.

둘 다 왼발

(아니리)

호언장담(豪言壯談)한 말이 식언(食言)이 될 듯하여 서리 낀 계급장을 하릴없이 들여다볼 적, 한 군사 헐떡이며 달려와 하온 말이, "작일(昨日) 원처(遠處)로 정찰 나간 수색병이 인적을 발견하고 주야로 추적하여 거동수상자(擧動殊常者)를 생포하여 왔나이다." 대면하여 보니 백면백발백의(白面白髮白衣) 삼백(三白)의 외인(外人)이요, 직업은 동물학 박사라. 허가 지역 무단 이탈 산중 배회 연유를 심문하니 삼백이 조아려 여짜오되,

(진양조)

"설표는 영역 짐승이요 만수지상(萬獸之上)의 포식자라,

순시경로(巡視經路)가 대개는 불변이나 근자(近者)에 한 설표 굳이 첩경(捷徑)을 마다하고

원로(遠路)로 우회하는 조짐이 있어, 영문을 캐고자 하나이다."

이합이 그 말을 반겨 듣고 언 눈썹에 안광(眼光)이 번뜩하여,

(아니리)

"그 영문 나도 궁금하니 동행하여 같이 알아보리라."

(중중모리)

그때에 대장 김이단은 새 진지(陣地) 터를 점지한 후

참호 파고 길을 내어 숨은 방어선 구축할 제

임시 조종사 지하임이 천막 문을 휙 밀고 들어와

만면(滿面)에는 수심(愁心)이 가득 흉중(胸中) 의혹을 털어놓는다.

"이보시오 대장 나으리, 공손지가 어떤 조종사요,

천하제일 특급 파일럿, 만(萬) 지망생(志望生) 모범(模範)일진데

휴직 낙향 자리를 비웠으되, 돌아올 기약이 전혀 없고

반년을 공석에 앉아본즉 전임자 심란(心亂)이 조종석 가득.
마음 읽는 기계를 두고 선(先)과 후(後)로 이어진 인연
인수인계한 기계 몸이 매일 세 번은 귀띔하고
조종사 마음 조종사가 제일 먼저 읽어내니
진중(陣中) 제군(諸軍)이 쉬쉬한들 하임이 어찌 모르리오.
전임 조종사 깊은 근심 막다른 길에 이르렀으되
같은 미로 내 발로 덥석 걸어 들어와 갇힌 신세
연일(連日) 층층(層層) 남의 근심이 내 근심으로 쌓여 있고
임시직 조종사 불안한 직책에 내 신세를 자주 돌아보네."
익일에 하임이 연무를 나가니 기계 발 걸음걸음 엇나가 있고
오른 다리 잃은 기계 몸 주인 왼 다리 감각 두 번을 내어
좌우가 모두 왼 다리인 듯 왼발 다음이 또 왼발
왼발로 두 번을 내딛는 습벽(習癖) 왼 신발 두 쪽을 양발에 신은 듯.
지엄한 만국공법 이르렀으되 그 말이 실로 옳은 말이라,
"이 기계는 사람 몸의 연장이요 병장기 개조는 금지로다."
공손지 습벽대로 걷는 몸을 뉘라서 임시로 부리리오,
임시 조종사 허망한 이름 허명무실(虛名無實)이 따로 없다.

(아니리)

이단이 하임을 따로 불러내어 손지 물건 모아둔 상자를 개봉

하니, 베개 바늘 실에 실패[絲牌]가 가득하고 실로 짠 레이스 조각이 패물 모양으로 들었더라. 이단이 하임 보며 타이르는 말이, "본디 손지는 파일럿 될 재목(材木)이 아니요, 보빈 레이스(bobbin lace) 장인지재(匠人之才)라. 임상 시험 대상 되어 우연히 새 몸을 얻었더니 그 몸에 매인 임무가 있어 전장에 오래 머물렀다가, 유혈 살상 끔찍하여 임시로 임상을 포기하였으니. 혹여(或如) 손지의 심중이 궁금하거든 그 레이스 일견(一見)을 권하노라."

레이스를 들여다보는데

(아니리)

하임이 사다리를 올라 로봇 어깨 늘어뜨린 레이스를 자세히 들여다보는데,

(자진모리)

베개 위에 도안 깔고 도안 위에 시트지 덮고

시작점 비스듬히 핀 꽂아 정렬하고

보빈 막대 칠십 쌍에 실을 매어 핀에다 걸고

크로스 트위스트(cross twist) 홀 스티치(whole stitch) 하프 스

티치(half stitch)

2번 실은 3번 위에 2번 실 1번 위

4번은 3번 위 놓고 2번은 3번 위에 놓아

다시 2번은 1번 위로 4번은 3번 위•

달그락달그락 보빈 꼬아 더블 스티치(double stitch) 엮어내어

에지(edge)에 핀 꽂고 다음 줄로 휘리릭 넘어가

잘그락잘그락 보빈 막대 열 손가락에 조물조물

하프 스티치 꽃이 피고 토션 그라운드(torchon ground) 여백내어

구멍 숭숭 리넨실 그물에 별도 바람도 들고 난다.

네모꼴로 테를 잡고 윤곽선은 두 줄 넣어

다이아몬드꼴 모여드니, 거미줄 부채꼴 흩어진다.

흑백 실로 지은 우주(宇宙), 음양 조화가 덩달아 일어나

이발이기수지(理發而氣隨之)요, 기발이이승지(氣發而理乘之)라.

구름은 둥실 뜨고 바람은 선들선들

낫 같은 발톱 비쭉 비늘이 언뜻언뜻

저그럭저그럭 야문 손끝에 천지음양의 기운이 흘러

응축(凝縮)하고 농축(濃縮)하여 백방(百方)으로 터져나와

당당히 선 로봇 우상반신 철갑(鐵甲) 위에

• 박혜원, 『기초부터 차근차근 보빈레이스』, 팜파스, 2018 참고.

날개를 쫙, 훨훨 펼쳐 있어
화룡(畫龍)에 점정(點睛)하고 백룡(白龍)이 포효(咆哮)하여
보빈 레이스 웅장한 날개 천지를 뒤덮었구나.
뜻 없이 고운 장식 기벽(奇癖)인 줄만 알았더니
사다리 올라 가까이 보니 광폭(廣幅) 레이스 한가운데
반절(半折)에 미완(未完)이나, 날개를 쭉 편 마음이
이미 천구(天球)를 뒤덮었구나!

(아니리)

하임이 용문(龍紋)에 손을 얹고 공손지 다부진 솜씨 찬찬히 쓰다듬을 적, 구름 뚫고 한 줄 서광(瑞光)이 직사(直射)로 내리쬐어 흡사(恰似) 예언 속 한 장면인 듯 사다리 위를 환히 비추었더라.

(중중모리)

그때에 이합이 눈표범을 쫓아 사냥터 순행길 다 돌아보고
철야(徹夜)로 지도를 궁구(窮究)하여 능선(稜線) 하나 턱 골라낸다.
오백 군사 사방을 둘러 수색대로 선봉 세워
"토끼 한 마리 놓치지 마라" 포위망을 좁혀 가니
산채 초병은 눈 속에 숨어 새하얀 사위(四圍)를 경계(警戒)하다

기백(幾百) 군사 포위망 알아보고 정신이 아찔 졸음이 싹 달아나

"보고를 올릴까 어째야 좋을까나" 허둥지둥 주저하는 차에

벌건 불덩이가 슝 넘어가 대장 막사(幕舍) 앞 둥 하고 떨어져

포탄 총탄이 무수히 날아드니 산채가 무방비(無防備) 혼비백산

어떤 군사는 경보(警報)에 놀라 전화통 붙들고 "여보시오, 여보시오!"

어떤 군사 놀란 꿩마냥 머리만 숨기고 숨바꼭질

또 어떤 군사는 구덩이 들어가 "벼락은 친 데를 또 안 치느니라."

이단이 멍한 귀 틀어막고 막사 밖으로 뛰쳐나와

"이애, 초병아, 기관총 붙들어라!" "예이!" 반격을 지휘하여

숨긴 방어선 사람 채우고 달아난 정신 붙들어 매어

삼면초가(三面楚歌) 한 길 퇴로, 구사일생(九死一生)으로 달아난다.

거인 반격

(아니리)

이합이 언 입으로 대소(大笑)하여 왈(曰), "병법에 이르기를

위사필궐(圍師必闕)이요 궁구물박(窮寇勿迫)이라, 포위할 때는 한 길을 터주고 궁지에 몰린 도적 다그치지 말라 하였으니, 만약 적장이 구명도생(苟命徒生) 안도(安堵)하면 그때를 노려 엄살(掩殺)을 하리로다." 포위망 느슨히 풀어 정상(頂上) 방향으로 사냥감 몰아갈 적, 쫓기던 한 군사 슬피 울며 패잔병 신세를 늘어놓는구나.

(중모리)

"산채 통째로 팽개치고 담요 한 장을 못 챙겨 나와

엄동설한 토끼몰이에 달아날 길 보이지 않네.

언 발걸음 천근만근 해는 빨리도 떨어지고

백만한파(百萬寒波) 대병(大兵)이 일어나 산속 퇴로(退路)를 휘몰아친다.

이단 궁섭 높은 뜻을 마음으로 흠모하여

이역만리(異域萬里) 낯선 전장 제대한 군대를 또 입대

전역 날짜도 아니 세고 진짜 싸움을 하였더니만

가상(嘉尙)한 뜻 힘이 다해 이 밤에 세상을 하직한다."

다른 군사가 위로하며 "네 말이 참으로 허망하다.

우리 로봇 우리 조종사 때맞춰 모습을 감췄으니

후일을 기약하며 긴 싸움이 이어질진대

덧없는 내 이름 석 자에 무슨 회한(悔恨)이 남으리오."

그때에 하임이 거신에 올라, 쫓는 토벌대(討伐隊)를 가만히 뒤따르니

매복엄폐(埋伏掩蔽)는 바위와 같고 기동운신(機動運身)은 구름과 같네.

이합의 한 수하(手下) 산채에 남아, 대공포대 수색(搜索)을 하던 차에

텅 빈 무기고에 큼직한 격납고. "무엇인가 빠져나갔구나!"

급히 이합에게 무전(無電)을 하여, "아이고 대령님 뒤를 조심하오.

작은 물고기 다 잡는 그물에, 월척(越尺)이 수월히 빠져나갔소."

이합이 군사더러 "진군을 멈추라!" 가만히 귀를 기울인다.

눈 밟는 발소리 싹 사라져 밤새 소리에 하울링 소리

열 겹 야음(夜陰)이 산을 둘러 코앞이 당장 세상 끝 같고

눈 닫히자 귀 열린다, 심장이 쿵쾅 방망이질이라.

(아니리)

귀신이고 짐승이고 뭐라도 하나는 쑥 튀어나올 듯 칠흑 암흑 노상에 어정쩡 멈춰 서서, "귀신이면 썩 물러나고, 사람이면 모습을 드러내고, 짐승이면 진중에 동물학자 있으니 가서 각(各) 점고(點考)를 받으라!" 속으로 호령할 적,

(중중모리)

눈앞에 섬광이 번쩍, 일발(一發) 예광탄(曳光彈) 빛줄기 핑!

깜깜한 총탄이 예광탄 쫓아 토벌대 머리 위 후두두두두두

이단 반격(反擊)에 이합이 놀래, 불 뿜는 고지(高地) 밑 납작 엎드려

"여봐라, 부관아!" "예!" "적탄(敵彈) 쏘는 데 어디인지 보이느냐."

"적탄은 하나도 아니 보이고 저승사자만 보았나이다."

"황망 중에 별소리구나. 사자(使者)가 어찌 생겼더냐?"

"구척장구(九尺長軀) 훤칠하니 사위 삼게 생겼나이다."

부관이 대답을 맺자마자 불꽃이 핑, 총 맞아 풀썩.

이합이 황당하여 두 눈을 질끈 감고

"안 보인다, 안 보인다, 그 사자 내 눈에 아니 보인다."

실눈을 슬쩍 뜨고 저 아래를 내려다보니

이십오 척 훌쩍한 거인이 허연 옷을 빼입고 섰구나.

겨우 아홉 척이 저승사자면 저 스물다섯 척은 염라(閻羅)인가?

번쩍 뜬 눈이 감기지 않고 산중 거인을 바라본다.

거인이 성큼 오르막 올라 토벌대 뒤꽁무니 바짝 붙어

난사(亂射) 총탄을 다 튕겨내고 우수(右手)를 높이 치켜들어

쾅, 퍽, 벌레 잡듯이 쓸어내니

전열(戰列)이 깨어지고 포위망 찢어져 이단이 틈새로 파고든다.

혼불부신(魂不附身) 퇴각 길에 철모 소총 다 버리고
침낭 버리고 건빵도 버리고 다 버리고 도망을 간다.

유언을 듣는데

(아니리)

이단이 토벌군을 몰아내고 하임 거신 앞세워 산채를 수복한 후 사망자 수습하여 노출된 진지 버리고 다른 봉우리 새 진을 칠 적, 한 군사 내달으며 "궁섭 박사 총상이 위중하여 금일로 고비를 맞겠나이다." 이단이 하임 대동(帶同) 병상에 찾아가니 궁섭이 손 뻗으며 겨우겨우 하온 말이,

(진양조)

"이단은 내 동지요, 은인이요 벗이라.
자경단(自警團) 험난한 길 세상 사람이 다 말릴 적
한마디 말도 없이 같은 전선에 나와 섰네.
굳은 맹약은 없었으되 양인(兩人)으로 도원결의(桃園結義)로다.
이 내 한 몸 난 자리가 크지는 아니하리오만
높다고는 못 할 대의(大義)를 홀로 지고 가겠구나.
착한 공손지 꾀어내어 심산(深山) 전장(戰場)을 헤매이며

양수(兩手)에 혈(血)을 물들이고, 불식간(不識間) 군문(軍門)에 묶이게 한 죄.

기계 몸에 손을 대어 맹포수심(猛暴獸心)을 흘려 넣어
막아설 곳에서 찢어발기고 제압할 것을 척살(擲殺)케 하여
세상 신실(信實)한 공손지가 벌건 양손을 내려다보며
제 안에 없는 독살스러운 살기(殺氣)를 자책하게 만든 죄.
낙향 공석 조종석을 빈자리로 두지 못해
임시 조종사 구인(求人) 내어 또 다른 청춘을 꾀어다가
높다 하지는 못할 대의, 낮다 하지도 못할 명분
그리 말할 줄 뻔히 알고 땔감으로 소진한 죄.
이단은 내 동지요 은인이요 벗이라.
천근만근 이 많은 짐을 홀로 지고 가겠구나."

(아니리)

이렇듯 슬피 울고 하임을 돌아보며, "면허 발급 엄격함은 오직 이런 연유라. 발급된 면허는 삼십여 협약국 모두 유효하니, 만일 하산커든 사양 말고 일신영달(一身榮達) 성심껏 활용하오." 망자(亡者) 천도(薦度)하고 기지 수습 일상을 회복할 적,

(중모리)

중식이 식량을 점고(點考)하고, 없어진 식재료 목록을 살펴

석식(夕食)은 두고 중식(中食)은 줄여 식단 안배(按排) 다시 하니

뭇 군사 불같이 화를 내어 대장 앞세워 항의하며

"중식(中食)은 절대 양보 불가니 차라리 석식을 줄여주오."

조리장 그 말에 기가 막혀, "엠티이에프(MTEF)가 따로 없네.

적군이 기지를 침탈(侵奪)할 적 탄약고 막사는 손 아니 대고

식량 창고 저장 채소에 고기만 탈탈 털어갔나이다.

모닝 쓰리 이브닝 포(morning three evening four), 조삼모사(朝三暮四)가 웬 전략인고."

김이단이 그 말 듣고 긴 한숨 탄식하며

"전투에서는 이겼으되, 전쟁에서는 완패로구나.

야전지휘관(野戰指揮官) 직(職)을 얻어 뭇 군사 목숨을 떠맡았으니

입이 열 개라도 할 말이 없소. 텐 마우스에 노 워드(ten mouthes no word)라.

(아니리)

경무장(輕武裝) 선봉대 추적을 따돌렸으되 격퇴가 아니고 임시 퇴각이라. 본대가 중화기 이끌고 들이닥칠 게 자명함이요 사냥도 조달도 모두 불가하니, 다만 몸을 가벼이 하여 지체 말고 다음 산 속히 이동함이 상책(上策)이라." 대장 명 받잡고 주간(書

間)으로 몸 숨기고 야음(夜陰)에 이동할 적,

기암절벽이 마주 보는데

(자진모리)
이합의 오백 선봉 수색대 보고가 올라오니
대장군 집산이 제참모 소집하여
두 눈이 번뜩 안광(眼光)으로 하명(下命)하길
"사냥개 짖었으니 토끼몰이를 나가리라."
천구(天球)에 위성 걸고 천오백 군사 재촉하여
중화기 야포(野砲)를 군마(軍馬) 수레에 매어놓고
육군 헬기 세 대 내어 산 위에 풀어놓아
정찰기 높이 떠 매의 눈 내다보며,
"포획 섬멸은 중책(中策)이요, 상책(上策)은 채증(採證)이라.
지엄한 만국공법에 허용치 못할 괴물이니
포위하여 몰아넣되 걸려들지 않거들랑
사진(寫眞)으로만 포획하라!"
어용기자(御用記者)를 잔뜩 풀어
배낭 지워 등산 올려 족흔(足痕) 찍으면 기사(記事)로 쓰고
"내정간섭에 외세 개입 용병(傭兵) 사주(使嗾)한 사악한 음모

불법무기를 처단하세!"
이합이 말을 얻어 마상(馬上)에서 지휘하며
이천 군사 영솔하여 위풍당당 진군할 적
북풍이 눈을 쓸어 족적(足跡)이 모두 묘연(杳然)한데
어떠한 큰 발자국 꾹꾹 박혀 있어
"이놈이 그놈이로다" 전마(戰馬)를 내달리니
사천여 군홧발이 우루루루루 달려들어
헬리콥터 두다다다다 눈 먼지 휘감아 올라
적막강산(寂寞江山)에 모진 풍파가 닥쳤구나.
하임이 조종석 올라 이단에게 여짜오되,
"상방(上方)이 소란하니 헬기 당도하였나이까?"
그때에 이단은 절벽 길 협로(狹路) 위에
기암절벽(奇巖絶壁) 끼고 서서 맞은편 절벽을 바라보며
"세 대가 절벽 따라 위쪽에서 내려오느니라."
집산이 전황을 보고받고
대장군 헬기에 친히 오르며
"저 토끼 내 것이니 아무도 건들지 말라.
내가 가서 직접 끝을 보리라!"
기관포 대롱대롱 대전차포 철컹 지고
시커먼 공격기(攻擊機)가 설산을 훌쩍 넘어
마주 선 절벽 사이 외치면 닿을 듯 넓은 틈으로

도용도용 내려간다.

남은 헬기 따라 내려와 허공중(虛空中) 도열(堵列)하여

"대장군 명을 받잡나이다!"

집산이 살펴보니 거인은 간데없고

가련한 오합지졸(烏合之卒)이 협로에 붙었을 적,

상승기류(上昇氣流) 풀쩍, 강설(降雪)이 역류하고

스노 볼(snow globe) 기념품이 여반장(如反掌)으로 뒤집힌 듯

협곡에 강풍이 불어닥쳐 저 아래 언 계곡 포효(咆哮)한다.

헬기가 휘청, 백설은 난무(亂舞).

집산이 조종기를 고삐 쥐듯 콱 붙들어

역풍(逆風)을 억누르고 역린(逆鱗)을 거역하니

강설(强雪)이 분분(紛紛)하여 시야가 가렸으되

긴 바위 그늘 뒤에 거인의 형상이 숨었구나.

집산이 실소(失笑)하며

무전으로 하명(下命)하길,

"허허실실(虛虛實實) 함정이로다. 미끼는 놓아두고

나를 따라 방포(放砲)하라!"

공중에 붙박인 듯 자리를 딱 잡고

버얼건 불꽃을 좍 좍

늘어선 석 대가 주둥이 까딱하며

기관총 다발을 도르르르르

거신이 속수무책(束手無策) 꽝 푸석
굵은 포탄 잔 총알에 와지끈 퍽석
깨지고 절단 나고 녹아내리고 증발하고
훌쩍한 장신(長身)이 산산이 흩어질 적
집산이 잔해를 보며 깜짝 놀라 하는 말이,
"기계가 아니고 큰 눈사람이었구나!"
어용신문 머리기사가 급히 뇌리(腦裏)를 스치기를
"대장군 집산의 눈사람 섬멸 대작전"이라.
정신이 아득할 적,
맞은편 절벽 위 헬리콥터 꽁무니 뒤에
거신이 어깨 위에 대공포를 들쳐 메고
방아쇠를 움쩍 또 한 번을 움쩍.
두 줄기 포탄이 절벽을 치고 나가
굉음이 쿠르르르 낙석이 와르르
두 대는 위로 줄행랑 놓고
두 대는 핑그르르르르르르
빙빙 돌아
저 아래 언 강을
바자작 쩍
쪼개는구나.

기계가 꾸는 꿈

(아니리)

이렇듯 집산이 호위기 두 대 잃고 구사일생(九死一生)으로 사지(死地)를 탈출하였으되, 대신 운전할 사람이 없어 친히 헬기 몰고 산 넘어 먼 기지 하릴없이 귀환터니, 생각만 해도 정신이 아찔 손이 벌벌 떨려 시커먼 대장기가 하늘 위 갈지자 만취 운전이라. 활주로에 대충 주기(駐機)하고 발레파킹 헬기를 맡겨놓은 후, 달려 나온 어떤 장수 돌아보며 갈라진 목소리로 하온 말이, "여봐라, 보안 사령관아!" "예!" "로봇 조종술 귀한 재주 일급 조종사는 잘해야 전 세계 스물 미만이라. 근자(近者)에 갑자기 사라진 자가 있을 터이니, 행성을 다 뒤져 속히 찾아내어 그 식솔(食率)을 겁박(劫迫)하라."

(중모리)

이때에 하임의 노모(老母)는, 불 꺼진 하임의 빈방을 보고
'그때가 왔구나' 짐작을 하여 매일 마음을 졸이다가
전쟁 소식에 거인 소문 '하임이 간 데가 저기인가?'
내심으로만 안부를 하고 내색도 없이 반년이라.
한 날은 외인(外人) 삼인이 흘끔흘끔 수상한 눈매로
귀갓길을 따라나서 밤 골목으로 들어선다.

구불구불 없는 길을 이 골목 저 골목 들락날락
띄엄띄엄 가로등 불에 늘었다 줄었다 그림자를
따라오는 거동을 보니 저것이 필시 미행이로다.
'하임에게 일이 있어 나를 잡으러 오는구나.'
후다다다 뛰어가니 미행이 득달같이 달려들어
막다른 길 닫힌 대문 아무 문이나 두드릴 제,
그때에 시커먼 장정(壯丁) 무리 야음(夜陰) 중에서 쑥 튀어나와
모친의 앞을 딱 막아서니 미행이 묵묵 퇴각이라.

(아니리)

모친이 크게 놀라 여짜오되, "뜻밖의 도움 고맙소만 그쪽은 뉘신지요?" 한 장정 다가서며 속삭이듯 하온 말이, "나랏일로 온 몸이라 긴말은 못 하오나 하임의 해외 취업 나라에서 각별히 챙겨 보고 있사오니, 따로 기별이 없거든 희소식으로 여겨 일야(一夜)라도 평안히 잠드사이다." 간곡한 말을 남기고 어둠 속으로 홀연히 사라질 적,

(중모리)

산중에 눈이 내려 족흔이 금세 지워지니
철야 행군 풀었던 짐을 등에 도로 올려놓고
짐승 발자국 하나 없이 새하얀 산길 위에

거인 하나 짐차 셋이 터덜터덜 걸어갈 제
노상(路上)에 문득 기계가 멎어 행군 중에 단 휴식이라.
하임은 조종석 갇혀 있고 정비사 기계를 껐다 켰다
무전(無電)은 활짝 열려 있되 말하는 자가 아무도 없어
얕은 오수(午睡)가 꾸벅꾸벅 꾸던 꿈을 꾸다 말다
눈을 들어 사방을 보니 백사(白絲) 단색(單色) 고운 레이스
적설(積雪)이 푸슬푸슬 족하(足下) 십리(十里) 수놓아 있고
훌쩍 큰 키 너른 보폭 성큼성큼 달리는 모양
기계 몸이 꾸는 꿈이 역류하여 들어온다.
눈밭 위의 깊은 발자국 그 위로 금방 새 눈 덮듯
다그락 다그락 보빈이 놀아 새 수(繡)가 말끔히 놓아지고
달릴수록 얕은 족흔 눈밭이 하나도 아니 파여
어깨 위에서 커다란 무언가 펄럭펄럭 휘날린다.
돛처럼 부푼 두 날개를 훨훨 펴고 날아올라
벼랑 너머 하늘길을 한 발 한 발 내디디고
천구 아래 창공 가운데 천하 중심을 활공(滑空)하여
내가 있는 바로 여기가 우주 만물의 축(軸)이로구나.

(아니리)

화들짝 잠이 깨어 어깨를 매만지며 곰곰이 해몽(解夢)하니 거신 흉갑에 수놓은 레이스 용문 꿈이라. 하임이 무전 너머 이단

에게 아뢰옵길, "궁섭 선생 유언 고해(告解) 반만 맞는 말씀이라. 공손지 여린 성정(性情)에 용몽(龍夢) 품고 승천군림(昇天君臨)하였으니, '양수(兩手)에 혈흔(血痕)' 궁섭 선생 남긴 말이 이야기의 전부는 아닌 듯하더이다." 이단이 묵묵으로 부답(不答)하고, 정비대 노심초사 거신이 잠에서 깨어날 적,

집산 총공세(總攻勢)

(자진모리)

그때에 각국 수뇌가 급전(急傳)으로 상의하여
남국(南國) 북촌(北村) 기운 형세 개입키로 합의하고
항공모함 한 대를 내어 먼 바다 대놓으니
국제 정세 큰 장기(將棋)판, "집산아, 장 받아라!"
집산이 그 말 듣고 "여봐라, 대통령아." "예이."
"네가 가서 멍군 받고 하루만 지체하면
금야(今夜)에 공륙(空陸) 대병 마을로 짓쳐 들어가
역도(逆徒)를 일소(一掃)하리로다!"
이러한 위급지세 북촌민이 바람을 읽고
천막촌 판자촌 중 캠핑카 골라내어
낡은 엔진 수리하고 바퀴에 바람 채워

닦고 조이고 기름칠 캠핑카 기갑부대(機甲部隊)라.
심야에 남국 공군이 폭탄을 가득 싣고
산 넘어 북쪽 초원 어렴풋 불빛이 새어
백린탄 네이팜탄을 소나기마냥 쑥
쏟아붓고
활활 타오르는
불길을 봉화(烽火) 삼아
남국 육군 대병이
물밀 듯 밀려든다.
전차 장갑차 앞줄 세워 마을 초입(初入)에 들어서니
불길이 확 치솟아 건물만큼 높았으되
인적은 온데간데 웬 고물 캠핑카만
수십 대나 휑뎅그렁 불빛만 껌뻑껌뻑
이합이 대경(大驚)하여 "우매한 공군놈들
지도도 아니 보고 불빛만 쳐다보고
여기가 촌락이라 화력을 쏟아부었으니
이 마을은 거짓 마을이요 참 마을은 어디인고."
육군 대병을 셋으로 나눠 껌껌한 마을을 찾아간다.
어둑어둑 천막촌 자락에, 거인 형상이 어른어른
탐조등을 탁 켜니 남국 군사가 깜짝 놀라
전차는 방포(放砲)하고 사람은 총질하여

이십 척(尺) 눈사람이 빙수(氷水)마냥 풍비박산(風飛雹散)
'또 눈사람이로다' 흠칫 놀라 물러날 적
뒤통수 선득하여
침을 꼴깍 삼킬 적에,
북촌 민병대(民兵隊)가 사냥총 엽총 꼬나들고
컴컴한 들판을 나와 난민촌 학익진(鶴翼陣) 포위망 싸고
총성이 두두두두두두
총탄을 쏟아내니
남국 군사가 총구 돌려 황급히 응사(應射)할 적
하임이 거신에 가만히 앉아
마을 회관 단층 건물 돌담 뒤 누웠다가
번쩍 몸을 일으키며 "이 거인이 참 거인이니라!
여기 이 조종사가
진짜 조종사니라!"
거신이 적진 배후를 후다닥 달려들어
깨지나니 장갑차요 뒹구나니 총칼이라
헛디디고 발 삐고 뒹구르고 박 터지고
"전군은 퇴각하라!"
전차 포수(砲手)는 포탄 까먹고 입 대포를 빵야빵야
기관총 사수는 탄띠 떼어 어깨에 두르고 선거 유세
혼 나간 통신병은 무전기 들어 셀카 찍고

어용기자는 카메라 들어 천문 사진을 찍고 앉아,
침략군이 총 버리고
초원으로 달아날 적
지평선 좁은 틈새로
몰래 새벽이 오는구나.

(아니리)

남국 대병 몰아내고 전장을 수습터니 시가전(市街戰) 난민촌이 가일층(加一層) 폐허(廢墟) 꼴이라. 하임이 개문(開門) 스위치를 눌렀으되, 출구가 일그러져 재차 고립 감금이요, 연료 소진(消盡)하고 컴퓨터 불통(不通)하여 하릴없이 그 자리에 비석처럼 서 있었더니, 촌민 수인(數人)이 다가와 우러르며 하온 말이,

미륵(彌勒)이 현신(現身)하여

(진양조)

"바람 앞에 촛불 켜고 목숨이라 불렀건만
산 너머 대붕(大鵬)이 날개를 편단 소식
폭풍 태풍 광풍이 불어 훅 하고 꺼버릴 줄
우린들 몰라 자식을 키우고, 꿈을 꾸고 버티었을까.

대붕 앞에 뭔가가 있어 바람이 자는구나
산맥(山脈)만 한 관세음보살 설벽 치고 드러누워
그 큰 풍파 다 막는구나 믿어 짐작하였거늘
우리 부처 미륵신이 어찌 겨우 요만한가.
사방 트인 초원 위에 천하대세 모진 바람
모두 막아서는 데는 혈혈단신(孑孑單身) 족(足)할런가.
홀로 선 저 작은 거인 사방(四方) 다 막고 지붕까지 이어
풍전등화(風前燈火)를 지키었네. 나무관세음보살(南無觀世音菩薩)이로구나."

(아니리)

하임이 말뜻 몰라 눈만 껌뻑 내다보니, 합장(合掌)하고 절하는 모양이 치성(致誠)인 줄은 알았더라. 맞절하고 이단에게 교신(交信)으로 아뢰온 말이, "일시 격퇴하였으되 재침(再侵) 방책(方策)이 전무(全無)하니, 자칫 이대로 서서 최후를 맞겠나이다."

(중모리)

동남쪽에 해가 올라 긴 그림자 짧아진다.
구름 편대 출격하여 백설 융단폭격이라
간밤의 포화는 덮여 있고, 백일색(白一色)이 만건곤(滿乾坤)

이나

남루한 난민촌은 어찌 우뚝 솟아 있나.
남천이 쿠글쿠글 비행기가 언뜻언뜻
패퇴한 남국 대병 지평선 다시 올라섰다.
보라 송골 승냥이 떼 멀리서 노려보니
언 심장이 바삭바삭 침을 꼴딱 삼키는데
대병이 일시 진격하고 굵은 폭격기 선회비행(旋回飛行)
성큼 다가서는 꼴이 우르르르 해일(海溢)이 일 듯
쩍 벌린 악어 턱에 도열(堵列)한 이가 선득한데
갑주(甲冑) 창검(槍劍) 다 버리고 맨몸으로 맞서 있네.
촌민이 둘러서서 근심 걱정 노심초사(勞心焦思)
새까맣게 태운 마음 거신 앙견(仰見)에 무응답이라.
“그간 참말 애쓰셨소 다음 생은 성불(成佛)하오.”
두 눈을 질끈 감고 악어(鰐魚) 턱[顎]을 바라볼 적,
해일이 우뚝 멈춰 서고 악어 턱이 허물어져
별안간 침묵이 초원을 휘감는데
북풍이 잔잔할 제 이단 타전(打電) 이른 말이,
“연합군 진격하여 집산이 휴전 수용이라.
지평선 저 너머에 국제 정세가 돌아섰네.”
눈물 섞어 하온 말에 하임의 굳은 결기
툭 하고 무너져내려

굵은 눈물이 뚝뚝뚝
목놓아 설리 울었더니
조종기 꺼진 거신이 스르르 왼손을 들어 올려
오른 어깨 해진 레이스 손바닥을 척 포개는구나.

설표 귀환

(중중모리)
얼씨구나 절씨구 국제 정세가 돌아왔네.
남국은 비행 금지 구역 연합군이 감시하고
집산은 실권(失權)하여 가택(家宅)에 연금(軟禁)이요,
이합은 낙향하여 개명 변장 사냥꾼 행세
국경선 회복하고 설표도 영역 찾아
벼랑을 후다닥 구르니 얼씨구나 지화자
거신은 트럭에 실어, 발 질질 끌고 옮겨
조사단이 물었으되 목격자 아무도 없고.
질질 끌린 자국이 초원에 선연하나
아무도 추적 않고 새 눈이 덮였구나.
조종석 뜯어내고 하임을 끄집어내어
직항으로 비행기 태워 집으로 돌려보내니

이웃이 알아보고 “어데 여행 다녀왔는가?”
말끔히 소제(掃除)한 집 온기가 따사롭다.
난민촌 다섯 엘사가 초원으로 달려나가
지평선 저 너머 다른 세상 닿았다 하니
지화자 좋을시구 국제 정세가 돌아왔네.
지엄한 만국공법 균세(均勢)가 호시절(好時節)이라.

(아니리)

궁섭 선생 첫 기일(忌日)에 산채 식구가 모여드니, 맨 앞줄 서있는 이 다름 아닌 공손지라. 하임을 끌어안으며 어깨를 쓰다듬을 적, 하임이 두 팔 뻗어 공손지 펼친 날개 보이는 듯 쓰다듬고, 양인이 의기로 투합하니 일평생 지음(知音)으로 남았더라.

(엇중모리)

중식이 식당 개업 번창하여, 이단 대장이 단골 되어 찾아오고

임시 조종사가 천하를 호령했단 소문이나, 지구는 나날이 뜨거워져 만년설이 녹아가니

그 뒤야 뉘 알리요, 어질더질.

작가 노트

판소리 SF를 쓰게 된 계기는 단순하게 말하면 내가 소리꾼 이자람의 팬이기 때문이지만, 창작자로서의 동기는 훨씬 복잡하다. 대부분의 창작이 다 그렇듯 이것도 아마 최초의 시도는 아니겠지만 적어도 내 손에 닿는 범위 안에서는 참고할 선례가 전혀 없는 시도였는데, 보통 이런 제약 조건은 팬심만으로 간단하게 극복되지 않는다.

내 오랜 연구 주제 중 하나는 '옛날 말', 특히 근대소설 이전의 말이다. 한국어로 글을 쓰는 소설가는 누구나 이광수나 김동인 같은 최초의 근대소설가들이 만든 목소리를 흉내 내게 되어 있다. 이 목소리는 서양 근대소설의 말을 일본 지식인들이 번역한 것을 유학생이던 조선 소설가들이 다시 번역한 것으로… 아무튼 자연 발생한 목소리가 아니고 인위적으로 만든 근대의 문체

다. 그게 딱히 불편하지는 않지만, 내가 하는 SF는 자주 언어의 문제가 되고, 그러다 보면 SF 작가가 늘 하듯이 말의 근원을 해체해야 할 때가 있다. 이 일을 하려면 근대 이전에 어떤 말이 있었는지를 알아야 하는데, 그중 제일 눈에 띈 게 판소리였다. 근대 이전의 말로 현대적인 스토리를 창작하는 소리꾼이 같은 시대에 활동하고 있으니 난데없는 만남이라고는 할 수 없다.

맨 처음 계획은 판소리의 장단을 가져오기보다는 운율 정도만 따올 생각이었는데, 쓰면 쓸수록 장단 자체가 운율이라는 사실을 외면할 수 없게 되었다. 그래서 할 수 없이 장단을 공부하고 운율을 다시 쓰고 단락마다 장단을 표시하기도 했는데, 그렇다고 이 이야기를 그대로 공연으로 옮길 수 있으리라 믿는 건 아니다. 다만, 어느 선까지는 판소리 자체에 가깝게 다가갈 수밖에 없고 또한 어느 선 이상으로는 나아가는 게 불가능한데(작창을 하지 않으므로), 그 중간 어딘가에서 선을 그었다.

또한 옛날 말의 질감을 재현하기 위해 한자어를 많이 썼다. 현대의 판소리 창작자가 되도록 현대어를 쓰려고 애쓰는 이유에는 완전히 공감하지만, 이 글의 목표가 그것과 반대여서 본문과 같은 선택을 했다. 모든 표현이 완전히 이해되지 않는 게 정상이니, 이야기의 흐름을 위주로 따라가기를 권한다. 가끔 소리 내어 읽다보면 운율이나 장단도 자연스레 살아날 것이다. 19세기의 질감으로 표현한 21세기의 이야기이므로(판소리 형식으로 바꾸기 전에 스토리를 미리 완성해두었다), 언어로 된 스팀펑크 같은 감각이 느껴진다면 틀리지 않을 것이다.

이 이야기는 2020년 11월 <오늘의 SF> 2호에 처음 실렸다. 중편소설 분량의 초고를 쓰는 데는 거의 8개월이 걸렸다(장편소설 초고는 3개월이 걸린다). 내가 써본 모든 글 중 가장 어려운 글이었고, 팬데믹이 아니었다면 시작하지 않았을 작업이다. 2020년에 집에 갇혀서 뭘 했느냐고 물으면 나는 이 일을 했다고 말할 것이다. 그러니 효율을 따지지 말고 천천히 읽어보기 바란다. 아무리 느려도 내가 쓸 때보다는 훨씬 효율적일 것이다.

홈, 어웨이

세 계절 동안 나는 슬럼프에 빠져 있었다. 소설은 원래 안 써지는 것이므로 세 계절의 공백이 그렇게 신기한 일은 아니었다. 다른 쪽 일이 잘 풀려서 생계가 곤란해지지도 않았고, 오히려 이제야 자리를 잡았다며 축하해주는 사람도 많았다. 소설이 안 써져서 걱정하는 사람은 나밖에 없었다. 나만 포기하면 내가 소설을 썼다는 사실을 기억해줄 사람도 남아 있지 않은 듯했다. 그래서 나는 절박해졌다.

글이 안 써지는데 왜 실연했을 때와 똑같은 상처가 느껴지는 걸까. 아마 연락이 끊어졌기 때문일 것이다. 닿을 방법이 없고, 적극적으로 움직여서 해결할 수 있는 문제가 아니라는 것을 알기에, 나는 방향을 잃고 어딘가를 맴돌았다. 구심점조차 없는 허탈한 방황이었다.

그때 한먼지가 말을 걸어주었다. 정말 실연이라도 당한 줄 알았다는 것이었다.

"그러게. 연애를 시작한 정황이 없는데 실연부터 당해서 이상하다 했지. 그런데 그깟 슬럼프라니. 인생의 황금기가 코앞인데."

이틀 뒤에 한먼지는 갑자기 생각난 게 있다며 저녁에 집으로 찾아가도 되느냐고 물었다.

"안 되지."

"그럼 9시에 갈게."

가끔 본명인 한민지로도 불리곤 하는 한먼지는, 현관에 들어서자마자 우리 집 식탁 위에 노트북 컴퓨터를 부산스럽게 꺼내놓았다.

"이걸로 한번 해봐. 내가 신기한 거 깔아놨는데 효과 본 사람이 많대."

"이게 뭔데? 슬럼프에 잘 듣는 약이라는 건가? 효과 본 사람이 소설가래?"

"어디 체육교육과 대학원생인데, 논문이 죽어도 안 써지더니, 이걸로 효과 봤대."

"뭐? 어디서 이상한 소리를 듣고 와서."

컴퓨터에 전원을 연결하고 패스워드 없이 첫 화면에 로그인한 뒤 한먼지는 서둘러 집으로 돌아갔다. 문이 닫히고 잠시 후

현관문 밖에서 한먼지가 소리쳤다.

"아, 유니폼은 흰 거래!"

분명히 그런 이야기를 들은 것 같았는데, 무슨 소리인지는 알 수가 없었다. 황급히 문을 열었지만 한먼지를 태운 엘리베이터는 이미 1층으로 내려가고 있었다.

나는 먼지가 폴폴 날리는 식탁으로 돌아왔다. 의자를 끌어당겨 잠시 모니터를 바라보다가, 바탕 화면에 딱 하나 있는 프로그램을 열었다.

그것은 좀 요란한 글쓰기 애플리케이션이었다. 프로그램을 시작하자 운동선수용 유니폼 두 벌이 보였다. 하나는 흰색이고 하나는 하늘색이었다. 한먼지가 시킨 대로 흰색을 고르자 빈 화면이 나왔다.

'어쩌라는 거야?'

다른 글쓰기 프로그램과 크게 달라 보이지는 않았다. 그런데 머릿속에 떠오르는 대로 '어쩌라는 거야?'라는 문장을 타이핑하자 난데없이 이상한 소리가 튀어나왔다. 환호였다. 스포츠 경기장의 환호. 무슨 종목인지는 알 수 없지만 누군가 득점을 했을 때 들릴 법한 소리. 아무 말이나 더 써 내려가보았다. 문장을 마칠 때마다 비슷한 소리가 터져나왔다. 가끔은 문장을 마치기 전에도 소리가 재생되었다. 쉼표를 찍을 때도, 따옴표를 닫을 때도, 재생이라는 표현이 다소 미안할 만큼 매번 다른 소리가 실감나게 울려퍼졌다.

노트북을 블루투스 스피커에 연결하자 환호성이 거실을 가득 메웠다. 문단 하나를 바꿨을 때는 꽤 긴 탄성이 터져나왔다. “아니, 이런 미친 연장은 어느 공장에서 납품받아오는 거야!” 느낌표와 따옴표가 겹치자 함성 가운데 휘파람 소리가 섞였다.

애플리케이션 설명을 찾아보았다. 코로나 시기, 무관중 경기가 계속되던 프로 스포츠 경기장에서 사용되던 음향 프로그램이 애플리케이션의 유래였다. 원래는 인공지능이 연결돼서 경기 상황에 따라 알맞은 소음을 만들어내는 용도로 사용되었는데, 글쓰기 애플리케이션이 되면서 인공지능 부분은 거의 생략되고 구두점에만 반응하게 개조한 버전이었다. 경기장 소음은 관중 없이 경기하는 선수들에게도 도움이 됐지만, 그보다는 경기 중계 화면을 실감나게 만드는 데 더 효과적이었다고 했다. 다 옛날 일이었다. 불필요한 설명을 굳이 덧붙여놓은 것을 보면 개발자들도 딱히 큰돈을 벌 생각은 없는 것 같았다.

한먼지가 돈을 주고 구했는지 무료로 다운받았는지도 알 수 없는 그 수상한 애플리케이션은, 당황스럽게도 꽤 효과가 있었다. 문학은 실연(實演) 개념이 없는 예술 장르고 소설가에게 현장이란 의도된 고립과 고독일 뿐이라 믿었던 나의 소설관은 그깟 함성 몇 번에 간단히 폐기되어버렸다. 잘한다 잘한다 응원 수십 번에 세 계절에 걸친 견고한 슬럼프도 허망하게 스러졌다.

맞춤법 검사기가 내가 쓴 문장에 빨간 줄을 긋자 나의 관중이 웅장한 목소리로 심판에게 야유를 퍼부어대던 순간에는 묘한 희열감마저 느껴졌다. 영어로 된 표현이었는데, 어느 농구 경기 해설자가 "심판이 썩 마음에 들지 않는다"는 뜻이라고 미화했던 그 말(Referee s***s)이었다. 자세히 들어보니 심판의 판정이 '퍽' 마음에 들지 않은 팬도 더러 있는 듯했다. 마침내 글이 절정 근처에 이르자 홈 관중이 만들어내는 묵직한 소음이 반 시간이나 끊이지 않고 이어졌다. 응원가가 나오지는 않았지만, 한 호흡에 결말까지 써낼 집중력과 긴장감을 얻기에는 그것만으로도 충분했다.

결국 나는 문학에도 오디언스가 필요하다는 점을 인정하지 않을 수 없었다. 결과물이 나왔으니까. 그렇게 써낸 소설의 제목은 '그늘의 가설'이었다. 현실의 독자들이 열렬히 지지해주지는 않았지만, '어라, 저 사람 아직 소설 안 접었네' 하는 인상을 심어주기에는 충분한 글이었다.

다른 누구보다 나 자신에게 중요한 자격 갱신이었지만, 나의 복귀를 눈여겨본 사람이 나 하나만은 아니었다. 나에게는 늘 서소희가 있었다. 서소희는 어벙하지만 투미하지는 않은 친구였다. 둘 다 입 밖으로 꺼낼 수는 없고 마음속으로만 담고 있어야 하는 말이었는데, 뭐가 더 안 좋은 말인지는 모르겠지만 아무튼 나쁜 뜻으로 새긴 말은 아니었다. 야무지지 못할 때가 자주 있기는 해도, 그리고 그런 순간이 종종 지면이나 화면에 담기기는 해도, 그 순간조차 서소희는 반짝반짝 빛났다.

문제는 서소희의 라이벌 의식이었다. 서소희는 나를 라이벌로 생각했다. 그래서 좀 당황스러웠다. 세상에 소설가가 둘만 있는 것도 아니고 딱히 내가 정점에 있는 것도 아닌데, 굳이 라이벌이라면 작가는 다 라이벌이지, 유독 나만 콕 집어서 경쟁을 할 이유가 뭐란 말인가. 순위표가 나오는 경쟁 종목도 아니고.

물론 스토킹처럼 해로운 경쟁의식은 아니었고, 나도 서소희를 꽤 좋게 생각하는 편이었으므로 불편하거나 위협을 느끼지는 않았다. 그저 대하기가 조금 어색했을 뿐이다. 어느 날에는 서소희에게 다가가 먼저 말을 건네는 꿈을 꾸었는데, 그 꿈에서조차 나는 오른발과 오른손이 동시에 앞으로 나가는 이상한 걸음으로 걷고 있었다.

내가 오랜만에 써낸 「그늘의 가설」은 서소희에게도 적지 않은 자극이 된 모양이었다. 서소희는 심지가 아주 강했다. 정의감으로 자주 불타오르는 성격이었는데, 까맣게 탄 재조차 꼿꼿하게 서 있다가 누가 물만 부어주면 21일 뒤에 다시 원래 모습대로 돌아갈 것 같은 사람이었다. 다만 심하다 싶을 만큼 과작(寡作)하는 작가였다. 언젠가 혜성처럼 나타났던 서소희는 혜성처럼 오래 잠잠했다. 돌아오는 주기가 하도 길어서 어떤 사람들은 서소희의 이름이 서소희였는지 소서희였는지 헷갈렸다. 이

메일 주소 탓인지 소소희로 기억하는 사람도 더러 있었는데, 왠지 서서희라고 주장하는 사람은 아무도 없었다.

그런 서소희가 슬럼프에 빠졌다는 이야기를 들었을 때, 나는 마시던 커피를 모니터에 뿜었다. '슬럼프가 작법인 줄 알았는데!' 표현은 그랬지만, 서소희를 대하는 나의 마음은 언제나 존중에 가까웠다. 측은지심도 조금 섞여 있었다.

"서소희한테도 그거 통할까?"

나는 전화기 너머 한먼지에게 조심스럽게 물었다.

"야, 내가 갖다줄 때는 무슨 약장수 보듯이 눈을 깔더니, 아주 전도사 다 되셨어."

"설명도 없이 대뜸 보따리부터 풀어놓으니까 그렇지. 그리고 누구라도 도움받으면 좋잖아."

"만병통치약이냐? 내가 딱 봐서 너한테는 먹힐 것 같으니까 구해온 거지, 아무한테나 갖다준 줄 아나."

"서소희한테는 어떨 것 같아?"

"나야 모르지. 서소희가 누군지 정확히 기억하는 사람도 너밖에 없을걸. 나는 그 친구 얼굴보다 그림자가 더 선하다."

"한번 써보라고 할까?"

"자연스럽게 다가갈 수 있으면 그래보든지. 직접 만나서 이야기할 거면 나도 불러줘라. 멀리서 구경하게."

키득거리는 소리가 들려왔다.

"하아, 너는 창작의 고통을 몰라."

"알거든요. 이 하찮은 소설가 나부랭이, 늪에 빠져서 나부랭 나부랭 울고 있는 거 건져줬더니 어디서 에헴질이야?"

다음 날 서소희에게 전화를 걸었다. 최대한 조심하자, 마음에도 없는 장난 따위 절대 나오지 않게 따뜻하고 정성스럽게 대하자, 밤새 다짐했다.

"저기, 소소하게 할 말이 있어서 전화했는데."

너무 많이 다짐했더니 금기어가 그대로 튀어나와버렸다. 나는 전화기를 안 든 손으로 입을 탁탁 치는 시늉을 하며 본론을 이야기했다.

"슬럼프에 잘 듣는 약이 있는데 한번 먹어볼래?"

말을 마치자 식은땀이 흘렀다. '이건 또 뭔 헛소리야. 농담을 시도하지 말라고. 차라리 그냥 본론만 말하라고. 아, 얘 대하는 건 왜 이렇게 어색할까.'

다행히 서소희는 활활 불타올랐다. 심지 곧은 라이벌의 푸른 불꽃이었다. 약이든 독이든 뭐든 삼켜버릴 듯 뜨거운 불길에 전화기까지 다 화끈거렸다. 진심을 전하는 데는 실패했지만, 결과적으로 약을 파는 데는 성공한 것 같았다.

'어쨌든 먹고 나으렴.'

최대한 건조하게 애플리케이션 구하는 법을 알려준 다음 전화를 끊었다. 한먼지에게 들은 내용을 그대로 전하는 거여서 거의 낭독이나 다름없었다. 그런데 끝인사가 문제였다.

"서서히 나아질 거야. 안녕."

전화를 끊자마자 베개로 달려가 얼굴을 파묻었다. 서소희라는 이름의 주인이라면 아무리 존재감이 없어도 최소 구천 번은 들었을 말이었다.

서소희가 애플리케이션을 사용했는지는 알 길이 없었다. 워낙 과작이라 언제가 슬럼프고 언제가 준비 기간인지 가늠할 수도 없었다. 작품이 나온다고 해도 애플리케이션의 영향인지 아닌지 판별하기도 어려울 것이다. 최선을 다했으니 잊고 기다리는 수밖에 없었다. 진심이 전해졌기를. 그럴 것 같지는 않지만.

한 계절이 지나고, 나는 칼럼 하나를 썼다. 혼자 하는 장르처럼 보이지만 소설도 결국 협업의 예술이고 예술에는 역시 오디언스가 필요하다는 내용이었다. 칼럼 제목은 '홈 어드밴티지'였다. 칼럼을 읽던 한먼지가 숟가락을 내려놓으며 물었다.

"야, 홈 어드밴티지면 원정팀은 불리한 거지?"

"그렇겠지. 그런데 우리는 다 연고지가 같잖아. 누구나 홈팀이지."

"그런가? 그거 생각난다. 그 애플리케이션 시작 화면."

"유니폼 고르는 거?"

"어. 홈팀 유니폼이 하얀색이잖아. 그게 원정팀이 며칠간 집을 떠나 있는 상황이라, 운동복 더러워진 거 세탁하기가 어려워서 그런 거래. 지금은 아니지만, 옛날에는 그랬대. 흰옷 빠는 건 홈팀이 유리하잖아."

"아, 그렇구나. 근데 뭐라고?"

"뭐가? 흰옷. 빨래. 홈팀. 왜, 뭐, 왜?"

이상한 생각이 머릿속을 스쳐 지나갔다. 눈치 빠른 한먼지가 다시 물었다.

"설마 유니폼으로 홈팀 원정팀 설정 고르는 거라는 사실을 몰랐던 건가?"

"내가 그걸 어떻게 알지?"

"그걸 모른 너는 어떻게 홈팀을 골랐지?"

"한먼지 씨가 유니폼은 흰색이라고 온 동네에 다 들리게 소리를 쳤으니까?"

"잠깐, 원 미닛. 김은경 씨, 당신은 서소희에게 그 내용을 소리쳐 전달했습니까?"

"아니요."

"저런. 애플리케이션의 원정팀 유니폼은 무슨 색이었습니까?"

"하늘색입니다."

"그럼 서소희 씨의 교복 색깔은 무엇입니까?"

"서소희 씨가 즐겨 입는 옷의 색상을 말씀하시는 거라면, 파랑입니다. 네이비일 때도 있고, 바다색일 때도 있습니다. 혹은 청록, 아쿠아마린, 코발트블루…”

“지금 하늘색만은 절대 아니라고 주장하시는 겁니까, 김은경 씨?”

말문이 막혔다. 아직 때가 아닌데, 지나온 인생이 주마등처럼 스쳐 지나갔다.

“원정팀으로 설정하면 어떻게 되는 거지?”

한먼지에게 물었다. 한먼지가 모르겠다는 의미로 고개를 저었다. 식당 텔레비전 화면 속 짙은 색 옷을 입은 투수도 고개를 가로젓고 있었다. 그러더니 갑자기 1루 베이스 쪽으로 견제구를 던졌다. 흰옷을 입은 주자가 재빨리 1루로 미끄러져 들어가고, 역시 흰옷을 입은 타자는 타석에서 한심하다는 듯 방망이를 휘휘 돌렸다. 동시에 관중석에서 야유가 쏟아져나왔다. 정확히는 안 들려도 조금 전 투수의 행동을 비난하는 말 같았다.

“저 투수가 지금 원정팀인 거지?”

“아마도.”

“아까부터 숨만 쉬어도 괜히 욕먹고 있는 저 사람이 말이지.”

집으로 돌아가 글쓰기 애플리케이션을 실행해보았다. 첫 화면에서 하늘색 유니폼을 고른 뒤 「그늘의 가설」을 그대로 다시 타이핑했다. 나는 큰 충격을 받았다. 제목을 옮겨 적는데 벌써 ‘그늘의 각설이냐?’라는 말이 수천 관중의 야유 사이에서도 또렷하게 들려왔다.

'소희야!'

많이 간소화했다는 경기장 음향 프로그램의 인공지능 부분은 원정팀으로 설정했을 때 훨씬 탁월한 성능을 보였다. 환호보다는 야유에 더 많은 창의력을 할당한 모양이었다. 오자를 내거나 백스페이스만 몇 번 건드려도 때를 놓치지 않고 터져나오는 꼼꼼한 야유였다.

나는 거의 울먹이는 얼굴로 망연자실 창밖을 바라보았다. 서소희의 집이 어느 방향에 있는지는 알 수 없었다. 엄마 집이 어느 방향인지도 모르는데 서소희의 집을 어떻게 안단 말인가. 하지만 창밖에 반짝이는 수많은 불빛을 바라보며 나는 진심으로 머리 숙여 사죄했다.

'나는 너에게 지옥에서 온 라이벌이 될 운명이었나 봐. 그래, 이제 나도 받아들일게. 이것이 나의 숙명이라면!'

서소희가 애플리케이션을 사용했는지, 했다면 정말로 원정팀으로 설정하고 사용했는지는 영영 알 길이 없었다. 다만 혜성처럼 뜸하게 돌아오는 서소희의 다음 작품에는 어쩐지 서슬 퍼런 독기가 스며 있었다. 혜성의 꼬리에 청산가리의 원료인 시안이 포함되어 있듯. 그리고 그것은 지옥의 원정 경기를 승리로 장식하고 돌아온 자만이 품을 수 있는 맹독이었다.

내 마음을 아는지 모르는지 제목도 '휴일의 독살'인 서소희의 소설 마지막 페이지를 넘기며 나는 속으로 절규했다.

'소희야, 그래도 슬럼프는 탈출했구나. 나는 그거면 됐어. 흑흑.'

작가 노트

이 글은 2021년 서울국제도서전에서 제작하고 배포한 '리미티드 에디션'에 수록된 소설이다. 그해 도서전의 주제는 '긋닛 Punctuation'이었다. 멈춤과 이어짐, 마침표와 쉼표를 뜻하는 말인데, 2020년의 팬데믹으로 멈춘 것 같았던 창작 활동과 이듬해부터 시작된 회복에 관한 이야기다.

팬데믹이든 아니든 소설은 실연이 없는 예술 장르다. 챙겨 보는 독자가 있다는 사실을 머리로는 알지만, 작가가 만남의 현장을 경험할 기회는 매우 드물다. 북 토크에 가면 독자를 만날 수 있지만, 그때는 창작이 이미 다 끝난 뒤다. 2020년 내내 집에 틀어박혀 「임시 조종사」를 쓰던 시절에는 내가 무언가를 힘들게 써내면 누군가 그 자리에 추임새를 넣어주면 좋겠다고 생각하기도 했다.

소설은 별과 같아서, 지금 독자의 손에 들려 있는 이야기는 이미 몇 년 전에 작가의 책상을 떠난 것들이다. 소설집에 실린 단편소설들은 별자리처럼 한데 모여 있는 것 같지만 실은 하나하나가 다 다른 시간에 최초의 빛을 뿜어내기 시작했다.

그래도 작가는 홈 경기장에서 환호를 받으며 글을 쓰는 장면을 자주 상상한다. 우리는 그렇게밖에는 만날 수 없지만, 밤하늘의 별과 우리도 그렇게밖에는 못 만난다. 그러다 어디선가 늦은 추임새라도 들려온다면, 작가는 이야기가 건너간 시공간의 범위를 가늠하고 마치 은하를 가진 것처럼 가슴 설렐 것이다.

절반의 존재

"사고가 있었어요. 아주 끔찍한 사고. 비행기가 추락했고 사람이 많이 죽었죠. 저도 몸의 반을 잃었고요."

지하임은 담담한 목소리로 말을 이어갔다. 출근길 라디오에서 들은 사건 이야기를 직장 동료에게 전하듯 감정이 실리지 않은 말투였다.

"너무 남 이야기하듯 말해서 좀 그렇죠? 기억이 전혀 없으니까요. 물론 어떤 상황이었는지는 상세하게 알고 있어요. 굳이 자세히 설명하지 않을 뿐이에요. 직접 기억하는 일도 아니고요. 아무튼 그 사고 때문에 이렇게 됐어요. 신체의 잃어버린 절반을 기계로 바꾼 거죠. 별로 특이한 일도 아니죠?"

나는 지하임의 눈을 가만히 들여다보았다. 말문이 막혀버린 사실을 숨기기 위해서였지만, 애초에 숨길 수 있는 당혹감은 아니었다.

“그런 일이 있었군요.”

나는 아무 의미 없는 말을 내뱉었다. 계속 이야기하라는 의미였다. 지하임이 말했다.

“그러니까 너무 마음 쓰지 마세요. 그리고 묻지도 않으셨는데 먼저 이런 말 꺼내서 죄송해요. 우리도 이제 친구가 됐다고 생각해서 한 말이었어요. 사이가 가까워지면 묻지 않아도 언젠가는 답을 해야 하는 질문이라는 게 생기잖아요. 영영 안 물어보실지도 모른다고 생각은 하지만. 그래도 말하고 싶었어요.”

“고마워요. 그렇게 말씀해주셔서.”

“저도 고마워요.”

하지만 지하임의 존재는 그렇게 간단히 정리하고 넘어갈 수 있는 것이 아니었다. 신체의 반이나 그 이상을 기계로 대체한 사람을 만나는 일이야 흔했지만, 지하임의 경우는 정말로 특별했다. 아니, 어떻게 그게 가능하지?

“사람이라고 하기는 그렇잖아. 내가 특별히 편견이 있는 게 아니라.”

회사 동료들은 그런 편견 섞인 말을 하며 지하임을 경계했지만, 나에게는 그럴 만한 여유가 없었다. 사람이면 어떻고 아니면 또 어떤가. 일 처리가 기가 막히게 깔끔한데. 게다가 지하임은 나에게 은인이나 다름없었다. 지하임은 최상급 번역자였는데, 그 무렵의 나는 지하임 없이는 일을 할 수가 없었다. 할 수야 있겠지만 그 속도로 일을 끝낼 방법은 없었다. 그래서 우리는 점점 더 가까워졌다. 지하임의 존재 양태를 정의하는 일 같은 것은 시도할 생각조차 하지 않았다. 따지고 보면 그것도 일 아닌가. 고객이 의뢰하지도 않은 일을 내가 먼저 찾아서 할 필요는 없지 않은가. 그게 지하임에 대한 내 입장이었다.

그렇게 세월이 흘렀다. 반년 전 맨 처음 사고 이야기를 꺼냈을 때보다 한층 대하기가 편해진 지하임이 내 사무실로 찾아왔다. 금요일 퇴근 시간 직전이었다.

"저 내일 부모님 만나러 가요."

그 말을 듣자마자 내 얼굴에서 다시 웃음기가 싹 사라졌다. 반년 만에 느끼는 당혹감이었다. '역시 이 관계는 대충 덮고 넘어갈 수 있는 게 아니었어.' 지하임에게 내 마음이 전해지지 않았기를 바라며 머뭇머뭇 입을 뗐다.

"부모님이 있었군요." 멍청한 말이었지만 그렇게밖에 반응할 수 없었다. 지하임은 내 책상 앞에 놓여 있는 의자에 앉았다. 지하임은 앉는 것을 좋아했고 그 의자를 특히 편하게 여겼다.

"네, 부모님이 있었죠. 두 분 다, 뵙는 건 몇 년 만이에요."

"왜요?"

"가정 파탄이라고 해야 하나. 제 사고 때문에요. 두 분은 이혼

하셨고, 저하고도 만나지 않으시고, 세 식구가 뿔뿔이 흩어졌어요. 남남으로. 저는 별로 슬프지 않으니까 위로하실 필요는 없어요. 이것도 그 사고처럼 아무 감회가 없거든요. 그래도 책임 같은 건 느끼고 있어요. 지하임이라는, 저의 존재에 대해서요. 가만히 생각해보면 슬픈 일인 건 맞잖아요."

나는 하던 일에서 완전히 손을 떼고 자세를 고쳐 앉았다. 지하임의 이야기에 집중하기 위해서였다. 지하임이 내 의도를 알아채고는 마찬가지로 바른 자세로 고쳐 앉았다. 어쩐지 만족스러워 보이는 몸짓이었다. 우리는 친구니까.

사고 이전의 일은 기억도 없고 감흥도 없다는 지하임에게도 부모님과의 만남은 결정적 장면인 게 분명했다. 묻고 답하는 일을 더는 뒤로 미룰 수 없게 된 시간. 다른 사람과 나누는 문답이든 자문자답이든.

지하임이 본격적으로 고민을 쏟아냈다.

"먼저 현장에 도착한 건 아빠였어요. 병원에도 마찬가지였고요. 안세미 씨는 외국 출장 중이어서 사고 소식도 늦게 들었고 병원으로 온 것도 훨씬 나중이었대요."

"안세미 씨는, 어머님?"

"네, 말하자면. 그런데 안세미 씨는 어머니로 불리기를 거부하셨어요. 저를 인정하지 않으신 거죠. 아빠는 받아들인 셈이고요. 두 분이 헤어지신 건 그것 때문이었어요. 사실 두 분 말씀을 들어보면 안세미 씨 입장이 더 설득력이 있어요. 아빠는 상황을 받아들인 쪽이 아니라 상황을 이렇게 만든 분이었거든요. 뒤늦게 상황을 받아들여야 했던 건 안세미 씨 쪽이었고요."

"'이렇게'라는 건?"

지하임이 손으로 자기 몸을 가리키며 대답했다.

"이렇게요. 사라진 부분을 기계로 바꿔서 살려냈다고요."

"아."

"몸이 반쪽밖에 안 남아 있었어요. 나머지 반은 찾을 수가 없었죠. 아예 없어졌을지도 몰라요. 그냥 잃어버린 걸지도 모르고요. 비행기에서 떨어졌으니까. 하여간 그때 이야기는 말로 하면 너무 끔찍해져요. 저는 아무 감흥도 없는데도요. 아무튼 그 남은 반을 아빠가 현장에서 직접 확인했어요. 바지를 알아봤거든요."

"저런."

"아빠도 충격이 이만저만이 아니었을 거예요. 판단력이 흐려졌을 수도 있고요. 그랬을 거라고 봐요. 너무 이상한 결정이었으니까. 남은 반을 살리기로 한 결정 말이에요. 보통 이쪽 반은 안 살리니까."

"그렇죠."

"비이성적이지만 그렇다고 틀린 결정은 아닐 거예요. 그 비이성적인 사랑이나 상실감을 근거로 내린 결정일 테니까. 하지만 안세미 씨는 그렇게 살아난 저를 받아들일 수가 없었어요. 상반신이 기계로 대체된 절반의 자식이라니. 더 끔찍한 게 뭔지 아세요? 저한테는 지하임의 기억이 없었어요. 그래서 초면에 멀쩡하게 안세미 씨에게 말을 건넸죠. 그렇게 만들어졌으니까. 지하임의 남은 반쪽은 아직 움직이지도 못하는데 잃어버린 반쪽을 대체한 기계는 술술술 말을 하고 있었던 거예요. 얼마나 싫었겠어요. 괴물 같지 않았을까요? 딸의 신체를 강탈한 기계 괴물."

나는 누가 봐도 기계로 보일 지하임의 얼굴을 바라보며 조심스럽게 물었다. 상체가 로봇이고 하체가 사람인 매우 희귀한 안드로이드.

"그래도 그, 뭐라고 하면 좋을까요, 그 원래 지하임 씨와 전혀 다른 인격으로 만들어진 건 아니시죠?"

"저요? 그럼요. 저를 만든 사람들도 최대한 원본을 흉내 내려고 노력했겠죠. 그런데 그런 차원의 문제가 아니었어요. 존재의 본질이 어디에 깃들어 있나 하는 문제였죠. 상반신일까요, 하반신일까요? 안세미 씨가 오열할 때 그분 눈이 향한 곳은 제 다리였어요. 인간 지하임의 남아 있는 절반이요. 그러면서도 하반신에 인간 존재의 본질이 담길 수 있다고 생각하지는 않으셨죠. 즉각적이고 단호한 판단이었어요. 눈물을 닦고, 실험실인지 병실인지, 방 밖으로 나가자마자 안세미 씨가 아빠한테 소리쳤어요. 왜 저런 흉물을 달아놨느냐고. 이게 무슨 짓이냐고."

"흉물 아니에요!"

나는 다행히 가장 빠른 타이밍에 위로의 말을 건넬 수 있었다. 반사신경으로 한 일이었다. 지하임은 고개를 끄덕여 감사를 표하고는 하려던 말을 이어갔다.

"이대로 평생 모르는 일로 하고 살아가도 그만이죠. 지금의 저와는 상관없는 일이니까. 저는 그냥 잘 살 거예요. 그런데 그럴 수가 없었어요. 이건 언젠가 대답해야 하는 질문이거든요. 내 존재의 본질에 관한 물음이니까. 오래 생각해봤는데, 지하임에게는 그 두 사람의 생각이 중요하겠더라고요."

"그렇겠죠, 아무래도."

"네. 제가 먼저 두 분께 연락드렸어요. 만나자고. 그래놓고는 오후 내내 다리가 후들거리는 거 있죠. 그래서 부탁드리려고요. 괜찮으시면…"

"같이 가줄까요, 내일?"

지하임이 크게 고개를 끄덕였다. 가슴이 벅찬 얼굴이었다.

세 사람의 재회는 드라마처럼 극적이지는 않았다. 지하임의 부모는 서로 30미터쯤 떨어져 앉아 있었다. 인조 잔디가 깔린 운동장의 관중석 위였다. 나는 안세미 씨로부터 10미터쯤 떨어진 곳에 앉았다. 지하임의 아버지는 더 멀리 떨어져 있었다.

우리는 인사도 하지 않은 채 말없이 아래를 내려다보았다. 운동장 둘레에는 주황색 육상 트랙이 깔려 있었다. 열 명 남짓한 사람들이 시계 반대 방향으로 트랙을 돌았다. 방향은 같았지만, 속도는 저마다 다 달랐다.

그중 한 사람, 눈에 띄게 잘 달리는 사람이 있었다. 트랙에 있던 사람들이 깜짝 놀라 그쪽을 돌아보았지만, 얼굴을 확인하고는 이내 이해했다는 표정을 지었다. '아, 로봇이구나.' 그러고는 다시 의아한 듯 고개를 갸웃했다. '로봇은 운동을 안 해도 되잖아!'

지하임은 운동선수처럼 달렸다. 아니, 지하임의 두 다리는 실제로 육상선수의 다리가 맞았다. 숨이 차지 않는 기계로 된 상체 때문이기는 했지만, 그렇다고 아무나 지하임처럼 달릴 수 있는 것은 아니었다. 성큼성큼 거침없이 내딛는 지하임의 한 발 한 발은 한참을 보고 있어도 지루하지 않았다. 넓은 보폭과 폭발적인 힘, 그리고 강인한 지구력.

사람이 달리는 광경이라니. 신기할 게 하나도 없는 장면이었지만, 저렇게 달리는 존재를 보는 것은 전혀 다른 얘기였다. 그것은 순수한 경이로움이었다. 단순하기에 누구나 알아볼 수 있는 압도적인 탁월함 같은 것.

회사에서도 지하임은 그런 사람이었다. 늘 부지런하게 사무실 여기저기를 헤집고 다니는 친구. 직접 가서 확인하고 무슨 일이 생기면 언제든 맨 먼저 현장에 가 있는, 흔히들 말하는 발로 일하는 전문가. 그래서 같이 일하는 동료들까지도 금방 활기차게 만드는, 기분 좋은 존재감을 지닌 이.

지하임의 부친이 살려내기로 한 것은 지하임의 그런 존재감이었을 것이다. 저런 경이로운 질주를 10년 넘게 보아온 부모라면 자연스럽게 도달할 수 있는 결론이었다. 안세미 씨는 끝내 동의하지 않았지만.

지하임은 한사코 자신을 부인하는 안세미 씨에게 무력시위를 하듯 달리고 있었다. 남아 있는 내가 따님의 본질이 아니어서 미안합니다. 뇌가 아니어서 죄송해요. 두 다리일 뿐이어서. 어쨌거나 나는 살아남아버렸고, 이 두 다리로부터 새로운 삶이 시작되었어요. 상체를 차지한 나는 나대로 인생을 살아갈 거고 당신에게 발이 묶이고 싶지는 않아요. 나는 이제 어디로든 갈 수 있거든요. 하지만 나는 당신을 두고 떠나지 않을 거예요. 이 보잘것없는 절반의 존재로부터, 나는 지하임이 되었거든요. 그리고 이제는 자신 있게 말할 수 있어요. 지하임이 남긴 절반은 그렇게 보잘것없는 존재가 아니었다는 사실을. 보세요! 이렇게 굉장하잖아요. 이게 지하임이라고요. 나를 어떻게 받아들이시든…이라는 의미가 담긴 매우 과격한 항변.

나는 그렇게 상상했다. 안세미 씨의 표정을 살피지는 않았으니 그가 무슨 생각을 했는지는 알 수 없었다. 그래도 하나만은 분명했다. 우리 세 사람은 세 시간 동안이나 꼼짝도 하지 않고 스탠드에 앉아 있었다. 지하임 또한 세 시간 내내 달리기를 멈추지 않았다. 우리는 그렇게 오후 한때를 함께 보냈다. 그림자가 실없이 길어져, 단단히 숨겨둔 각자의 감정이 와르르 바닥에 쏟아져내리기 직전까지.

텅 빈 운동장에 혼자 앉아 있는 지하임에게로 다가가면서 내가 말했다.

"두 분은 귀가하셨어요. 따로따로. 별말씀은 없으셨고요."

"그럴 것 같았어요."

"잘했어요. 최고였어요."

"고마워요."

"저, 그런데 괜찮겠어요? 마사지라도 해드릴까요?"

그러자 지하임이 웃으며 말했다.

"그래 주시면 평생 은인으로 모실게요. 사실 저 지금 진짜 한 걸음도 못 걷겠거든요."

우리는 목을 젖히고 깔깔대며 웃었다. 뭐가 그렇게 신났는지는 알 수가 없었다.

작가 노트

2020년 3월 〈한겨레〉 ESC 섹션의 〈손가락 소설〉 지면에 맨 첫 번째 순서로 수록된 이 소설은 발상 과정을 떠올리기가 쉽지 않은 글이다. 소위 '문학 지면'이 아닌 짧은 분량의 지면에 수록될 글은 평소보다 가벼운 마음으로 과감하게 접근하는 경향이 있기는 하지만, 이 소설이 던지는 질문은 단순히 이 맥락에서 이해하기에는 다소 무겁다. 나는 좀비 이야기를 즐기지 않고 쓰지도 않는데, 신체가 해체되거나 죽은 몸이 생명 없이 움직이는 이야기에 강한 거부감을 느끼는 탓이다. 물론 이 소설이 좀비물은 아니지만, 아무튼 평소에 거의 하지 않는 방식으로 구성한 이야기인 건 분명하다.

아마도 이 소설의 구상 과정에는 몇 단계의 사고 과정을 한 번에 건너뛰는 창의적인 비약이 작용했을 것이다. 그 결과 이 이야기는 SF에서는 흔하디흔한 '신체의 절반을 기계로 대체한 사람'의 서사를 새로운 관점에서 바라보게 한다. 하지만 내가 왜 이 이야기를 하게 되었는지 알 수 없기는 마찬가지이므로, 소개는 그만두고 나머지는 독자의 손에 맡긴다.

알람이 울리면

손등에 내린 눈이 차가웠다. 기분 나쁜 한기는 아니었다. 오히려 금방 녹아 없어질 눈송이가 애처로웠다. 우리는 자주 불안해했지만 불온해질 만큼 깊이 파고들지는 않았다. 그게 무엇이든.

"장갑 껴."

깊이 생각하지 않고 아내의 말에 따랐다.

한겨울 이른 밤공기가 포근했다. 키 큰 나무들 뒤로 그보다 훨씬 큰 빌딩들이 하늘을 가리고 늘어서 있었다. 유리로 된 건물 외벽에 석양이 반사됐다. 시선 닿는 곳마다 어디는 저녁이고 어디는 낮이었다. 어떤 눈송이는 오후로 떨어지고 어떤 눈송이는 밤으로 들어섰다.

"진짜 안 탈 거야? 가만히 서 있으면 추울 텐데."

내가 고개를 가로젓는 걸 보고 아내는 어깨를 으쓱하며 아이스링크 쪽으로 갔다. 사람이 꽤 많았지만 파묻힐 정도의 인파는 아니었다. 나는 아내가 사물함 앞에서 스케이트를 갈아 신는 모습을 확인하고 아이스링크 주변 풍경으로 눈을 돌렸다. 공원 여기저기에 오밀조밀 들어선 간이 매장의 조명 몇 개가 뾰족하게 시야에 꽂혔다. 도넛 냄새가 날카롭게 파고들었다. 반죽에 든 시나몬 향과 따끈하게 데워진 설탕 냄새였다. 왠지는 모르겠지만, 시내에서 두 번째로 맛있는 도넛 가게의 팝업 스토어라고 했다. 굳이.

동물 모양을 한 묵직한 가죽 커버 수첩 파는 곳을 지나, 크리스마스트리 장식과 털실로 짠 모자와 장갑을 파는 가게 옆, 도넛 가게로 다가갔다. 반죽을 넣으면 알아서 도넛을 구워내는 기계가 재미났다. 작동 원리가 다 보이는 투박한 기계를 보고 있으니 마음이 편안해졌다. 도넛 가게 앞에 선 사람들의 눈빛도 마음에 들었다. 기대에 찬 눈이었다. 거기까지가 전부 빤히 보이는 작동 원리인 듯했다. 행복이라는 감각의 작동 방식.

아내가 있는 쪽으로 눈을 돌렸다. 아내에게 던지는 질문이었다. 아내는 도넛이 먹고 싶을까? 서로가 인파에 파묻혀 있어 그 질문은 전해지지 않았다. 아이스링크 밖에는 사람이 많았다. 스케이트를 타지 않기로 한, 객석을 선택한 사람들의 자리였다. 그 사람들의 시선이 모두 정빙기로 향했다. 정빙기는 이제 막 아이스링크를 빠져나가는 참이었다.

잠시 후 휴식 시간이 끝났다는 안내 방송이 나왔다. 그것을 출발 신호로, 휴식 장소에서 대기하고 있던 사람들이 얼음 위로 쏟아져나왔다. 선두에 선 네댓 명이 앞으로 치고 나가 빙판 위에 타원 궤도를 만들었다. 뒤이어 나온 사람들도 모두 그 뒤를 따라 돌았다. 시계 방향으로 빙글빙글.

문득 위화감이 느껴졌다. 뭐가 잘못됐는지는 알 수 없지만 더할 나위 없이 완벽해 보이는 연말 어느 날의 공원 풍경에는, 분명 안 맞는 부속이 들어 있었다. 나는 아이스링크를 가만히 바라보았다. 하지만 아무 문제도 발견할 수 없었다.

다음 정빙 시간에 맞춰 도넛을 샀다. 난간 너머로 아내에게 도넛을 나눠주고는 다음 쉬는 시간까지 장터를 구경했다. 냉장고에 붙일 순록 모양의 마그넷과 손수 만들었다는 팝업 카드를 샀다.

아내가 나올 때쯤에는 손발이 차가웠다. 버스 정류장까지는 종종걸음으로 갔다. 집으로 돌아와 따뜻한 물에 손발을 녹이고 파묻히듯 침대에 몸을 누이자 한 사흘은 풀려나지 못할 침대의 마법이 느껴졌다.

그런데 막 잠이 들려는 순간, 아무 문제도 없이 완벽하게 돌아가던 공원 풍경에서 어떤 부품이 잘못 돌아가고 있었는지가 떠올랐다. 시계 방향. 빙판 위를 미끄러져 가던 사람들의 궤도.

'오른쪽으로 커브를 도는 스케이트장은 없어.'

모든 트랙은 반시계 방향으로 돌게 되어 있다. 육상도 사이클도 마찬가지다. 오른발잡이가 일찍 득세한 세상의 규칙이다. 오른쪽 다리 힘이 더 센 사람은 왼쪽으로 도는 편이 한결 수월하다.

새벽에 갑자기 잠이 깼다. 한기로 가득한 방에서 깨어나는 꿈을 꾼 탓인지, 제대로 정신이 들었을 때는 목덜미에 식은땀이 흐르고 있었다.

'프로도 아니고, 반대로 돌 수도 있지 뭐. 맨 앞에서 타던 애들이 헷갈렸나 보지.'

욕실에서 땀을 닦고 거실 소파에 드러누웠다. 소파 표면에 살짝 묻은 차가운 감각이 기분 좋게 등으로 전해졌다. 밖은 어두웠다. 탁자 위에 놓여 있던 노트북 컴퓨터를 열자 화면에서 빛이 새어 나왔다. 음모를 꾸미기에 딱 적당한 조명이었다.

그래서였을까. 검색창에 '스케이트'를 입력했다. 검색 결과 중 '이미지' 항목을 선택하자 스케이트 신발 광고 사이로 선수들의 경기 사진이 여럿 보였다. 오른쪽으로 커브를 돌고 있는 선수들. 올림픽 쇼트트랙 결승전 영상을 클릭했다. 시계 방향으로 도는 경기였다. 좌우가 반전된 영상이 아니었다. 글씨나 국기 모양 모두 내가 기억하는 그대로였다.

'이게 왜 이러지? 이러면 안 되는데.'

그 생각을 하자 갑자기 졸음이 밀려왔다.

'무슨 소리야, 방금 깼는데?'

아침에 눈을 떠보니 거실 소파 위였다. 주방 쪽에서 커피 냄새가 났다. 커다란 창문으로 들어온 햇살이 거실에 비좁게 내려앉았다. 해가 중천에 걸린 모양이었다. 정신이 번쩍 들었으나, 곧바로 연말까지 휴가라는 사실이 떠올랐다.

주방 쪽에서 아내의 목소리가 들렸다. 아내는 내 휴가에 맞춰 재택근무를 하기로 했다. 상대방 목소리가 뭉개져 들리는 것을 보니 원격 회의를 하는 모양이었다. 아내의 목소리는, 연말에 하는 회의치고는 꽤 사무적이었다. 마지막까지 느슨해 보이지 않으려는 목소리였다. 누구와 대화하는지 알 것 같았다. 틈을 내주면 반드시 비집고 들어와 게으름을 피우는 사람. 이름도 얼굴도 모르지만, 아내의 회사에는 그런 사람이 있었다. 어디에나 있는 사람이 거기에도 어김없이 있었다고 하는 편이 맞을지도 모른다.

"사실적인 게 꼭 진실에 가까운 건 아니라니까요. 왜는요? 더 가까이 접근하는 방법이 있으니까 그렇죠."

아내는 또 스토리 생성기 이야기를 하고 있었다. 동면 중인 사람의 의식을 꿈보다 안정적인 상태로 관리하기 위해 고안된 장치. 최근 몇 달간 아내는 이 장치의 성능을 개선하는 프로젝트에 매달리고 있었다.

"물론 안정이 중요하죠. 안전한 세계를 사실적으로 묘사해서

의식을 일상의 감각 안에 가두는 게 기본이라는 걸 모르는 사람이 우리 회사에 어디 있어요? 그런데 이게 최소 10년 이상의 시간 동안 적용될 서비스라는 것도 고려해야죠. 그 시간이면 갇혀 있는 의식 쪽에서도 질문을 갖게 된다고요. 아무리 효과적으로 주의를 분산시켜도 10년이면 결국 의식 어딘가에 질문이 축적될 수밖에 없어요. 계속 쌓이다보면 다음 단계의 질문으로 넘어가게 되고요. 이런 식으로 질문이 날카로워져버리면 그 안전하고 일관성 있는 세계에도 균열이 생기지 않겠어요?”

아내의 목소리에는 경멸의 감정이 묻어 있었다. 아마도 몇 번이나 했던 이야기를 또 하느라 생긴 듯한 피로감도 느껴졌다.

나는 천장을 올려다보며 마음속으로 아내의 말에 질문을 달았다.

‘그럼 어떻게 현실감을 지켜내는 거지?’

내 생각에 답하듯 아내가 말했다. 아내의 동료도 같은 질문을 한 모양이었다.

“의식을 속이는 게 우리 서비스의 목적은 아니잖아요, 의식이 안정된 상태를 유지하게 하는 게 목적이지. 그러니까 질문이 쌓이기 전에 스토리 생성기 쪽에서 먼저 리얼리티에 균열을 내는 거죠. 아니, 깨우려는 게 아니라 대화를 시도하는 거라니까요. ‘당신이 느끼는 리얼리티는 사실 픽션이다, 그 리얼리티의 뒤판을 열어보면 이런 이런 기계 장치가 들어 있다’ 그걸 미리 알려주자는 거예요. 무슨 소리예요? 누가 그걸 일일이 다 보여주자고 그랬어요? 이미 합의된 현실이라는 걸 암시하는 선에서 선을 긋자는 거예요. 의식이 세계의 끝을 향해 모험을 떠나게 하지는 말자고요. 그걸 왜 하냐니? 그게 어떻게 똑같은 균열이에요? 동면 중인 의식이 스스로 질문을 던져서 만든 균열은 예측이 안 되잖아요. 스토리 생성기가 스스로 내는 균열은 세계가 어떤 식으로 접히고 펴질지 미리 계획돼 있으니까 통제가 가능하고요. 플롯이라는 말 못 들어봤어요?"

다음 날 오후부터는 아내도 휴가였다. 우리는 박물관으로 향했다. 아직 평일이라 한산한 편이었는데, 폐관 시간이 가까워지자 그나마 있던 사람들도 분주하게 출구 방향으로 사라졌다. 우리는 벽 앞에 앉아 있었다. 옛날 아시리아의 어느 궁전 벽 하나를 통째로 가져온 전시물이었다. 비슷한 시대 다른 지역 유물과는 비교할 수 없을 만큼 섬세한 선으로 장식된 부조와 벽 전체에 빼곡히 새겨진 글씨를 바라보며 시간을 보냈다. 전시실에는 어느새 우리 두 사람밖에 남지 않았다.

아내가 말했다.

"어디서 읽은 기억이 나는데, 저 벽을 통째로 옮겨온 거면 원래 벽이 있던 곳은 어떻게 됐을까 걱정하는 내용이었어. 그런 생각 해본 적 있어?"

나는 한 번도 그런 고민을 해본 적이 없었다. 휑해졌겠다고 대답하자 아내가 혼잣말처럼 말했다.

"그냥 휑해진 게 아니겠지. 뜯겨나갔을 거 아냐."

여름에 승진한 이후 아내에게 달라진 점이 있다면, 무언가 암시하는 말투를 즐겨 사용하게 됐다는 점이다. 어쩐지 의미심장한 표정이었지만, 나는 아내의 새 말투가 사실은 허기와 깊은 관련이 있다는 사실을 일찍부터 알고 있었다. 그러나 아내의 몰입을 방해하지는 않았다. 새 직위에는 저런 역할이 필요한가 보다 생각했을 따름이다.

박물관 직원이 직접 폐관 안내를 하러 다닐 때가 돼서야 우리는 자리에서 일어났다. 출구 쪽으로 걸어가는 길에 나는 아내에게 그 일에 관해 물었다. 그놈의 스토리 생성기 프로젝트는 언제 시작한 건데 아직도 안 끝나는 거냐고.

"이제 시작이지 뭐."

아내가 말했다. 그 속 터지는 인간은 연말이 다 됐는데 왜 아직도 그 모양이냐고 묻자 아내가 웃음을 터뜨렸다.

"그러게. 어깨너머로 들은 당신이 더 잘 알겠네. 그래도 이제 하나는 정리됐어."

그게 뭐냐고 내가 눈짓으로 물었지만, 아내는 바로 대답하지 않았다. 회사 비밀일 수도 있고 그냥 뜸을 들이는 걸 수도 있었다. 나는 그다지 궁금해하지 않았다. 사실 아내의 일 이야기에 진짜로 관심이 있는 건 아니었다. 아무리 재택근무라도 진짜 비밀이 포함된 이야기는 내가 들을 수 없는 곳에서 하고 있을 것이다. 비밀이 아닌 이야기도 들어서 좋을 건 없었다. 나는 그저 아내의 커리어를 존중한다는 점을 드러내고 싶을 뿐이었다. 생색이라고 해도 좋을 만큼 다소 과장되게.

그런데 내가 막 박물관 출구를 빠져나가려는 참에, 몇 걸음 앞에서 걷고 있던 아내가 의기양양한 표정으로 대답했다.

"듀얼 플롯으로 가기로 했어."

나는 아무 대꾸도 하지 못했다. 대신 그 자리에 멈춰 섰다. 버퍼링이었다. 아내가 말했다.

"그게 무슨 뜻이냐면, 동면 장치마다 스토리 생성기 두 개를 탑재해서 동시에 돌릴 거라고. 아, 이것도 어려운가? 감독이 둘인 영화 같은 거야. 이제 알겠지! 그런데 뭐야, 그 눈은? 듣기만 해도 벌써 망한 것 같다는 표정인데? 알아. 해결할 거야, 물론. 해결할 수 있어. 그만. 그 이야기는 그만."

아내가 한껏 들떠 있었으므로, 나는 그 방향이 옳다는 것을 알 수 있었다. 옳든 아니든 우리 회사 일도 아니니 아무 상관 없었지만, 아무튼 그랬다. 하나의 스토리 생성기 안에서 스토리 생성자 둘을 동시에 가동하기로 한 결정은, 말하자면 아내가 회사 사람들을 설득해서 얻어낸 성과였다. 내가 알아야 할 것은 딱 여기까지였다. 내가 축하의 말을 건네자 아내가 신나서 한마디를 덧붙였다.

"이 두 번째 스토리 생성자를 우리 팀에서 개발할 건데, 여기가 핵심이야. 뭐냐면, SF 플롯을 생성하게 할 거야."

휴가를 내기로 한 아내는 다음 날 아침 예고도 없이 출근을 해버렸다. 엘리베이터 앞에 서서 잘 다녀오라고 손을 흔들어준 다음에야 나는 바람을 맞았다는 사실을 깨달았다. 엘리베이터는 1층으로 내려갔고 나는 엘리베이터 앞에 그대로 서 있었다.

갑자기 복도가 어두워졌다. 고개를 돌려보니 천장 조명이 꺼져 있었다. 닫혀 있는 남의 집 대문 너머 뜻을 알 수 없는 외침이 들려왔다. 계단 아래쪽에서도 위쪽에서도 비슷한 소리가 들려온 것을 보면 건물 전체에 전기가 나간 모양이었다.

얼른 창밖을 내다보았다. 아내가 아무것도 모른 채 건물 현관을 나가 주차장 쪽으로 걸어가는 모습이 보였다. 엘리베이터는 무사히 1층까지 내려간 모양이었다. 마음이 놓였다. 나는 그대로 창가에 머물렀다. 무심코 내다본 풍경이 아름다웠다. 아직 질척해지지 않은 설경 위에 아내가 새 발자국을 남기고 있었다.

아내의 모습이 사라질 때쯤 어느 집에선가 피아노 소리가 들려왔다. 윗집인지 아랫집인지 늘 헷갈리던 소리였다. 복도에 나온 김에 소리가 들리는 곳을 찾아가보기로 했다. 아래층이었다. 소음 자체가 신경 쓰이지는 않았지만, 익숙해질 때쯤 꼭 박자를 틀려서 듣는 사람의 호흡을 자꾸 흐트러뜨리던 소리였다.

계단을 내려가자 전에는 못 들어본 현악기 소리가 같이 들려왔다. 뭔지는 몰라도 바이올린보다는 훨씬 묵직한 소리였다. 그 소리가 피아노 소리를 떠받쳤다. 잘 모르는 사람이 듣기에도 빼어난 연주였다. 나는 계단참에 멈춰 섰다. 그리고 난간에 기댔다. 운이 좋았다. 왠지 그 소리는 그 계단참에서 제일 멋지게 들릴 것 같았다.

프로 연주자가 내는 게 틀림없는 자신감 넘치는 현악기 소리 위에 늘 듣던 피아노 소리가 올라탔다. 피아노는 늘 듣던 대로 투박했지만 둘이 만들어내는 소리는 나쁘지 않았다. 연주로는 엉망이었어도 소리가 만들어내는 풍경은 꽤 근사했다. 미숙함은 잘못이 아니었다. 탁월함이야 집 앞 계단에 갖다놔도 변함없이 선(善)이었지만.

잠시 후 전기가 들어왔다. 하던 곡을 끝내자 연주는 더 이어지지 않았다.

나는 집으로 돌아와 소파에 앉았다. 노트북은 닫혀 있었다. 굳이 열고 싶은 마음은 들지 않았다. 완전한 시간을 망가뜨리고 싶지 않았다. 휴가가 아니었어도 마찬가지였을 것이다. 잠깐 복도에 나갔다 들어왔더니 집 안의 온기가 한결 더해졌다. 나는 금방 받아들여졌다. 그렇게 느꼈다. 환영받은 김에 그대로 잠이 들어도 좋겠다고 생각했다. 소파에 앉자 스르르 눈이 감겼다.

그때 아랫집에서 가볍게 쿵 하는 소리가 들려왔다. 피아노 뚜

껑이 세게 닫히는 소리였다. 놀란 건반이 내지른 짧은 비명이 각기 다른 잔향을 남기며 건물 어딘가로 재빨리 흩어졌다. 아무렇게나 나는 소리였을 텐데, 그 속에는 아는 소리가 섞여 있었다. 건반 몇 개가 다른 것들보다 더 큰 비명을 내질러 익숙한 불협화음을 지어내기라도 한 것처럼. 불안이었다.

'나는, 전혀 졸리지 않아. 잠들 때가 아니잖아. 물어볼 게 있었어. 두 번째 스토리 생성자에 관해서. 왜 아직 못 물은 거지? 계속 같이 있었잖아.'

전화벨이 울렸다. 얼른 전화기를 들었지만 내 전화기에서 울리는 벨소리가 아니었다. 소리 나는 쪽으로 고개를 돌리자, 아내의 책상 위에서 불빛을 번쩍이며 요란하게 울려대는 휴대전화가 보였다. 아내의 것이었다. 나도 몇 번 들은 적 있는 회사 사람 이름이 화면에 떠 있었다. 전화를 받지는 않았다. 아내도 곧 회사에 도착할 테니 어렵지 않게 연락이 닿을 것이다.

벨 소리가 끊어지자 집 안이 적막해졌다. 다시 벨이 울릴까 몸이 살짝 긴장됐지만, 라디에이터가 증기를 뿜어내는 소리가 들리자 금방 차분해졌다. 아무 일도 아니었다. 그냥 전화가 온 것뿐이었다.

휴대전화를 두고 갔으니 저녁까지는 아내와 이야기를 나누기 어려울 것이다. 회사 일과 관련 있는 질문이라 메신저로 물어보기보다는 직접 보고 말하는 편이 나았다.

저녁까지 아내를 기다리기로 했다. 몇 시에 퇴근할지는 알 수 없었다. 리모컨이 바로 앞에 놓여 있었지만, 텔레비전은 켜지 않았다. 휴가 반나절을 소파에서 날려버리고 싶지는 않았다. 나는 옷을 챙겨 입고 밖으로 나갔다. 건물 밖으로 나서자마자 싸늘한 바람이 귀를 쓸고 지나갔다. 주머니 안에는 아내의 휴대전화가 들어 있었다.

버스를 타고 박물관으로 향했다. 버릇처럼 전날과 같은 동선이었다. 박물관을 세 정류장 앞둔 곳에서 승객 절반 정도가 우르르 하차했다. 창밖에 공원 스케이트장 개장 안내 현수막이 보였다. 나도 엉겁결에 버스에서 내려 사람들을 따라 아이스링크 쪽으로 걸었다. 마침 쉬는 시간인지 정빙기가 얼음을 쓸고 있었다. 눈이 새로 덮인 크리스마스 장터는 이틀 전보다 더 푸근해 보였다. 어느 건물 벽에 걸린 디지털시계가 오전 10시 59분을 가리켰다. 11시면 다음 타임이 시작될 것이다.

'결국 여기로 돌아왔어.'

멀리서, 출발선으로 모여드는 아이들이 보였다. 안전 요원 세 사람이 빙판 진입로에 통제선을 쳐놓고 서 있었다. 나는 보폭을 넓혀 그쪽으로 다가갔다.

잠시 후 휴식 시간의 끝을 알리는 안내 방송이 나왔다. 안전 요원이 통제선 쪽으로 손을 뻗었다. 바로 앞에 선 아이들이 몸을 낮추고 자세를 잡았다. 아이스링크가 갑자기 조용해졌다. 출발신호를 기다리는 스케이트 선수처럼 하나같이 긴장한 모습이 역력했다. 나도 마찬가지였다.

'시계 방향일까?'

그런데 마침내 안전 요원이 통제선을 걷어냈을 때, 생각지도 못했던 것이 내 눈에 들어왔다. 하늘 위에 반달이 떠 있었다. 공원을 둘러싼 고층 건물 사이로 오른쪽이 하얀 반달이 모습을 드러냈다.

'오른쪽?'

눈이 그치고 구름이 반쯤 걷혀 있었다. 나는 해가 있는 방향을 확인한 후 다시 달을 올려다보았다. 조금 전 버스에서도 계속 봤던 달이었다. 아무렇지도 않은 평범한 반달.

'아침인데 오른쪽이 맞는 건가?'

아침에 뜬 상현달. 지구과학이나 천문학을 떠올리자 머릿속이 더 복잡해졌다. 지구 때문이었다. 지구가 자전해서 낮과 밤을 만드는데, 이 밤낮의 일상이 너무 생생하고 의미심장해서 천체의 운행까지 다 좌우할 것처럼 여겨지는 탓이다. 이럴 때는 그냥 아무것도 없다고 상상하면 간단해진다. 공원도 없고, 아이스링크도 없고, 크리스마스 장터나 빌딩 숲도, 자전하는 지구도 바다도 다 없이, 우주 공간에 오직 태양과 달과 나만 있다면.

'지구가 어떻게 자전하든 반달은 태양이 있는 쪽 반이 하얗게 보여야 해. 가로등 아래 서 있는 사람은 가로등 쪽이 밝게 보

이듯이. 그러니까 저건, 해를 보고 있는 반쪽이 어둡게 보이는 저건.'

달에서 눈을 뗄 수가 없었다. 한참이나 그렇게 달을 올려다보았다.

'진짜 달이 아니야!'

두 번 세 번 해와 아침과 반달의 관계를 머릿속으로 되짚었다. 그런 다음에야 태양과 달과 나로 이루어진 우주에 지구를 도로 채워 넣었다. 공원이 들어서고 크리스마스가 생겨나고 아이스링크가 자리를 잡았다. 도넛 냄새가 익숙한 기억을 일깨웠다. 생동하는 일상이 모두 가짜였다.

종종 꾸던 꿈이 떠올랐다. 차가운 곳에서 오래 잠들어 있는 꿈이었다. 빙판 위의 아이들이 시계 방향으로 질주했다.

아내의 회사가 있는 건물 1층 로비에는 커다란 크리스마스트리 두 그루가 서 있었다. 천장에서 쏟아져내린 빛이 금색 트리 장식에 정신없이 반사됐다. 나는 크리스마스트리를 올려다보고 있다가 가끔 엘리베이터 쪽으로 눈을 돌렸다. 마침 아내가 나오는 모습이 보였다. 두리번거리던 아내는 이내 트리 앞에 서 있는 나를 발견했다. 표정이 바뀐 것도 아닌데 아내가 나를 발견했다는 사실이 분명히 전해졌다.

아내는 눈이 크고 깊었다. 끝이 살짝 아래를 향해 있어서, 바른 자세로 서 있으면 순해 보이지만 조금 삐딱하게 앉으면 영락없는 천재로 보이는 눈이었다. 나는 삐딱한 아내가 좋았다.

휴대전화기를 눈높이로 들어 보이자, 아내의 발걸음이 조금 빨라졌다.

"안 갖다줘도 되는데. 고마워."

아내가 성큼 가까이 다가왔다. 아는 사람의 얼굴이란 참 신기한 조형물이다. 멀리 있어도 남들보다 잘 알아볼 수 있고, 가까이에서 보면 찰나의 순간에 깜짝 놀랄 만큼 많은 정보를 끄집어 낼 수 있다.

전화기를 건네받은 아내는 어쩐지 그리운 얼굴을 하고 있었다. 오랫동안 이 얼굴을 그리워한 기억. 이 사람이 눈앞에 있다는 사실에서 한없이 커다란 안도감이 느껴졌다. 그 눈을 바라보며 얼마나 많은 이야기를 나누었는지가 떠올랐다. 저 깊고 호기심 많은 눈이 반짝이는 순간을 보기 위해 내가 들려준 수백 가지 이야기가 어렴풋이 스쳐 지나갔다. 북받치듯 쏟아져나오는 기억이었다.

'이 사람은 누굴까?'

아내가 걱정스러운 얼굴로 물었다.

"울어?"

나는 아무 대답도 하지 못했다. 그저 그 자리에 가만히 서 있을 뿐이었다. 난데없는 이 그리움은 또 뭘까? 눈물은 거의 나오지 않았다. 고장 난 듯 아무 표정도 지어지지 않을 따름이었다.

"무슨 일 있어? 짐 싸서 나올까? 같이 집에 갈래?"

다시 아내가 물었다. 나직한 목소리에서 익숙한 감정이 잔뜩 묻어났다.

나는 아내를 보고 있었지만, 머릿속은 아까 본 달 생각으로 가득했다. 해가 비추는 반쪽이 어둡고 그림자가 져야 할 반이 밝게 보이는 구형의 천체. 태양이 가짜일까, 달이 가짜일까.

'둘 다겠지.'

나는 아내에게 스토리 생성기의 두 번째 스토리 생성자에 관해 물었다. 궁금한 건 너무 많았지만, 물을 수 있는 질문은 그것밖에 없었다. 나에게 그것은 세상의 기원을 묻는 것이나 다름없었다.

맥락 없는 질문이었지만 아내는 이유를 묻지 않고 일단 진지하게 답해주기로 마음먹었다. 그렇게 결심하기까지의 모든 단계가 투명하게 들여다보였다. 도넛 굽는 기계의 단순한 작동 원리처럼.

"두 번째 스토리 생성자가 SF 플롯을 만드는 건 스토리에 비현실을 도입하기 위해서야. 첫 번째 스토리 생성자가 만들어내는 현실은, 뭐랄까 지나치게 현실적이거든. 손에 잡힐 듯한 감각이나 바로 눈앞에서 펼쳐지는 듯한 감각 말이야. 인간의 의식은 그런 감각에 약해. 직접 만져 봤으니까 이거야말로 진짜라고 믿어버려. 강력하게. 그게 스토리 생성기 본연의 역할이기는 한데, 문제가 있어. 진짜 현실이 아니거든. 현실이나 일상이라는 이름의 가상 체험일 뿐이니까. 생생하니까 현실처럼 느껴지지만 실은 가상이어서 생생한 거야. 그리고 이건 더 심각한 문젠데, 안전한 일상에 장기간 안주해버리면 의식에 이상이 생겨. 동면을 끝내도 깨어나지 않을 수도 있고. 의식이 그러기로 선택한다면 말이야. 아무리 고객의 선택이어도 이렇게 되면 사고잖아. 그래서 항상 의식이 살짝 깨어 있게 할 필요가 있어. 비현실을 도입해야 현실이 유지되는 거지. 순수한 현실보다 이쪽이 실제에 가까우니까. 다음 질문은 이거지? 스토리 생성자 둘을 어떻게 동시에 돌릴 수 있느냐고. 기본적으로 스토리니까 어떻게든 섞이게는 되어 있어. 말도 안 되는 소문에 더 말이 안 되는 요소 하나를 집어넣어도 소문의 최종 버전은 그럴듯하게 완성이 되잖아. 아직 구상 단계지만 단순하게 말할게. 두 번째 생성자는 첫 번째보다 훨씬 적은 비중으로 작동할 거야. 주로 세계의 구조에 관한 비현실적인 플롯을 만들어서 전체 이야기에 돌출적으로 주입할 거고. 어차피 세계는 일상적인 감각으로는 감지할 수 없는 대상이니까, 이렇게 역할을 배분하는 게 편해. 비현실이라고 아무 마법이나 막 던질 수 있는 건 아니고, 적절한 질문을 골라서 예리하게 던지게 만들 거야. 그러면 첫 번째 기본 스토리 생성자가 이 돌출된 요소를 잘 마사지해서, 두텁게 묘사된 현실의 감각에 녹여버리는 거지. 그것대로 작동하는 일상을 만들어버린다는 뜻이야. 별 탈 없이 삶이 유지되는 동시에 고객들에게도 최소한의 암시는 주는 식으로. 이만하면 충분해?"

나는 고개를 끄덕였다. 충분해서가 아니었다. 더 들을 수가 없어서였다. 의아했다. 방금 아내가 말한 것 중 일부는 비밀이었고, 나머지도 회사 앞에서 말하기에 적합한 내용은 아니었다. 하지만 아내는 이유도 묻지 않고 아는 것을 이야기했다. 단지 내가 망연자실 갈피를 잃고 서 있기 때문이었다.

'나에게 이 사람은 정말로 누구였을까?'

어차피 그런 건 이제 아무 의미 없을지도 모르지만, 그래도 나는 그게 궁금했다.

아내가 말했다.

"좋아. 그럼 이제 같이 집에 가자. 사무실 가서 하던 거 금방 정리하고 내려올게. 오래 안 걸려."

하지만 아내의 말을 따르지는 않았다. 나는 아내를 설득해 사무실로 돌려보냈다.

"무슨 소리야? 혼자서 어쩌려고? 잔말 말고 같이 가. 지하 주차장에서 기다리고 있어. 그쪽으로 바로 갈 거니까."

나는 아내의 말에 흠칫 놀랐다.

'저건 누구한테 하는 말이지? 나는 아무 말도 안 했는데.'

집으로 가는 길에 다시 눈이 내렸다. 쏟아져나온 차들로 도로가 혼잡했다. 느릿느릿 천변을 지나는데 건너편 도로 옆 보도에 드래곤이 누워 있었다. 웅크린 길이만 해도 삼십 미터는 되어 보이는 붉은 생명체였다. 두 날개를 이불처럼 덮고 자는 드래곤 위에도 어느새 눈이 꽤 쌓여 있었다. 날개 아래로 말려 있는 꼬리 끝이 허공 쪽으로 손짓하듯 가끔 흔들렸다. 보행자들이 드래곤을 깨우지 않으려고 조심스럽게 차도로 우회하는 바람에 좁은 길이 더 혼잡해졌다.

길이 꽉 막혀서 차가 거의 움직이지 않은 덕분에 그림처럼 고요한 풍경이 시야 가득 펼쳐졌다. 눈까지 천천히 수직으로 내리자 창밖 풍경은 누군가 음 소거 버튼을 누르기라도 한 듯 적막하고 포근해졌다. 나는 그 아무렇지도 않은 광경을 한참이나 넋을 잃고 바라보았다. 차가 막히기는 다리 건너 이쪽 편도 마찬가지여서, 도심 한가운데에 난데없이 펼쳐진 그림 같은 풍경을 감상할 시간도 그만큼 길어졌다.

'저게 바로 그 첫 번째 스토리 생성자가 두텁게 묘사하는 현실감이라는 건가. 방금 아내가 누구한테 대답하고 있는지 궁금해하고 있었는데, 갑자기 정신을 차려보니 여기에 와 있어. 게다가 저 풍경은 뭐지? 왜 아무도 신경 쓰지 않는 거야?'

차 안에서는 라디오 소리가 흘러나오고 있었다. 다음 달에 토성으로 출발하는 탐사 대원들이 토성행 우주선이 정박해 있는 우주정거장에 가기 위해 이른 새벽부터 지상 발사 기지에서 대기하고 있다는 뉴스였다.

"이건 또 뭐지? 내가 라디오 같은 걸 틀 리가 없잖아."

운전석에 앉은 아내가 투덜거리며 라디오를 껐다.

'투덜거린 게 아니야. 투덜거렸다고 서술된 것뿐이야. 아내는, 이 사람은 분명 누군가에게 말을 하고 있어. 들으라고 하는 게 아니라 그저 그쪽을 바라보고 하는 말. 나한테 하는 말도 아니고 차 안에 누가 있는 것도 아니야. 이건 차 밖에 있는 누군가한테 하는 말이야. 차 밖에 있지만 동시에 차 안에도 있는 누군가. 이 사람은, 내 아내라는 사람은, 스토리의 일부가 아닌 셈인가?'

나는 토성으로 가는 여행에 대해 아내에게 물었다. 긴 여정일 테니 저기에도 동면 기술을 적용해야 하지 않겠느냐는 요지였다.

"그럼, 재워야지. 안 그러면 식량이나 물을 어마어마하게 많이 싣고 가야 하니까."

아내의 회사가 그 일도 맡았느냐고 물었다. 아내는 차창에 팔꿈치를 댄 삐딱한 자세로 나를 바라보았다. 영락없이 천재처럼 보이는 얼굴이었다.

"저 일도 맡은 게 아니라 저거 하려고 오늘도 출근한 건데."

하지만 우주선은 곧 떠날 예정이 아니냐고, 언제 두 번째 스토리 생성자를 만들어서 우주선에 태울 거냐고 묻자, 아내가 피식 웃으며 대답했다.

"20세기 인간의 상상력이야? 업데이트 파일 보내주면 되지. 당연히 정보만 쏴서 보내는 거야. 차 내비게이션에 새 목소리 넣는 거랑 똑같이. 그런데 재밌겠다. 우리 회사에서 배달까지 직접 해주는 시스템이면."

의문이 떠올랐다. 추상적인 의혹과 의심이 구체적인 질문으로 바뀌어가고 있었다. 질문이 꼬리에 꼬리를 물었다. 금방 답을 유추할 수 있는 질문과 누군가에게서 답을 들어야만 다음 단계로 넘어갈 수 있는 질문이 갈렸다. 헷갈리지 않으려면 답을 들어야만 알 수 있는 질문을 던져야 했다. 스토리의 일부가 아닌 누군가 의미 있는 존재에게 물어야만 하는 질문을.

한참 후에야 나는 무엇을 물어야 할지 알 것 같았다. 나는 정리된 질문을 아내에게 던졌다. 동면 중인 인간의 의식이 당장 알아야 할 바깥세상의 진실이라는 게 도대체 뭐냐고. 위급한 상황이면 아예 동면 해제 절차에 들어가야지, 굳이 잠들어 있는 의식과 소통을 시도할 필요는 없지 않겠느냐고.

오래 망설이지 않고 아내가 대답했다. 별것 아니라는 듯 편안한 말투였다.

"일종의 긴급 연락이 필요한 때가 있어. 어차피 할 수 있는 일은 아무것도 없겠지만, 그래도 본인한테는 반드시 알려야 할 소식 같은 게 있지 않을까? 예를 들어 목적지 행성이 폭발해서 임무를 수행할 수 없게 됐다거나, 갑자기 지구가 없어졌다거나.

이상하게 들리겠지만 일어날 수 있는 일이야. 장거리 우주여행에는 시간이 엄청나게 오래 걸리니까. 가족 중 누군가는 반드시 위독해지기도 하겠지. 50년쯤 동면하는 일정이면 떠나는 순간 이미 사별이나 다름없겠지만 그래도 그 일이 실제로 일어나는 순간은 있을 거고. 그런 이상한 여정으로 우주 비행사를 떠나보내는 기관으로서는 그걸 알려주는 정도의 배려는 해주고 싶을 거야. 무리하게 깨울 것까지는 없지만 그래도 통지는 해주는 게 예의니까. 가만, 그런데 이 서비스 괜찮은데? 사업 설명서에 넣어달라고 해야겠다."

아무 일 없이 다음 날이 밝았다.

'아니야. 벌써 하루가 지났을 리 없어. 누군가가 장면을 전환하고 시간을 훌쩍 흘려보낸 거야. 이건 바로 다음 장면이라고. 시간으로 따지면 10초도 안 돼.'

날이 따뜻해서 창문을 열어두었더니 이웃집에서 카레 냄새가 흘러들어왔다. 어느 집인지는 알 수 없었다. 고기와 야채를 약한 불에 오래 끓여 스튜 같은 육수를 낸 다음 마지막에 고형 카레를 넣어 완성하는 방식이었다. 오랫동안 서서히 퍼져나가던 스튜 냄새가 진한 카레 냄새로 바뀌는 장면이, 여름날 갑자기 소나기가 내리는 순간처럼 강렬했다.

'그 사람은 또 출근했군. 나를 떼어놓으려는 거야. 질문은 거

기까지만 허용하겠다는 선언처럼.'

나는 소파에 눕다시피 앉아 텔레비전 뉴스 채널을 들여다보고 있었다. 언니를 토성으로 보내는 사람의 인터뷰가 나오고 있었다. 우주 비행사의 동생은 언니가 토성에서 돌아오고 나면 둘의 나이가 역전되는 상황에 관해 이야기했다. 그때가 되면 누가 위인지 다시 정해야 하지 않겠느냐는 엄포로 장난스럽게 이어지던 이야기는, 지금까지와는 조금 달라진 관계로 언니와 나머지 반생을 살아보는 것도 나쁘지 않을 것 같다는, 다소 진지한 기대로 마무리되었다.

그런데 뉴스 화면 아래에 이상한 자막이 눈에 띄었다. 인터뷰 중인 여자 이름 옆에 '유가족'이라는 말이 붙어 있었다.

유가족이라니. 심장이 요동쳤다. 어딘가에서 본 실수였다. 잘못된 표현으로 소개된 사람을 대신해서 느끼는 감정이 아니었다. 분명 그보다 훨씬 가까이에서 일어났던 일이었다. 그런 확신이 들었다.

'이건 내 기억이야. 나와 내 가족이 직접 겪은 일. 똑같은 기억은 아니지만, 유가족이라는 말은 그대로야. 화를 냈어. 누군가 아주 가까운 사람이 나를 대신해서. 아니, 그 사람도 당사자였어. 나와 함께.'

자막이 금방 사라졌다. 잠시 말을 멈추고 다른 곳을 쳐다보던 앵커가 조금 전의 자막 실수를 사과했다. 우주 비행사의 동생과

시청자 모두에게 하는 사과였다. 나는 숨을 멈추고 우주 비행사 동생의 표정을 살폈지만, 그는 대수롭지 않게 사과를 받아넘겼다. 그러자 그 일을 신경 쓰는 사람은 아무도 없게 되었다. 나도 마찬가지였다.

나는 손으로 리모컨을 더듬어 채널을 돌렸다. 수십 개 넘게 채널을 탐색하다가 외국 축구 리그 하이라이트에 시선이 머물렀다. 딱히 좋아해서는 아니었다. 단지 푸른 잔디밭을 오래 들여다보기 위해서였다.

'그게 바로 나라는 말이구나. 동면 중인 서비스 이용자. 동면에 들어가기 전에 내 가족 중 누군가가 인터뷰를 했어. 그런데 거기에 유가족이라는 자막이 달린 거야. 나는 아직 살아 있는데 다른 사람들은 나를 곧 죽을 것처럼 대한다는 사실을, 그래서 나한테 유독 친절하다는 사실을 새삼 확인하고 화를 냈어. 그 사람이, 그리고 내가. 우리는 똑같이 느꼈어. 감정이 온전히 전해진 게 아니라 똑같이 느껴야 하는 상황에 놓인 두 사람이었던 거야. 아, 이게 내 기억이구나. 나는 그렇게 잠이 들었구나.'

밖에서 사이렌 소리가 들렸다. 구급차 소리였다. 멀어지거나 가까워지지 않는, 일정한 파장으로 들리는 소리. 멈춰 있다는 뜻이었다. 나는 얼른 일어나 창가로 갔다. 창밖으로 고개를 빼자 아파트 뒤쪽 골목길에 서 있는 구급차가 보였다. 시야가 좋지 않아서 무슨 일이 일어났는지 알 수는 없었다. 구급대원이나 구경꾼은 하나도 안 보이고, 그저 구급차가 있다는 사실만 간신히 알아차릴 수 있을 뿐이었다. 구급차와 사이렌을 제외하면 눈 덮인 주택가 골목 풍경은 아기자기하고 재미있어 보였다. 건물의 생김생김이나 삐뚤빼뚤 늘어선 모양 자체가 그랬다.

나는 한참이나 아래를 내려다보고 있다가 소파로 돌아와 리모컨을 손에 쥐었다. 오래 눈이 머무는 채널은 없었다.

'메시지가 전해지고 있는 거야, 아주 오랫동안 잠들어 있는 나에게.'

텔레비전을 끄고 최대한 편안한 자세로 소파에 앉았다. 어제 아내가 한 말이 떠올랐다. 50년쯤 동면하는 일정이니 잠드는 순간 어쩌면 사별이나 다름없겠지만, 남아 있는 가족 중 누군가가 실제로 세상을 떠나는 일은 벌어지고 말 거고 그 일을 통지하는 것은 나를 재운 사람들의 배려라는 말.

'맞는 말이야. 이건 결국 배려야, 괴로운 자극이 아니라.'

나는 그 말을 받아들이기로 했다. 메시지를 받아들일 마음의 준비가 된 셈이었다.

'나는 누구일까? 어디에서 와서 어디로 가고 있는 걸까? 얼마나 오래 잠든 거지? 이 메시지가 전해졌으니, 30년이나 50년쯤 우주를 떠돌고 있는 건가? 아니면 불치병의 치료법이 발견될 때까지 지구 어딘가에 있는 시설에서 동면 중일지도 몰라. 그래도 괜찮아. 내가 누군지는 몰라도 이건 분명 사전에 합의된 현실이고, 나를 관리하는 누군가는 아직 나에게 충분한 호의를 갖고 있어. 그러니까 괜찮을 거야. 나는 괜찮아. 다 잘될 거야.'

또 새 눈이 내려 마음이 차분해졌다. 심장이 두근거리는 소리가 하늘 전체에서 아주 작게 들려오는 듯했지만, 그 소리도 점점 줄어들고 있었다. 나는 집 근처를 산책했다. 높은 건물이 별로 없는 오래된 주택가였다. 인적이 드물었지만 담이 낮은 주택가여서 집 안에 사람이 있다는 사실은 금방 알 수 있었다. 요란한 간판이 달린 가게는 거의 보이지 않고, 크리스마스 장식을 한 식당이나 카페 정도만 드문드문 눈에 띄었다.

모퉁이를 돌자 구급차가 나타났다. 위에서 본 그 구급차였다. 일부러 찾아온 것도 아닌데, 골목길을 걷다보니 발걸음이 자연스레 그쪽으로 향했다. 무슨 일인가가 일어났던 곳이니까. 사이렌 소리는 들리지 않았다. 경광등만 조용히 반짝이고 있었다. 그 풍경이 왠지 크리스마스 시즌에 잘 어울린다고 생각했다.

나는 아무 일도 일어나지 않는 앰뷸런스 옆을 지나 다음 모퉁이로 돌아섰다. 그렇게 열 걸음쯤 걷다가 문득 이상한 사실을 깨달았다.

'차가 지나가기에는 너무 좁잖아.'

나는 그 자리에 우뚝 멈춰 섰다. 내가 지나온 길을 머릿속으로 되짚었다. 앰뷸런스가 들어올 방법을 도저히 떠올릴 수가 없었다. 하늘에서 내려온 게 아니라면야. 어깨 위에 눈송이 몇 개가 내려앉았다.

골목으로 돌아가지는 않았다. 그것은 또 다른 균열이었다. 마주해서는 안 되는 악몽 같은 것이었다. 나는 앞으로 걸어 큰길로 나갔다. 길가에 서서, 아무렇지도 않게 달려가는 차들을 멍하게 바라보았다. 어디선가 자꾸 두근거리는 소리가 들려왔다.

'진짜 심장이 뛰지는 않을 거야. 몸에 체액이 남아 있을 리도 없고.'

자각몽이었다. 깨어나면 안 되는 꿈이었지만, 세상 저편에서 들려오는 노크 소리를 놓치지 않을 만큼은 깨어 있어야 하는 시간이기도 했다. 집 근처까지 쫓아온 메시지였다. 그 일이 일어나면 살짝 깨워달라고 부탁한 건 결국 나였고, 지금이 바로 그때였다.

'그 일이라고? 그게 뭐지?'

슬픔에 어깨가 주저앉았다. 아직 내용도 모르는 슬픔이었다.

메시지는 이미 전해진 것이나 다름없었다. 충격에 의식이 깨어나지 않도록, 안정적인 상태로 동면이 유지되도록 차근차근 내 의식에 전해진 메시지였다.

'아마 벌써 봉투까지 손에 쥔 거겠지. 내가 그걸 아직 열지 못하고 있을 뿐.'

숨을 깊이 들이쉬었다. 그리고 천천히 내뱉었다. 입김이 피어올랐다. 도로 위 신호등이 일제히 녹색으로 바뀌었다. 말풍선

같은 입김에, 격려로 보이는 신호등이었다.

'이제 받아들여야 하는 거겠지? 지금 바로 여기에서. 안 그러면 저 두 번째 스토리 생성자가 또 어떤 마법을 일으킬지 몰라.'

도망칠 곳은 아무 데도 없었다. 아니, 그럴 필요가 없었다. 나는 세상의 끝을 향해 모험을 떠나지 않아도 됐다. 세계가 나를 속일 생각이 없었으므로.

'그래, 좋아. 메시지를 보여줘.'

다짐하고 받아들였다. 마음을 가라앉혔다. 두근거리던 소리가 잦아들었다. 차들이 달리기 시작했지만, 동네는 헤드폰을 덮어쓴 듯 조용하고 한적했다. 마음으로부터 일어난 변화였다.

그때, 아무도 기다리고 있지 않은 정류장에 버스 한 대가 멈춰섰다. 10미터쯤 떨어진 곳이었다. 문이 열리자 일찍 퇴근한 아내가 버스에서 내렸다. 차로 출근한다는 이야기를 들은 기억이 났지만, 그런 건 이제 중요하지 않았다.

내리기 전부터 나를 알아본 듯, 아내는 곧장 내 쪽으로 손을 들어 보였다. 나도 마주 손을 흔들었다. 내 표정이 또 무너졌는지, 나를 보는 아내의 얼굴에 대여섯 가지 표정이 빠르게 지나갔다. 너무 많은 정보를 눌러 담은 전광판처럼 순식간에 바뀌는 표정이었지만, 나는 거기에 담겨 있는 이야기 전부를 빠뜨리지 않고 읽어낼 수 있었다.

문자로 치면 불과 대여섯 개의 글자에 불과했지만, 그 안에는 수십 년에 이르는 시간과, 그동안 겪은 수많은 일들과, 우리 두 사람이 서 있던 방향, 기약할 수 없어도 동의는 할 수 있었던 약속, 두 사람의 존재가 각자 생을 마감한 뒤에도 막연하게 이어질 희미한 미래 같은 것들이 다 담겨 있었다. 그런 사람이 거기에 서 있었다. 내가 영영 잃어버린 사람. 이미 한 번 이별했지만 이제 정말로 영원히 사라진 존재.

'그게 바로 이 사람이었구나!'

슬픔의 이름이 정해졌다. 메시지 발신인의 정체도 함께였다. 유가족이라는 자막에 불같이 화내던 사람, 두 번째 스토리 생성자 프로젝트의 개발 책임자, 흠잡을 데 없이 완전한 세계에 잠재한 날카로운 불화의 플롯. 그 사람이 생각이 났다. 이름은 끝내 떠오르지 않았다. 그 사람의 이름도, 관계의 이름도. 하지만 그런 건 아무래도 상관없었다. 숨결을 기억해냈다면.

그런 아내가 나를 바라보고 서 있었다. 그제야 나는, 줄곧 아내로 지칭되던 그 사람이 나에게 어떤 존재인지 알 것 같았다. 저쪽 세계에 남기고 온 나의 모든 것이었다.

"안녕."

아내가 말했다. 무너진 표정을 추스르며, 나도 안녕이라고 대답했다. 안녕이라고 대답했다고 서술되었다. 그러면서 또 깨달았다.

'이 이야기에서 말을 할 수 있는 건 이 사람밖에 없었구나. 나는 안녕이라는 말조차 소리 내서 할 수 없었어. 어쩌면 이 이야기는 처음부터 이 사람에 관한 이야기였을지도 몰라.'

아내가 내 쪽으로 성큼 다가왔다. 아내는 내 슬픔에 대해 아무것도 묻지 않았다. 누구보다 깊이 오래 알고 지낸 사람, 내 세계 전체에서 유일하게 목소리를 지닌 캐릭터. 아내가 목소리를 지닌 건 꼭 해야 할 말이 있어서일 것이다. 나는 그 말이 무엇인지 알 것 같았다. 이제 내가 직접 그 이야기를 들을 차례였다. 두 번째 스토리 생성자에게는 그런 게 중요했다. 수취인에게 전해야 할 것을 확실하게 전하는 것. 비록 그게 지독한 슬픔일지라도.

아내가 나를 끌어안았다. 그러고는 등을 토닥토닥 두드리며 오른쪽 어깨쯤에서 이렇게 속삭였다.

"나는 행복하게 잘 살았어."

그 사람이 남긴 마지막 메시지가 우주를 건너, 혹은 나무의 나이만큼 오랜 시간을 넘어, 긴 잠에 빠진 나에게로 전해졌다.

"당신도 잘 살아, 어떤 세상에서 깨어나든. 그리고 잘 자, 부디."

첫 번째 스토리 생성자가 그 순간을 두텁게 묘사했다. 눈이 내리는 버스 정류장 앞, 크리스마스 시즌이었다. 아내가 만든 두 번째 스토리 생성자가 묵묵히 그 모습을 바라보고 있었다. SF 플롯 본연의 임무였다.

작가 노트

이 이야기의 앞부분은 북서울미술관의 〈SF2021: 판타지 오디세이〉(2021.3.23~5.30)라는 기획 전시에 '징후'라는 제목으로 전시되었다. 나는 'SF 메타픽션'을, 다른 말로는 'SF에 관한 SF 소설'을 써달라는 요청을 받았다. 세상에서 제일 까다로운 숙제처럼 들리는 말이지만, 기획에 관한 설명이 워낙 명확해서 오래 헤매지는 않았다. 역시 설명문을 잘 쓰는 사람은 믿고 따라도 좋다.

본문에 언급된, 벽 하나를 통째로 옮겨오고 나면 원래 그 벽이 있던 곳은 어떻게 되었을까 궁금해하는 대목은, 내 책 여러 권의 표지를 그려주신 작가님의 책에서 본 말이다. 경사스럽게도 이 책의 표지 또한 같은 작가의 작품이다.

이 소설의 서술자는 근대소설의 화자가 아니다. 신의 음성이

나, 혹은 신의 자리를 차지한 근대인이 낼 법한 절대적인 목소리가 아니고, 서술자 자체가 이야기의 객체이자 소재의 일부다. 사건의 전말이 무엇인지 최종적으로 결정할 권위가 서술자에게 있지 않으므로, 순간순간 독자는 의지할 대상을 잃어버릴지도 모른다. 그래도 이야기는 진실을 향해 나아갈 수 있다.

중요한 건 바로 이 대목이다. 우리는 아직 지치지 않았고, 여전히 진실이나 아름다움을 향해 나아갈 수 있다.

추천사

우리는 배명훈을 읽는다 『미래과거시제』를 읽는다

“한국 SF가 성장하여 문학의 주류에 다가오기까지 지난 10년 동안 배명훈 작가는 항상 그 선봉 중에서도 맨 앞 줄에 항상 서 있었다고 할 만한 작가였다. 그리고 이 단편집은 그 세월 동안 SF 팬들과 일반 문학 독자들 모두로부터 많은 사랑을 받아온 작가의 솜씨를 제대로 맛볼 수 있는 훌륭한 표본이다. 흥겹게 시작되어 경쾌하게 읽히는 이야기면서도 단어 하나하나가 한국어의 아름다움을 자연스럽게 표현하는 재료로 제 몫을 하고 있고, 즐겁게 이어져 나가는 줄거리이지만 그 속에는 언제나 현대 한국 사회와 공동체에 대한 통찰이 스며 있다. 만약 세월이 흘러 한국 SF의 황금기가 지금이었다는 평가가 나온다면, 이 책은 이 시대를 상징하는 작가 한 사람의 대표작으로 꼽기에 손색이 없을 것이다. 배명훈의 소설이 활발히 번역되어 해외에서도 성과를 거두고 있다는 점을 돌아본다면, 오늘 한국 문학 일반이 거두고 있는 성취를 정리하는 소설이라고 하기에

도 부족함이 없다.” 곽재식 (작가)

“슬픈 이야기일지라도 설득력을 갖춘 낙관과 다정한 유머가 들어 있다. 우스개 이야기일지라도 정밀한 지적 담론과 매혹적인 수수께끼를 포함하고 있다. 하지만 그런 것들이 배명훈을 읽어야 하는 이유의 전부는 아니다.

야만이 지배하는 세계에서 삶을 가꿀 수 있는 유일한 형식은 ‘이방인으로 남기’, 다시 말해서 세계의 현실에 연루되어 있으면서도 그로부터 동떨어져 있기다. 그러한 형식은 오직 다음과 같은 욕망에만 기반할 수 있다. 지금 혹은 여기 혹은 심지어 자신과도 결코 동일시하지 않으려는, 그러면서도 동시에 지금 여기서의 자신의 삶을 이해하고 또 사랑하고자 하며 그렇기 때문에 결국에 가서는 그것을 재구성하려 드는 대책 없는 욕망. 그런데 지금 여기는 야만이 지배하고 있고, 배명훈에게는 대책 없는 욕망이 있는 것이다.” 권희철 (문학평론가)

“배명훈이라는 이름 석 자가 박힌 책이라면 조건 없이 사들이고 있다. 서사와 대사와 묘사를 탄탄하게 쌓아 올리는 동시에 SF라는 거대한 장르를 능숙하게 탐험하는 소설가. 능청과 유머를 자유자재로 다루는 동시에 독자를 감동과 처연 속으로 뚝 떨어뜨리는 소설가. 그의 다양한 면모를 이 책에서도 신나게 만나볼 수 있을 것이다.” 김겨울 (작가)

“배명훈의 소설은 늘 읽는 이의 신경세포를 낱낱이 흩어놓았다가 재조립해서 끝내 익숙한 세상을 달리 감각하도록 만든다. 어쩜 이렇게 지적이면서도 동시에 낭만적인 소설이 가능할까. 형식과 내용이 완벽하게 맞아떨어지는 언어적 하드 SF에서부터, 소설 안팎의 세계를 뒤섞으며 현실감각을 지워버리는 아름답고 슬픈 메타 SF까지, 한층 더 짜릿해진 실험으로 가득한 소설집.” 김초엽 (작가)

“배명훈은 웃기다. 배명훈은 진지하다. 배명훈은 치밀하다. 그렇게 만들어진 배명훈의 세계는 거대하고 우아하다. 무엇이 그의 소설을 매력적으로 만드는가에 대해서 읽을 때마다 즐거운 마음으로 고심하지만, 해답은 읽으면 안다는 것뿐. 당신은 소설 속 문장처럼 감탄하게 될 것이다. “이것이 말로만 듣던 배명훈 월드라는 건가?” 그렇다, 매우 그렇다.” 이다혜 (〈씨네21〉 기자, 작가)

“배명훈 작가는 천재다. 「임시 조종사」는 모든 국어 교과서와 한국어 교재에 수록되어야 한다. 한국의 전통 공연 예술 장르가 현대 한국인의 상상력과 만나 살아 숨 쉬며 전투 로봇에 보빈 레이스까지 완벽하게 짜서 입힐 수 있다는 사실을 배명훈은 매우 천연덕스럽게 펼쳐 보인다. “모래 한 알 속에서 하나의 세상을 본다는 것, 들꽃 속에서 하나의 천국을 본다는 것”• 이 무슨 의미인지 나는 배명훈 작가의 작품을 읽고 이해했다. 배명훈은 색종이에서 우주 저편

• 윌리엄 블레이크, 「순수의 전조(Auguries of Innocence)」, 1863.

의 신을 보는 작가다. SF가 줄 수 있는 모든 즐거움, 기쁨, 놀라움, 그리고 인연과 연결과 사랑에 대한 깊은 희망이 그의 작품 속에 있다." 정보라 (작가, 번역가)

"『미래과거시제』는 배명훈의 작품 세계가 극치를 향해 가고 있다는 것을 확인시켜준다. 배명훈은 한국 SF 문학계에 가장 필요한 순간 등장해 고유의 스타일을 확립했고 뒤이은 작가들에게 강력한 영향을 미쳤다. 이제 그가, 자신만의 방향으로 치달을 수 있는 극한까지 이야기를 끌어올리고 밀어올리는 중이다. 어떤 탁월함을 상회하고 갱신하고 개조하며 허공에 디딤돌을 만드는, 이 놀라운 작가가 정점에 이르는 순간을 직접 목격하고 싶어진다." 정세랑 (작가)

"모든 작가가 장르가 되지는 않는다. 우리는 SF라는 넓은 장르의 우주에서 각자의 글을 쓰고, 그 글들이 때로는 서로 느슨하게 묶이며 만난다. 그러나 배명훈이 이제 한국 SF에서 하나의 장르라는 사실을, 나는 이 소설집을 읽으며 확신했다. 그의 어떤 유머 감각, 고유한 스마트함, 문학으로서의 도전성, 이 모든 것을 결국은 '배명훈 SF'라는 말로밖에 설명할 수 없는 것이다." 정소연 (작가)

수록 작품 발표 지면

수요곡선의 수호자	『놀이터는 24시』, 자이언트북스, 2021년
차카타파의 열망으로	『팬데믹: 여섯 개의 세계』, 문학과지성사, 2020년
미래과거시제	『대산문화』, 2018년 여름호
접히는 신들	『문학동네』, 2018년 가을호
인류의 대변자	〈문장 웹진〉, 2019년 3월호
임시 조종사	『오늘의 SF #2』, 아르테, 2020년
홈, 어웨이	『서울국제도서전 리미티드에디션 '긋닛'』, 2021년
절반의 존재	〈한겨레〉, 2020년 3월
알람이 울리면	『세 개의 달』, 알마, 2021년

미래과거시제

1판 1쇄	2023년 3월 21일
1판 5쇄	2024년 5월 17일

지은이	배명훈
펴낸이	김정순
편집	허정은 허영수
디자인	김민영
표지 일러스트	최지수
마케팅	이보민 양혜림 손아영

펴낸곳	(주)북하우스 퍼블리셔스
출판등록	1997년 9월 23일 제406-2003-055호
주소	04043 서울시 마포구 양화로 12길 16-9(서교동 북앤빌딩)
전자우편	editor@bookhouse.co.kr
홈페이지	www.bookhouse.co.kr
전화번호	02-3144-3123
팩스	02-3144-3121

ISBN	979-11-6405-201-1 03810